연세 한국어

# 활용연습 6

연세대학교 한국어학당 편

연세대학교 대학출판문화원

- <연세 한국어 활용연습 6>은 고급 학습자용 한국어 교재인 <연세 한국어 6>을 보다 효율적으로 학습해 나갈 수 있도록 하기 위해 개발되었다.

- <연세 한국어 활용연습 6>은 총 10과로 이루어져 있으며, 각 과는 4개의 항으로 구성되어 있다.

- 각 과의 1항과 2항은 어휘 연습과 문법 연습으로 구성하여 <연세 한국어 6>에 나온 본문의 새 어휘와 주제 관련 어휘 그리고 문법을 충분히 연습할 수 있도록 하였다.

- 어휘 및 문법 연습은 기계적인 방식을 지양하고 가능한 한 유의미한 맥락이나 담화 상황 내에서의 연습이 함께 이루어질 수 있도록 구성하였다.

- 각 과의 3항은 주제 관련 통합 과제 형태의 연습 2개로 구성되어 있다. 각각의 연습은 듣기나 읽기 텍스트를 이해하는 활동으로 시작하여 말하기나 쓰기를 통한 표현 활동으로 마무리하도록 구성되어 있다. 듣기와 읽기 지문은 다양한 분야의 내용으로 구성해 학습자들의 흥미를 끌 수 있도록 구성하였다.

- 각 과가 끝날 때마다 한국어능력 향상에 도움이 될 수 있도록 속담, 관용어, 한자성어, 접두사, 접미사를 뜻풀이, 예문, 연습 문제와 함께 제시하였다.

- 제5과와 제10과의 다음에는 각각 어휘와 문법의 복습문제를 구성해 배운 내용을 정리할 수 있도록 하였다.

- 학습자들의 이해를 돕기 위해 어휘 연습과 문법 연습 문제의 1번에는 답을 제시해 [보기]의 역할을 하도록 하였다.

- 각 과 3항 듣기 연습의 지문과 각 연습문제의 모범 답안을 실어 학생들이 스스로 답을 확인하고 공부하는 데 도움이 되도록 하였다.

- 듣기 지문이 녹음된 CD를 첨부하였다.

# 차례

# 제1과 성공적인 삶

## 1과 1항

### 어휘

**1.** [보기]에서 알맞은 단어를 골라 빈 칸에 쓰십시오.

> [보기]  지지  성원  수장  소감  귀감  시련  좌우명  화두  막연히
> 한결같다  주저앉다  막론하다  누비다  침해되다  구체화되다

1) 옆집 아이는 얼마 전에 구입한 자전거로 온 동네를 ( **누비며** )~~으며~~/며 다녔다.

2) 당선자는 자신을 (          ) 해 준 유권자들에게 고마움을 표했다.

3) 가수 한소리는 그동안 자신을 사랑해준 팬들의 (          )에 보답하고자 10주년 기념투어 공연을 준비했다.

4) 우리 팀은 지나친 체력 소모로 인해 아쉽게도 우승 문턱에서 (          )고 말았다.

5) 취직 전에 (          ) 생각했던 직장생활과 직접 겪으며 온몸으로 느끼는 현실은 하늘과 땅 차이다.

6) 소비자의 권익 보호를 위한 금융소비자보호원의 설립 계획이 소비자 보호법 제정으로 (          )고 있다.

7) 미선 씨와 영수 씨는 10년이 넘도록 (          )는/은/ㄴ 마음으로 서로를 대한다.

8) 대규모 공단 조성으로 주민들의 주거환경이 직접적으로 (          )을/ㄹ 우려가 있다는 점을 정부가 인정했다.

9) 한국인 최초로 국제사법기구의 (          )이/가 된 송상현 국제형사재판소(ICC) 소장을 기념하는 공간이 송 소장의 모교에 마련됐다.

10) 영화 '국가대표'의 주인공은 어떠한 (          ) 속에서도 희망을 잃지 않고 꿈을 일궈내는 스키점프 국가대표 선수들이다.

11) 나라와 종교마다 다른 인사법이 있지만 동서양을 (          )고 악수가 가장 보편적인 인사법이라는 데 이의를 달기는 어렵다.

12) '우애'가 인생의 (          )인 신임 총리는 온화한 성품을 가진 사람으로 잘 알려져 있다.

13) 프로야구 10년차인 이정도 선수는 올 시즌 대타와 대주자를 마다하지 않는 등 자신을 희생하는 자세로 후배들의 (          )이/가 됐다.

14) 최근 몇 년간 건강과 웰빙이 시대의 (          )으로/로 떠오르면서 탄산음료의 위상은 추락하고 있다.

15) 아시아인 최초로 아이비리그 총장이 된 김용 씨는 좋은 직업을 얻어 편하게 살도록 가르치기보다 넓게 보고 크게 생각하며 세상을 바꾸는 지도자의 꿈을 꾸도록 학생들을 가르치겠다고 취임 (          )을/를 밝혔다.

**2.** 다음은 격언들입니다. 공통으로 들어갈 단어를 [보기]에서 찾아 쓰십시오.

| [보기] | 실패 | 성공 | 고난 | 기회 | 도전 |
|--------|------|------|------|------|------|

1) • ( 기회 ) 은/는 누구에게나 있다. 다만 잡지 못할 뿐이다.　　　– A. 카네기
   • ( 기회 ) 은/는 잡으면 많은 열매를 맺고, 소홀히 하면 사라져 버린다. – 지그 지글라
   • ( 기회 ) 을/를 놓치지 말라! 인생은 모두가 ( 기회 )인 것이다. – 데일 카네기

2) • 우리의 최대의 영광은 한 번도 (          )하지 않는 것이 아니라, (          )할 때마다 일어서는 데 있다.　　　　　　　　　　　　　　– 공자
   • 가장 좋기로는 (          )이/가 없는 것이지만, 그 다음은 (          )하되 그로써 이루는 게 있는 것이다.　　　　　　　　　　　　　– 묵자(墨子)
   • (          )은/는 성공의 어머니이다.　　　　　　　　　　– 에디슨

3) • 인생에서 (          )의 비결은 (          )하지 않은 사람들만이 안다. – 콜린즈
   • (          )은/는 결과지 목적은 아니다.　　　　　　　　– 플로벨
   • 최상의 (          )은/는 실망의 다음에 온다.　　　　　　– F.비처

4) • 한 번도 실수한 적이 없는 사람은 한 번도 새로운 것에 (          )해 본 적이 없는 사람이다.　　　　　　　　　　　　　　　– 앨버트 아인슈타인
   • 실패한 사실이 부끄러운 것이 아니다. (          )하지 못한 비겁함은 더 큰 치욕이다.　　　　　　　　　　　　　　　– 로버트 H 슐러

5) • (          )이/가 클수록 더 큰 영광이 다가온다.　　　　– 키케로
   • (          )이/가 있을 때마다 그것이 참된 인간이 되어 가는 과정임을 기억해야 한다.　　　　　　　　　　　　　　　– 괴테

## -느니

**3.** 다음을 연결하고 '–느니'를 사용해서 문장을 만드십시오.

1) 아무 준비 없이 회의에 참석하다 •           • 차라리 혼자 하겠다

2) 손발이 안 맞는 사람과 함께 일하다 •         • 영원히 과장으로 남겠다

3) 아무 일도 못하고 망설이기만 하다 •          • 차라리 불참하는 게 낫다

4) 상사한테 아부해서 승진을 하다 •            • 되든 안 되든 한 번 시작해 보겠다

5) 양심을 속이고 거짓을 말하다 •             • 한 학기를 더 다니겠다

6) 남의 논문을 표절해서 A를 받다 •           • 진실을 밝히고 달게 벌을 받겠다


1) 아무 준비 없이 회의에 참석하느니 차라리 불참하는 게 낫다.

2)

3)

4)

5)

6)

**4.** '-느니'를 사용해서 다음 대화를 완성하십시오.

1) 가: 돈이 좀 부족하긴 한데 요즘 집값이 많이 떨어졌으니까 대출이라도 받아서 집장만을 할까?

   나: 대출이자를 내면서까지 집을 사느니 ~~느니~~ 당분간은 불편하더라도 전세로 삽시다.

2) 가: 모든 면에서 다 마음에 드는 사람이 어디 있겠니? 웬만하면 결혼해라.

   나: ................................................................ 느니 차라리 혼자 살겠어요.

3) 가: 그렇게 혼자 힘들어하지 말고 부모님께라도 도움을 청해 보세요.

   나: ................................................................ 느니 차라리 사업을 접겠어요.

4) 가: 진수 씨가 마음에 안 들어도 이번 기회에 화해한다 생각하고 방을 같이 써보세요.

   나: ................................................................ 느니 여행을 포기하고 말겠어요.

5) 가: 성공하고 싶으면 수단과 방법을 가리지 말아야 합니다.

   나: ................................................................ 느니 지금처럼 영원히 말단 사원 으로 지내겠어요.

6) 가: 월급이 줄고 승진에서 누락됐어도 버틸 수 있었는데 후배들까지 저를 무시하니 죽을 맛이에요.

   나: ................................................................ 느니 차라리 회사를 옮기는 게 낫다고 생각합니다.

## -을지라도/ㄹ지라도

**5.** [보기]에서 알맞은 것을 골라 문장을 완성하십시오.

> **[보기]**
> - 나는 한 그루의 사과나무를 심겠다
> - 정정당당하게 경기에 임하자
> - 대통령은 해외파병을 추진할 것으로 보인다
> - 삶을 포기해서는 안 되지요
> - 그만두기 전까지는 최선을 다해야지요
> - 할 말은 해야겠어요

1) 내일 지구가 멸망할지라도 <u>나는 한 그루의 사과나무를 심겠다.</u>

2) 목에 칼이 들어올지라도 _____

3) 어떠한 고난이 닥칠지라도 _____

4) 온 국민이 반대할지라도 _____

5) 비록 이번 시합에서 우승하지 못할지라도 _____

6) 아무리 직장이 마음에 들지 않을지라도 _____

**6.** '-을지라도/ㄹ지라도'를 사용해서 다음 대화를 완성하십시오.

1) 가: 다음 주에 승진 발표도 있는데 부장님이 내린 결정을 따르지 않겠다고? 너 제정신이야?

   나: 알아. 설령 이번 승진 명단에서 누락될지라도~~을지라도~~/ㄹ지라도 부당한 결정만큼은 도저히 그냥 따를 수가 없어.

2) 가: 드라마에서 맡은 역할 때문에 시청자로부터 욕을 먹고 있다지요?

   나: 네, 하지만 ........................ 을지라도/ㄹ지라도 제게 주어진 역할이니 최선을 다해야겠다는 생각으로 연기할 뿐이에요.

3) 가: 지역 주민들이 1년 넘게 추진해 온 재개발 사업이 모두 무산되면서 정부에 대한 원성이 대단해요.

   나: 네, 저도 압니다. 그러나 ........................ 을지라도/ㄹ지라도 재개발 사업만큼은 도시 전체의 균형 발전을 고려해서 결정해야 합니다.

4) 가: 거래처와의 부정 거래 사실을 폭로하면 더 이상 회사에 남아 있을 수 없겠지?

   나: ........................ 을지라도/ㄹ지라도 양심을 속이고 살아갈 수는 없잖아.

5) 가: 이미 몇 차례 사업 실패를 하셨다고 들었는데 어떻게 재기할 생각을 하셨나요?

   나: ........................ 을지라도/ㄹ지라도 그것을 벗어나야겠다는 의지만 있으면 누구나 다시 일어설 수 있어요.

6) 가: 갑작스럽게 사외인사를 팀장으로 영입하면 사원들의 반발이 심할 텐데요.

   나: 맞아요. 하지만 ........................ 을지라도/ㄹ지라도 회사가 경쟁력을 갖추기 위해서는 이게 최선의 선택입니다.

## 어휘

**1.** 다음 중 밑줄 친 단어가 **잘못** 쓰인 것을 고르십시오.

1) ( **❸** )

❶ 인간은 누구나 행복을 **추구할** 권리가 있다.

❷ 보통 기업은 영리를 **추구하는** 데 목적을 둔다.

❸ 경찰은 범인의 행적을 끝까지 **추구할** 예정이다.

❹ 세계 여러 나라들은 자국의 이익을 **추구하기** 위한 정책을 편다.

2) ( )

❶ 이번 졸업 논문을 친구와 서로 **공유하기로** 했다.

❷ 시장 옆 공터는 지역 주민이 서로 **공유하는** 땅이다.

❸ 이 기계는 연결 장치와 하나의 기억회로를 **공유하게** 된다.

❹ **공유** 자원을 이용함으로써 발생하는 비용은 사회 전체가 부담하게 된다.

3) ( )

❶ 친구의 사업 계획은 듣던 대로 **거창했다.**

❷ 이번에 새로 구입한 차는 제법 **거창한** 차이다.

❸ 제목이 **거창해서** 샀는데 실제 내용은 그저 그런 책이었다.

❹ 양가가 대단한 집안이어서 역시 결혼식이 **거창하더라.**

4) ( )

❶ 깨지기 쉬운 물건은 조심스럽게 **취급해야** 한다.

❷ 우리 약국에서는 그런 약품을 **취급하지** 않습니다.

❸ 저희 미래병원에서는 피부병을 **취급하고** 있습니다.

❹ 청소년들은 자신들을 아이 **취급할 때** 아주 싫어한다고 합니다.

5) ( )

❶ 나는 진수의 **진지한** 학습방법을 본받고 싶다.

❷ 학교는 학생들의 제안을 **진지하게** 받아들였다.

❸ 그는 **진지한** 태도로 자신에 대한 평가를 듣고 있었다.

❹ 학생들이 다양한 주제를 가지고 **진지하게** 좌담회를 했다.

6) (　　　　)

**❶** 아이들은 교사가 자신들의 이름을 부를 때 아주 귀엽게 **답변했다**.

**❷** 교장은 학교 공간 부족 문제를 곧 시정하겠다고 학부모들 앞에서 **답변했다**.

**❸** 많이 바쁘셨을 텐데도 불구하고 질문에 성실하게 **답변해** 주셔서 대단히 감사합니다.

**❹** 비리 공무원을 어떻게 처리할거냐는 기자의 질문에 검찰 총장은 명확한 **답변을** 내놓지 못했다.

7) (　　　　)

**❶** 운동은 남이 **강요해서** 하기 보다는 스스로 꾸준히 해야만 효과도 확실하다.

**❷** 영업소장은 "신형 승용차 출시를 기다리던 소비자가 워낙 많아 전국 400개 대리점에서 계약 **강요가** 쇄도하고 있다"고 말했다.

**❸** 세계화는 획일화된 경제·사회체제를 **강요함으로써** 세계 각 지역의 다양성과 특수성을 무시하는 오류를 범하고 있다.

**❹** 서울에 있는 한 대학병원이 제약회사에 기부금을 **강요했다는** 공정거래위원회의 발표에 대해 병원 측은 제약회사의 기부금은 자발적 기부라고 반박했다.

8) (　　　　)

**❶** 법원은 사고 시 운전자의 주의 의무 여부 등을 **종합적으로** 판단해 배상기준을 결정한다.

**❷** 그간의 국민의식 조사들을 **종합해** 보면 정부에 대한 신뢰도가 지속적으로 하락했음을 알 수 있다.

**❸** 매달 10만원을 2년 여간 꾸준히 **종합하다** 보니 1명당 200만원이 훨씬 넘게 드는 여행 비용을 큰 부담 없이 마련할 수 있었다.

**❹** 보건 복지부 연구를 **종합한** 결과 출산 기피 현상의 원인은 그 어떠한 조건들보다도 악화된 경제 상황이 큰 영향을 미치는 것으로 나타났다.

**2.** 다음 정의를 읽고 [보기]에서 알맞은 단어를 찾아 쓴 후 문장을 만드십시오.

| [보기] | 가치관 | 인생관 | 도덕관 | 결혼관 | 직업관 | 경제관 |
|--------|--------|--------|--------|--------|--------|--------|

1) 인간이 자기를 포함한 세계나 그 속의 사상에 대하여 가지는 평가의 근본적 태도

( 가치관 )

**교사는 학생들이 올바른 가치관을 형성할 수 있도록 도와 주어야 한다.**

2) 인생의 의의, 가치, 목적 따위에 대한 관점이나 견해 ( )

..................................................................................................................................

3) 결혼에 대한 견해나 주장 ( )

..................................................................................................................................

4) 직업에 대하여 가지는 생각이나 태도 ( )

..................................................................................................................................

5) 경제에 대해 가지는 생각이나 판단의 기준 ( )

..................................................................................................................................

6) 도덕적 선악 또는 바르고 그릇됨에 관한 관점이나 입장 ( )

..................................................................................................................................

## -는다거나/ㄴ다거나/다거나

**3.** 다음 주어진 상황을 읽고 [보기]에서 적당한 것을 골라 '-는다거나/ㄴ다거나/다거나'를 사용해서 문장을 완성하십시오.

> **[보기 1]** 주택 부족 문제 해결 방법
> - 다주택 소유자에게 중과세한다
> - 주택 공급을 확대한다
> - 아파트를 대량 건설한다
> - 수도권에 신도시를 건설한다

1) 주택 공급을 확대한다거나 ~~는다거나~~/ㄴ다거나/~~다거나~~ 수도권에 신도시를 건설한다거나 ~~는다거나~~/ㄴ다거나/~~다거나~~ 해야 주택 부족 문제를 해결할 수 있어요.

> **[보기 2]** 좋은 인간관계 유지 방법
> - 서로를 잘 배려한다
> - 약속을 잘 지킨다
> - 상대를 칭찬한다
> - 그 사람 입장에 서서 생각한다

2) _____ 는다거나/ㄴ다거나/다거나 _____ 는다거나/ㄴ다거나/다거나 하면 좋은 인간관계를 유지할 수 있어요.

> **[보기 3]** 노후 대책 방법
> - 퇴직연금보험에 가입한다
> - 저축을 한다
> - 수익형 부동산에 투자를 한다
> - 집을 산다

3) _____ 는다거나/ㄴ다거나/다거나 _____ 는다거나/ㄴ다거나/다거나 하면 노후 문제가 해결될 거예요.

> **[보기 4]** 주차 문제 해결 방법
> - 담장을 허문 후 주차장을 만든다
> - 공용주차장을 만든다
> - 아파트형 주차 빌딩을 만든다
> - 거주자 우선주차 지역을 확대한다

4) _____ 는다거나/ㄴ다거나/다거나 _____ 는다거나/ㄴ다거나/다거나 하면 주차 문제가 해결되지 않을까요?

[보기 5] 빈곤 문제 해결 방법
- 기초생활보장제도를 개선한다
- 빈곤계층에게 최저 생계비를 지원한다
- 빈곤계층의 취업을 보장해 준다
- 나눔을 실천하는 분위기를 조성한다

5) _____ 는다거나/ㄴ다거나/다거나 _____ 는다거나/ㄴ다거나/다거나 하면 빈곤 문제가 해결될 거예요.

[보기 6] 교통 체증 해소 방법
- 대중교통 이용을 장려한다
- 휴일 차량제를 실시한다
- 도심 혼잡세를 부과한다
- 차량 10부제를 시행한다

6) _____ 는다거나/ㄴ다거나/다거나 _____ 는다거나/ㄴ다거나/다거나 하면 심각한 교통 체증을 해소할 수 있어요.

**4.** '–는다거나/ㄴ다거나/다거나'를 사용해서 다음 대화를 완성하십시오.

1) 가: 여유 자금이 생기면 뭘 할 거예요?

　　나: **도심 근교에 땅을 산다거나**~~는다거나~~/ㄴ다거나/~~다거나~~ 주식에 투자한다거나
　　~~는다거나~~/ㄴ다거나/~~다거나~~ 할 거예요.

2) 가: 오늘 하루 너에게 자유의 시간이 주어진다면 뭘 하고 싶어?

　　나: ＿＿＿＿＿＿＿＿＿＿＿＿＿＿＿ 는다거나 /ㄴ다거나/다거나 ＿＿＿＿＿＿＿＿

　　는다거나 /ㄴ다거나/다거나 하면서 하루를 보내고 싶어.

3) 가: 어제 정기 건강검진을 받았는데 혈압도 높고 콜레스테롤 수치도 높대요.

　　나: ＿＿＿＿＿＿＿＿＿＿＿＿＿＿ 는다거나/ㄴ다거나/다거나 ＿＿＿＿＿＿＿＿

　　는다거나/ㄴ다거나/다거나 해 보세요.

4) 가: 직장 상사의 눈 밖에 났다는 생각이 들 때는 어떻게 하세요?

　　나: ＿＿＿＿＿＿＿＿＿＿＿＿＿＿ 는다거나/ㄴ다거나/다거나 ＿＿＿＿＿＿＿＿

　　는다거나/ㄴ다거나/다거나 해요.

5) 가: 요즘 자살이 심각한 사회문제로까지 대두되고 있다면서요?

　　나: 네, ＿＿＿＿＿＿＿＿＿＿＿＿ 는다거나/ㄴ다거나/다거나 ＿＿＿＿＿＿＿

　　는다거나/ㄴ다거나/다거나 하는 경우에 극단적인 선택을 하는 사람이
　　많아졌어요.

6) 가: 개업한 지 한 달이 지났는데 아직도 파리만 날리고 있어요.

　　나: 보통 대박이 난 식당들은 ＿＿＿＿＿＿＿＿＿＿＿＿＿ 는다거나/ㄴ다거나/
　　다거나 ＿＿＿＿＿＿＿＿＿＿＿＿＿ 는다거나/ㄴ다거나/다거나
　　한다던데요.

YONSEI KOREAN WORKBOOK 6

## -는/은/ㄴ 데

**5.** 서로 관계있는 것을 연결하고 '-는/은/ㄴ 데'를 사용해서 문장을 완성하십시오.

1) 노래 •            • 시간을 때운다

2) 자외선 차단제 •            • 나약한 사람을 강하게 만든다

3) 마스크 착용 •            • 햇빛으로부터 피부를 보호한다

4) 만화책 •            • 인간관계를 넓힌다

5) 군대 체험 •            • 어색한 분위기를 살린다

6) 동호회 활동 •            • 바이러스 감염을 방지한다

1) 노래는 어색한 분위기를 살리는 데 가장 효과가 좋아요.

2)

3)

4)

5)

6)

**6.** 다음 뉴스의 머리기사를 읽고 '–는/은/ㄴ 데'를 사용해서 대화를 완성하십시오.

> 배우 한미모     한 달 후 활동가능

1) 기자: 선생님, 미모 씨의 부상정도가 심각하다고 하던데 언제쯤 활동이 가능한가요?

   의사: 아마 완전히 회복하는 는/은/ㄴ 데에는 한 달은 있어야 할 것 같은데요.

> 우리 아이     운동으로 키다리 만든다

2) 엄마: 우리 아이가 또래보다 작아서 걱정이에요.

   의사: _____ 는/은/ㄴ 데에는 유전적인 요인도

   중요하지만 잘 자고 잘 먹고 규칙적으로 운동하는 것이 더 중요하대요.

> 과대광고     소비자 과소비 부추겨

3) 미선: 요즘 광고를 보다 보면 과장이 너무 심한 것 같아.

   영수: 그렇지 않아도 과대광고가 _____ 는/은/ㄴ

   데에 한 몫을 하고 있대.

> 인삼     원기회복에 탁월

4) 미선: 영수 씨는 늘 인삼을 드시는데 효과가 있어요?

   영수: 네, 인삼을 꾸준히 먹으니까 덜 피곤하고 쉽게 지치지도 않은 것 같아요.

   역시 인삼은 _____ 는/은/ㄴ 데에 효과가 있어요.

> 아름다운 몸매와 건강     요가로 두 마리 토끼를 잡다

5) 영수: 요즘 젊은이들 사이에서 요가 열풍이 불고 있대요.

   미선: 요가는 _____ 는/은/ㄴ 데에 아주 도움이 되거든요.

> 한국어     일 년 반 배우면 대학 수업도 가능

6) 미선: 한국어 실력이 부족해서 대학 수업을 중도에 포기하는 학생이 제법 많아요.

   리에: _____ 는/은/ㄴ 데에는 적어도 일 년 반

   정도의 한국어 학습기간이 필요할 것 같아요.

**1.** 다음을 읽고 질문에 답하십시오.

> 사람은 누구나 성공을 갈망한다. 특히 경제적으로 힘든 요즘에는 과거 어느 때보다 성공에 대한 관심이 높아지고 있다. 이런 시대상을 반영하듯 각종 언론에서도 성공한 사람들의 이야기를 앞다투어 소개하고 서점가에도 매일 성공에 관한 책들이 쏟아져 나오고 있다. 인터넷에 들어가 '성공'이라는 단어를 치면 수천 가지 이상의 책 제목이 뜬다. 이 정도면 우리 사회가 성공의 열병을 앓고 있다고 해도 과언이 아닐 것이다.
>
> 다음은 최근 인터넷 서점가에서 많이 판매되고 있는 책 두 권을 소개한다.
>
> **<서른셋 태봉 씨, 출세를 향해 뛰다!>** : 김현수, 공병호 저. 흐름출판
>
>                 – 성공의 기회를 발견한 태봉 씨의 좌충우돌 직장 성공기 (1)
>
> 자기계발과 관련해 핵심을 짚어내는 조언으로 많은 사랑을 받고 있는 공병호 박사는 자신의 실제 경험담을 바탕으로 구체적이고도 현실적인 성공 지침을 제공한다. 직업인으로 가장 생산적인 시기를 보내는 30대들이 보다 능동적인 자세로 목표를 향해 뛰고, 이를 바탕으로 좀 더 쉽게 성공의 토대를 구축할 수 있도록 한다.
>
> 소설 형식으로 구성된 이 책은 출세나 성공에는 관심이 없던 주인공 서태봉이 동기의 과장 승진 소식에 자극을 받고, 조직과 인생에서 인정을 받기 위해 변화하는 과정을 담고 있다. 새로운 마음으로 적극적으로 주위를 둘러보기 시작한 주인공은 그 동안 보지 못했던 성공의 열쇠들을 발견하고, 주변 인물들의 성공 사례를 직접 접하면서 그들의 비결 또한 터득하게 된다.
>
> **<되는 나를 만드는 최고의 습관>** : 고다마 미쓰오 저. 이동희 역. 도서출판 전나무숲
>
>                 – 성공으로 이끄는 사고개혁 프로그램
>
> 최고가 되기 위한 행동 습관! 우뇌 훈련 전문가가 내 놓은 성공 습관 실천서!
>
> 대부분의 사람들이 무한한 잠재력을 가지고 태어났지만 좋은 습관의 미흡함으로 성공의 문턱에서 좌절한다고 한다. 저자는 자신에게 주어진 '살아있는 시간'이 한정되어 있음을 머릿속에 새기고 좋은 습관을 익힌다면 반드시 성공할 수 있다고 역설한다. 자신의 능력을 믿고 더 나은 자신을 위해 노력하는 습관을 들이면 누구라도 인생의 챔피언이 될 수 있는 것이다. 지금보다 더 나은 삶을 꿈꾼다면 이 책에서 말한 '삶에서 행운을 불러오고 기회를 잡을 수 있게 만드는 습관'을 배워라.
>
> 누군가는 성공도 배울 수 있는 기술이라고 했다. 책에서 얘기하는 것을 자기 것으로 만들어서 행동으로 옮기는 것도 성공으로 가기 위한 기술을 습득하는 것이 될 수 있다.
>
> 성공으로 한 걸음 다가가고 싶다면 성공과 관련된 책들과 친해져 봄이 어떨까?

1) 위 글은 무엇에 대한 글입니까? (     )
　❶ 성공 전략 소개　　　　　　　　❷ 성공 비결 소개
　❸ 성공 지침서 소개　　　　　　　❹ 성공을 위한 최고의 습관 소개

2) 맞으면 ○, 틀리면 × 하십시오.
　❶ 성공에 관한 책이 많이 출판되는 이유는 성공한 사람이 많아졌기 때문이다.
　　　　　　　　　　　　　　　　　　　　　　　　　　　　　　(     )
　❷ <서른셋 태봉 씨, 출세를 향해 뛰다!>에서 주인공은 회사 동료에게 자극을 받고
　　노력해서 성공을 한다.　　　　　　　　　　　　　　　　　(     )

3) 여러분이 위 책 중에서 한 권을 산다면 어느 책을 구입하겠습니까?
　이유는 무엇입니까? 말해 봅시다.


## 듣고 쓰기　🔊 01

**2.** 다음을 듣고 질문에 답하십시오.

1) 들은 내용의 제목으로 가장 적당한 것을 고르십시오. (     )
　❶ 웃으면 상대방에게 좋은 인상을 준다.
　❷ 성공하려면 많이 웃어야 한다.
　❸ 긍정적인 사람이 많이 웃는다.
　❹ 첫인상이 성공을 좌우한다.

2) 맞으면 ○, 틀리면 × 하십시오.
　❶ 하루 평균 아이들과 성인의 웃는 시간은 비슷하다.　　　　(     )
　❷ 모습과 웃음소리 등이 그 사람의 첫인상을 결정한다.　　　(     )

3) 성공하기 위한 방법에는 웃는 것 외에 또 무엇이 있을까요? 여러분의 생각을 써
　봅시다.

　❶ ......................................................................................................
　❷ ......................................................................................................
　❸ ......................................................................................................

**어휘 연습**

**1.** 단어의 알맞은 의미를 골라 연결하십시오.

1) 상실하다　　●　　　　　　　　　●어렵고 힘든 일을 이겨내다.

2) 좌절하다　　●　　　　　　　　　●가지고 있던 기능, 가치를 잃어버리다.

3) 극복하다　　●　　　　　　　　　●바로 서서 걷지 못하고 쓰러질 듯하다.

4) 주저앉다　　●　　　　　　　　　●뜻이나 기운 등이 꺾이다.

5) 비틀거리다　●　　　　　　　　　●하던 일을 중도에 포기하고 그만두다./
　　　　　　　　　　　　　　　　　제자리에서 힘없이 그대로 앉다.

**2.** 빈 칸에 공통으로 들어갈 단어를 쓰십시오.

> 친숙하다　　이기적이다　　성숙하다　　필사적이다　　재기발랄하다

1) ㄱ. 명동 거리는 언제나 개성 있고 ＿＿＿＿＿＿＿은/ㄴ 젊은이들로 북적인다.

　ㄴ. 회사에도 ＿＿＿＿＿＿＿은/ㄴ 신입사원들이 많이 들어와 톡톡 튀는 아이디어로 회
　　사의 분위기를 일신하고 있다.

2) ㄱ. 자기 의견을 자유롭게 표현할 수 있는 사회야말로 ＿＿＿＿＿＿＿은/ㄴ 사회이다.

　ㄴ. 그는 어려움을 겪고 나서 정신적으로 매우 ＿＿＿＿＿＿＿어졌다/아졌다/여졌다.

3) ㄱ. 그는 지면 죽는다는 ＿＿＿＿＿＿＿은/ㄴ 각오로 끝까지 버텼다.

　ㄴ. 부도 위기에서 벗어나기 위한 그의 ＿＿＿＿＿＿＿은/ㄴ 노력 덕분에 회사는 기적
　　적으로 회생할 수 있었다.

4) ㄱ. 서로 외면한 채 담배만 피우던 두 노인은 어느덧 ＿＿＿＿＿＿＿어져서/아져서/여져
　　서 얘기를 나누고 있었다.

　ㄴ. 모차르트의 음악은 어디서 많이 들어 본 듯한 ＿＿＿＿＿＿＿은/ㄴ 멜로디로 이루
　　어져 있다.

5) ㄱ. 그는 자기밖에 모르는 ........................... 은/ㄴ 사람이다.

ㄴ. ........................... 은/ㄴ 태도를 보이던 그가 요즘은 봉사에 열을 올리고 있다.

**3.** 다음 문제를 보고 답을 쓰십시오.

1) 다음 중 '짓다'의 의미가 다른 것을 고르십시오.

(　　)

❶ 종결짓다　　❷ 마무리짓다　　❸ 결론짓다　　❹ 한숨짓다

(　　)

❶ 밥을 짓다　　❷ 옷을 짓다　　❸ 결말을 짓다　　❹ 약을 짓다

(　　)

❶ 짝을 짓다　　❷ 미소를 짓다　　❸ 울상을 짓다　　❹ 표정을 짓다

2) 다음 설명이 의미하는 단어를 골라 쓰십시오.

| 초간본 | 중간본 | 개정본 | 원본 | 최종본 |
| --- | --- | --- | --- | --- |

고치거나 번역하기 전의 원래 책. ...........................

이미 출판한 책을 다시 간행한 책. ...........................

출판한 책의 내용을 고쳐 다시 나온 책. ...........................

여러 번의 수정을 거쳐 마지막으로 완성한 책. ...........................

여러 차례 간행된 책에서 맨 처음 간행된 책. ...........................

3) 관계가 있는 것을 골라 연결하십시오.

술 마신 사람　　　　　　•　　　　　• 으르렁거리다

귀고리, 목걸이, 댕기　•　　　　　• 나풀거리다.

아이의 눈, 하늘의 별　•　　　　　• 흔들거리다.

바람에 날리는 머리　　•　　　　　• 반짝거리다.

사이가 안 좋은 두 사람　•　　　　• 비틀거리다.

YONSEI KOREAN WORKBOOK 6

**내용 이해**

**1.** 글쓴이가 이 글을 쓴 이유는 무엇일까요? (     )

   ❶ 새해에는 모든 것을 새로 시작해야 하므로

   ❷ 지난해의 실패를 다 잊는 것이 좋기 때문에

   ❸ 자신의 경험을 통해 새로운 시작을 격려하려고

   ❹ 좌절과 실패는 인생에서 늘 일어나는 일임을 말하려고

**2.** 다음은 이 글의 짜임을 정리한 것입니다. 빈 칸에 알맞은 말을 넣으십시오.

> **처음** • 또 다른 시작의 의미
>
>      다시 시작할 수 있다. 과거보다 나을 것이라는 희망이 있다.
>
> **중간** • 스칼렛 오하라에게서 배운 '또 다른 시작'
>
>      .................................................................
>
>      • 나의 '또 다른 시작'
>
>      .................................................................
>
>      .................................................................
>
> **끝** • 새해의 의미
>
>      또 다른 시작의 의미를 가지고 있다.
>
>      지난해의 좌절과 실망을 모두 잊고 새롭게 다시 시작하자.

**3.** 다음을 읽고 맞으면 O표, 틀리면 X표 하십시오.

   1) 글쓴이가 스칼렛을 좋아하는 것은 그녀의 근성 때문이다.    (     )

   2) 컴퓨터가 고장 나서 논문 자료를 모두 잃었다.    (     )

   3) 글쓴이는 문학을 통해 다시 시작할 수 있는 힘을 얻었다.    (     )

   4) 글쓴이는 논문 내용이 매우 자랑스럽다.    (     )

   5) 글쓴이는 논문 헌정사에 도둑에게 감사하는 글을 썼다.    (     )

써 봅시다

1. 좌절을 딛고 다시 시작한 여러분의 경험을 글로 쓰려고 합니다. 다음과 같이 글의 짜임을 완성해 보십시오.

제목 : 예) 나는 영원한 음치

**처음**
- 대한민국 사람은 모두 가수

  노래를 강요하는 여러 모임. 노래 못 하는 사람이 없어 괴롭다.

**중간**
- 나의 실패담

  노래방에서의 당황스러웠던 경험담.
- 나의 음치 탈출기

  여러 방법을 동원해 노력해도 늘지 않는 노래 실력.

**끝**
- 나의 계획

  절망이란 없다. 노래에 대한 나의 노력은 계속될 것이다.

제목 : .................................................

**처음**
- .................................................
  .................................................

**중간**
- .................................................
  .................................................
- .................................................
  .................................................

**끝**
- .................................................
  .................................................

YONSEI KOREAN WORKBOOK 6

**2.** 위의 짜임을 바탕으로 자신의 경험을 써 보십시오.

더 읽어보기

**1.** 장한나가 로스트로포비치를 만난 과정을 순서대로 정리해 보십시오.

**2.** 로스트로포비치 선생님의 눈물을 보고 장한나는 어떤 결심을 했습니까?

# 속담 1

### 1. 가지 많은 나무 바람 잘 날 없다

자식을 많이 둔 부모는 이런 저런 걱정과 근심이 끊일 날이 없다는 말.

- 가지 많은 나무에 바람 잘 날 없다고 자식이 많은 부모는 항상 노심초사하며 마음 편할 날이 없습니다.

### 2. 개천에서 용 났다

형편이 어렵거나 변변하지 못한 집안에서 훌륭한 사람이 나왔다는 뜻.

- 어려운 가정형편에도 불구하고 피나는 노력을 하여 변호사가 된 지선에게 사람들이 개천에서 용 났다고 하며 뒷이야기를 했다.

### 3. 공든 탑이 무너지랴

힘을 다해서 일을 하면 반드시 좋은 결과가 온다는 뜻으로
공을 들여서 정성껏 한 일은 결코 헛되지 아니함을 이르는 말.

- 이 보고서는 거의 6개월이 넘도록 착실하게 준비한 자료를 바탕으로 만든 계획안이니까 틀림없이 통과될 거예요. 어디 공든 탑이 무너지겠어요?

### 4. 달면 삼키고 쓰면 뱉는다

이해관계에 따라 자신에게 이로우면 붙기도 하였다가 이롭지 않으면 돌아서기도 하는 믿음이 없는 행위를 가리키는 말로 자신에게 이익이 되는 일만 한다는 뜻.

- 달면 삼키고 쓰면 뱉는다고 간 쓸개 다 빼줄 것처럼 나한테 잘 하던 김 과장이 내 형편이 좀 어려워졌다고 모르는 척하더라.

### 5. 밑 빠진 독에 물 붓기

밑 빠진 독에 아무리 물을 부어도 독이 채워질 수 없다는 뜻으로, 아무리 힘이나 밑천을 들여도 보람 없이 헛된 일이 되는 상태를 이르는 말.

- 낭비벽이 심한 민수에게 매번 사업 자금을 대 주는 것은 밑 빠진 독에 물 붓기예요.

### 6. 백지장도 맞들면 낫다

아무리 쉬운 일이라도 혼자 하는 것보다 힘을 합하면 더 효과적이라는 뜻.

- 백지장도 맞들면 낫다고 아이들이 청소를 도와 줘서 생각보다 일찍 끝낼 수 있었어요.

**7.** **비 온 뒤에 땅이 굳어진다**

비에 젖어 질척거리던 흙도 마르면서 단단하게 굳어진다는 뜻으로, 어떤 시련을 겪은 뒤에 더 강해짐을 이르는 말.

- 이명우 선수도 한 때 부상과 스캔들로 많은 어려움을 겪었지만 비 온 뒤에 땅이 굳어진다고 그런 어려움이 현재 최고의 선수로 성장할 수 있었던 밑거름이 되었다고 생각해요.

**8.** **서당 개 삼 년에 풍월을 한다(읊는다)**

서당에서 삼 년 동안 살면서 매일 글 읽는 소리를 듣다 보면 개조차도 글 읽는 소리를 내게 된다는 뜻으로, 어떤 분야에 대하여 지식과 경험이 전혀 없는 사람이라도 그 부문에 오래 있으면 얼마간의 지식과 경험을 갖게 된다는 것을 이르는 말.

- 친구들과 같이 노래방에 자주 가다 보니 서당 개 삼년이면 풍월을 한다고 음치인 나도 이제는 유행하는 노래 몇 곡쯤은 따라 할 수 있게 되었답니다.

**9.** **소문난 잔치에 먹을 것 없다**

떠들썩한 소문이나 큰 기대에 비하여 실속이 없거나 소문이 실제와 일치하지 않는 경우를 이르는 말.

- 어제 일간지마다 가보라고 추천한 딸기 축제에 갔다 왔는데 소문난 잔치에 먹을 것 없다고 볼만한 구경거리도 체험 행사도 거의 없어서 아주 실망했어.

**10.** **송충이는 솔잎을 먹어야 산다**

사람은 자기 분수에 맞게 살아야 하며 분수에 맞지 않거나 넘치는 것을 시도하면 낭패를 본다는 말.

- 도시로 나간 친구들이 성공했다는 소식이 들려오기도 하지만 송충이는 솔잎을 먹어야 산다고 나 같이 농사일밖에 모르는 농부는 물 맑고 공기 좋은 시골이 최고야.

다음을 읽고 알맞은 속담을 넣어 대화를 완성하십시오.

**1.** 가: 박찬명 감독의 영화에 출연한다고 기자회견하시는 것을 봤습니다. 정계에 남으실
줄 알았는데요.

　나: ................................................. 고 하지 않습니까? 국회의원은 제가 할 일이 아닌
것 같습니다. 의원생활 내내 배우 시절이 그리웠습니다.

**2.** 가: 선생님, 이거 제가 만들었는데 한 번 드셔 보세요.

　나: 와, 정말 맛있다! 제임스 씨, 한국요리를 배우신 적이 있으세요?

　가: 아니에요. 그냥 같이 사는 친구가 한국요리를 할 때마다 도와 줬더니 ..............................
................................. 고 간단한 요리 정도는 만들 수 있게 되었어요.

**3.** 가: 어머니, 봉사활동 다녀오시느라 힘드실 텐데 오늘은 그냥 쉬세요. 저녁 준비는
서툴러도 제가 할게요.

　나: 그래, 그럼 내가 콩나물만 다듬어 줄게. ..................................................... 고 내가
이거라도 해주면 식사 준비를 빨리 끝낼 수 있을 거야.

**4.** 가: 성윤 씨가 권고사직을 당했다는 소식 들었어요?

　나: 금시초문이에요. 아니, 언제는 우수사원이라고 표창까지 하더니 건강이
나빠졌다고 사표를 내라고 하다니요.

　가: 그러게 말이에요. 아무리 ..................................... 는/은/ㄴ 세상이라고
하지만 너무하는 거 아니에요?

**5.** 가: 이번에 사법고시에서 수석을 한 사람에 대해서 이야기 들었어요?

　나: 네, ..................................... 었다고/았다고/였다고 하더군요.

　가: 집안 형편이 어려워서 고생을 많이 했던 사람이니 그렇게 이야기할 만하지요.

**6.** 가: 정부에서 부실기업을 살리기 위해서 또 국민들이 낸 세금을 사용할 것 같아요.

　　나: 의도는 좋지만 별 희망도 안 보이는 회사에 많은 돈을 지원하면 뭐 하겠어요?

　　　　다 ......................................................... 지요.

**7.** 가: 옆집이 요즘은 잠잠하지요?

　　나: 네. 정말 다행이에요. 한동안 부부 간의 불화로 조용한 날이 없었잖아요. 사네 마네 하더니 요즘은 잉꼬부부가 따로 없어요.

　　가: ........................................ 고 갈등을 겪고 난 후에 오히려 두 사람이 더 가까워졌나 봐요.

**8.** 가: 실패를 거듭하면서도 꿋꿋하게 10년을 연구 개발에만 매진하더니 드디어 국내외에서 특허를 받았대요. 이제 돈방석에 앉는 것은 시간문제예요.

　　나: ........................................ 겠어요? 오랜 시간 동안 엄청난 노력과 정성을 쏟았으니 좋은 결실을 맺게 된 것은 당연하지요.

**9.** 가: 옆집 영훈이가 축구하다가 넘어졌는데 다리가 부러졌대요.

　　나: 아이고, 영훈이 엄마가 많이 놀랐겠네요.

　　가: ........................................ 고 얼마 전에는 그 집 셋째가 교통사고가 나서 영훈이 엄마가 많이 고생했잖아요.

**10.** 가: 주말에 아이들과 같이 '피카소 특별전'에 다녀왔어요.

　　나: 그러셨어요? 안 보면 후회할 금세기 최고의 전시회라고 신문, 방송에서 하도 떠들어대서 저도 시간을 내서 한 번 가보려고 해요.

　　가: 글쎄요, 가보라고 별로 권해드리고 싶지는 않네요. ........................................ 고 피카소가 그린 그림은 단 두 점뿐이었어요. 나머지는 들어본 적도 없는 무명 현대화가 들의 그림들이었어요. 돈이 아깝더라고요.

# 더불어 사는 사회

## 2과 1항

### 어휘

**1.** [보기]에서 알맞은 단어를 골라 빈 칸에 쓰십시오.

> [보기]　공청회　화장장　취지　건립　납골시설　악취
>
> 　　　　유해물질　하필이면　유치하다　확충하다　선정하다　소각하다

1) 정부는 최근 ( 공청회 )을/를 통해 경제 정책에 대한 각계의 의견을 수렴하였다.

2) 저희 회사는 계열사 별로 모자라는 전문 인력을 연말까지 (　　　　　)을/ㄹ 계획이다.

3) 다른 지역도 많은데 (　　　　　) 우리 마을에 쓰레기매립장이 들어오다니요.

4) 교육과학기술부는 우리 학교를 자연과학부문 올해의 최우수 교육기관으로 (　　　　　) 었다/았다/였다.

5) 지방 자치 단체에서는 지역 개발 사업에 외국 자본을 적극 (　　　　　)기 위해 노력하고 있다.

6) 최근 추진되고 있는 주택 사업 건설은 서민 주택 문제 해결이라는 본래의 (　　　　　)에 어긋나 보인다.

7) 정부는 공사현장에서 발생한 폐기물을 안전하게 (　　　　　)는/은/ㄴ 데에 비싼 처리 비용이 든다고 했다.

8) (　　　　　)이/가 밴 운동화는 비눗물에 빤 뒤 식초를 서너 방울 떨어뜨린 물에 헹궈 내면 불쾌한 냄새가 사라진다.

9) 최근 화장률이 급증하면서 납골당이나 납골묘와 같은 (　　　　　)이/가 급격하게 증가했다.

10) 수도권매립지관리공사는 폐기물 매립이 끝난 제1매립장에 골프장과 수영장, 승마장을 (　　　　　)해 경기장으로 활용할 계획이다.

11) 담배 연기에는 각종 (　　　　　)이/가 수 천 가지 들어 있는데 직접적인 발암물질만 해도 20여 가지가 넘는다고 한다.

12) 경기도내 화장 인구가 해마다 늘고 있으나 (　　　　　) 관련 시설이 부족해서 도민들이 불편을 겪고 있다.

**2.** 다음 두 문장에 공통으로 들어갈 단어를 [보기]에서 찾아 쓰십시오.

[보기]   시위   분쟁   혐오시설   유발하다   조정하다   기피하다   벌이다

1) • 식품 첨가물이 호흡기와 피부 질환뿐만 아니라 암도 ( 유발할 )을/ㄹ 수 있다는
    연구 결과가 나왔다.
  • 폐렴은 생명을 위협하는 2차 합병증을 ( 유발하 )기 때문에 위험하다.

2) • 종교적 갈등으로 인한 (          ) 지역으로의 여행은 자제하시길 바랍니다.
  • 정식 재판 건수가 크게 증가한 것은 개인 간 (          )에서 화해를 거치지 않고
    법으로 해결하려는 경향이 강하게 작용했기 때문이다.

3) • 주민들은 공장을 둘러싸고 격렬하게 항의 시위를 (          )었다/았다/였다.
  • 노사 모두 책임 공방만 (          )다가 결국 대량 해고 사태를 초래하고
    말았다.

4) • 장애인생활시설 등을 (          )으로/로 인식한 지역주민들의 반대에 부딪혀
    사업 시행이 지연되는 경우도 많다.
  • 하수종말처리장이 지하에 건설돼 '(          )이/가 우리 지역에 들어오면 안
    된다'는 님비(NIMBY)현상이 해결되었다.

5) • 담당기관은 집회나 (          )이/가 평화적으로 진행될 수 있도록 집회 주최 측에
    질서 유지를 요청했다.
  • 중소상인들이 정부중앙청사 앞에서 중소상인을 살리기 위한 정부의 적극적인
    대책을 요구하는 (          )을/를 벌였다.

6) • 최근에는 조각품에 대한 기호가 크게 떨어져 상업 화랑에서도 전시회를
    (          )는/ 은/ㄴ 것으로 나타났다.
  • 장례식장은 생활에 반드시 필요한 시설이므로  단순한 지역 이기주의로
    건립을 (          )으면/면 안 된다는 재판 결과가 나왔다.

## -었던들/았던들/였던들

**3.** 다음 기사를 읽고 '-었던들/았던들/였던들'을 사용해서 문장을 만드십시오.

---

### 소 잃고 외양간 안 고친 보석박물관

보석으로 유명한 도시가 1) <u>관리 소홀로 도둑들의 표적이 되고 있다.</u>
지난해 67억 원 어치의 귀금속을 도난 당한 보석박물관에 또 도둑이 들었다. 보석박물관에 1차 도난사건이 발생하자 2) <u>경찰은 박물관 측에 청원경찰 증원 및 시설보완 등을 권고했으나 거의 받아들여지지 않았다.</u> 그런 상태에서 또 다시 도난 당하는 사건이 발생했다. 3) <u>박물관은 경찰이 요구한 방범시설을 제대로 갖추지 않아 도난사건을 자초한 것이다.</u> 범인들은 1층 유리 출입문을 깨고 들어와 11곳의 박물관 진열대 가운데 한 곳에서 3500만 원 어치의 에머랄드와 루비 등 120점을 훔쳐 달아났다. 지난해 5월 귀금속 판매 센터에 67억 원의 대형 도난사고가 발생한 지 불과 1년 만의 일이다. 지난해에는 열감지기에 화장지를 집어넣은 범인들에게 속수무책으로 당하더니, 이번에는 조용한 새벽시간에 통유리를 깨는 소음에도 범인들을 잡지 못했다. 범인들은 창문 틈새에 나무판자를 고정시켜 놓고 유리를 깨고 들어가서 순식간에 귀금속을 가지고 나온 것이다. 그곳의 4) <u>감시용 CCTV 2개 가운데 하나는 처음부터 작동하지 않는 전시용이었으며</u> 나머지 5) <u>CCTV에는 용의자 2명의 모습이 찍혔지만 선명하지 않아서 경찰 수사에 아무런 도움이 되지 않았다.</u> 또한 도난 구역은 6) <u>보험에 가입도 되어 있지 않아 아무런 보상을 받을 수도 없다.</u> 박물관은 소를 잃고도 외양간을 고치지 않은 것이다.

---

1) 관리가 소홀하지 않았던들 도둑들의 표적이 되지는 않았을 텐데.

2) _____

3) _____

4) _____

5) _____

6) _____

**4.** '-었던들/았던들/였던들'을 사용해서 다음 대화를 완성하십시오.

1) 가: 지난번에 휴가 갈 때 차가 고장이 나서 사고가 날 뻔했다면서요?
   나: 네, 미리 자동차를 점검만 했던들 ~~었던들/았던들~~/였던들 그렇게 위험한 일은
   없었을 거예요.

2) 가: 노사 협상이 결렬되면서 직원들의 파업이 다시 시작됐대요.
   나: _____ 었던들/았던들/였던들 파업까지 가지는
   않았을 텐데.

3) 가: 작년부터 붕괴 위험이 있다고 지적되어 왔던 축대가 이번 폭우로
   무너지면서 차량 여러 대가 파손되었어요.
   나: _____ 었던들/았던들/였던들 그런 사고가 발생하지는
   않았을 걸.

4) 가: 간 이식까지 받은 김 과장이 무리를 해서 일하더니 결국 또 입원을
   했다면서요?
   나: _____ 었던들/았던들/였던들 그렇게 건강이
   악화되지는 않았을 텐데.

5) 가: 올해도 예년과 같이 태풍으로 해안 지역 주민이 피해를 입었다던데…….
   나: _____ 었던들/았던들/였던들 똑같은 피해가
   발생하지는 않았을 거예요.

6) 가: 노래방에서 발생한 화재로 많은 인명피해가 났다면서?
   나: 응, _____ 었던들/았던들/였던들 아까운 목숨을
   잃지는 않았을 텐데.

## -어/아/여 주십사 하고

**5.** 다음 글을 읽고 '-어/아/여 주십사 하고'를 사용해서 문장을 만드십시오.

> 식당 주인이 개업을 한 후 고객들에게 개업 선물을 주러 왔다

1) 식당 주인: 저희 식당을 자주 애용해 주십사 하고 개업 선물을 가지고 왔습니다.

> 신인 가수는 자신의 첫 콘서트 초대권을 지인들과 팬들에게 주었다.

2) 신인 가수:

> 서울 광고 회사 인사부 과장은 성실한 사람을 추천해 달라고 대학 교수들을 찾아 왔다.

3) 과장:

> 대학원생은 이번에 자신이 발표하려고 쓴 논문을 가지고 교수님을 방문해서 검토를 부탁했다.

4) 대학원생:

> 보험회사 영업사원은 다시는 부탁을 안 할 테니 이번 한 번만 보험을 들어 달라고 방문을 했다.

5) 영업사원:

> 정부는 지역 주민들에게 이곳에 쓰레기 매립장 설립을 동의해 달라고 설명회를 열었다.

6) 정부:

**6.** '-어/아/여 주십사 하고'를 사용해서 다음 대화를 완성하십시오.

1) 가: 이렇게 늦게 무슨 일이에요?

　 나: 웨이 씨 연락처 좀 알려 <u>주십사어/~~아/여~~</u> 주십사 하고 전화 드렸어요.

2) 가: 아니 이거 웬 떡이에요? 개업하셨어요?

　 나: 네, <u>　　　　　　　　　　　　　　　</u> 어/아/여 주십사 하고 드리는 떡이에요.

3) 가: 김 과장, 무슨 일로 여기까지 왔지?

　 나: <u>　　　　　　　　　　　　　　　</u> 어/아/여 주십사 하고 직접 왔습니다.

4) 가: 어떻게 오셨습니까?

　 나: 저는 독거노인을 위한 봉사단체에서 나왔는데요, <u>　　　　　　　　　　　</u>

　 　 어/아/여 주십사 하고 찾아 왔습니다.

5) 가: 쓰레기 매립장 건은 다 끝난 얘긴데 김 의원은 그 문제를 왜 또 꺼내고 그래요?

　 나: 그래도 <u>　　　　　　　　　　　　</u> 어/아/여 주십사 하고 말씀 드리는 거예요.

6) 가: 자네 오랜만에 학교까지 웬일인가?

　 나: <u>　　　　　　　　　　　　　　</u> 어/아/여 주십사 하고 선생님을 뵈러 왔습니다.

## 어휘

**1.** 다음 글을 읽고 [보기]에서 알맞은 단어를 골라 빈 칸에 쓰십시오.

> **[보기]** 이윤　　　저소득층　　　차원　　　펼치다　　　환원하다
> 　　　　　급급하다　　　파견하다　　　공헌하다　　　바람직하다

요즘 대부분의 기업들은 '토양이 좋아야 나무가 잘 자라듯 그 토대가 되는 사회가 건강해야 기업도 발전한다'는 철학을 근간으로 그룹 1) ( 차원 )에서 튼튼하고 건강한 사회 만들기에 앞장서고 있다. 다시 말해 기업들이 자신들의 2) (　　　　　)추구에만 3) (　　　　　　　)어/아/여하기 보다는 모두가 함께 잘 살기 위해 무엇을 어떻게 해야 할 것인가를 고민하는 것이다. 그래서 많은 기업들은 기업의 이윤을 지역 사회에 4) (　　　　　　　)고자 다양한 사회사업을 5) (　　　　　　　　　) 고있다. 그 중 특히 교육환경이 열악한 6) (　　　　　　　) 자녀를 위해 교육 전문가를 현장에 7) (　　　　　) 어/아/여 교육환경을 개선하고, 교육비를 지원하는 사업에 많은 예산을 배정해 밝고 건강한 사회를 만드는 주인공들을 길러내는 데 중점을 둔다.

이에 지방 자치 단체에서도 '기업들이 발 벗고 나서 아동 복지를 위해 이윤을 사회에 환원하는 것은 매우 8) (　　　　　　)는/은/ㄴ 일'이라며 '아동 종합복지관 등의 건립은 아이들의 삶의 질을 한 단계 높이는 계기가 될 뿐 아니라 기부문화를 확산하는 데도 크게 9) (　　　)을/ㄹ 것으로 기대된다' 고 밝혔다.

**2.** [보기]에서 밑줄 친 것과 관계있는 단어를 골라 빈 칸에 쓰십시오.

> **[보기]** 지원하다　　　기여하다　　　기부하다　　　기증하다　　　기탁하다　　　창출하다

1) 몇몇 기업체가 실버 봉사단의 공연활동을 <u>뒷받침하기로 했다.</u>
　　　　　　　　　　　　　　　( **지원하다** )

2) 교통의 발달은 국제 분업과 무역을 촉진하는 데 크게 <u>이바지했다.</u>
　　　　　　　　　　　　　　　(　　　　　　　)

3) 평생 모은 재산을 소년 소녀 가장들을 위해 써 달라고 장학재단에 **맡긴** 한
   할머니의 이야기가 화제가 되고 있다.                    (          )
4) 어느 독지가가 장애인을 위한 복지 시설이 들어서게 될 부지를 아무 **대가 없이 내**
   **놓았다**.                                       (          )
5) 휴대용 스피커를 만드는 중소기업 A사는 제품의 뛰어난 음질 외에도 고급스러운
   디자인 으로 높은 부가가치를 **만들어 낼 수 있었다.**
                              (          )
6) 가수 윤도현은 이번 콘서트의 수익금 전액을 환경보호에 써 달라며 **내 놓았다.**
                                          (          )

## -으면/면 몰라도

**3.** 다음 표를 읽고 '-으면/면 몰라도'를 사용해서 문장을 만드십시오.

| 조건 | 예측 |
|---|---|
| 1) 지금보다 파격적인 대우를 해준다 | 다른 직장으로 옮기지 않을 것이다 |
| 2) 획기적인 신약이 개발된다 | 인간은 암을 정복할 것이다 |
| 3) 소음과 분진 문제가 해결된다 | 주민들은 도로확장공사에 동의할 것이다 |
| 4) 회사 측이 노조 측의 요구를 들어준다 | 노조는 파업을 그만 둘 것이다 |
| 5) 지위고하를 막론하고 적용할 수 있는 법을 제정한다 | 부정부패를 완전히 뿌리 뽑을 수 있을 것이다 |
| 6) 소각장에서 나오는 유해물질을 완벽하게 차단시킨다 | 주민들은 쓰레기 소각장 건립을 찬성할 것이다 |

1) 지금보다 파격적인 대우를 해주면 몰라도 다른 직장으로 옮길 것이다.

2)

3)

4)

5)

6)

**4.** '–으면/면 몰라도'를 사용해서 다음 대화를 완성하십시오.

1) 가: 요즘 단백질만 섭취하는 황제 다이어트가 살 빼는 데 그만이래요.

　　나: 꾸준히 하면~~으면~~/면 몰라도 그것만 해서는 살빼기가 쉽지 않을 거예요.

2) 가: 화장품을 이렇게 많이 샀는데 견본품은 안 주세요?

　　나: 죄송하지만 ＿＿＿＿＿＿＿＿＿＿＿＿＿＿＿＿으면/면 몰라도 이 정도 금액으로는 드릴 수 없습니다.

3) 가: 이번에 신도시 아파트에 당첨만 되면 소원이 없겠어요.

　　나: ＿＿＿＿＿＿＿＿＿＿＿＿＿＿＿＿＿으면/면 몰라도 아마 하늘의 별따기일 거예요.

4) 가: 그렇게 취직하기가 어려우면 3D 업종의 일자리라도 구해보는 게 어때요?

　　나: ＿＿＿＿＿＿＿＿＿＿＿＿＿＿＿＿으면/면 몰라도 전 위험한 일은 하기 싫어요.

5) 가: 여의도에서 불꽃축제를 한다던데 한 번 가 봐.

　　나: 싫어, ＿＿＿＿＿＿＿＿＿＿＿＿＿＿＿＿으면/면 몰라도 혼자서는 청승맞잖아.

6) 가: 달동네에 가 보면 가난이 세습되는 것 같아 마음이 너무 아파요.

　　나: ＿＿＿＿＿＿＿＿＿＿＿＿＿＿＿＿으면/면 몰라도 쉽게 형편이 좋아지지는 않을 거예요.

YONSEI KOREAN WORKBOOK 6

## -겠거니 하고

**5.** 다음은 '생각과 행동, 그리고 사실'입니다. 읽고 '–겠거니 하고'를 사용해서 문장을 만드십시오.

| 생각 | 행동 | 사실 |
|---|---|---|
| 1) 모두 배운 내용이어서 시험을 잘 볼 것이다 | 문제를 냈다 | 결과는 기대 이하였다 |
| 2) 내가 아프다고 하면 누군가 집을 치울 것이다 | 하루종일 손가락 하나 까딱하지 않고 누워 있었다 | 일어나 보니 집안은 엉망이었다 |
| 3) 신분증이 없어도 담배를 구입할 것이다 | 돈만 달랑 가지고 슈퍼에 갔다 | 신분증을 요구하는 바람에 빈손으로 돌아왔다 |
| 4) 평일이어서 관람객이 적을 것이다 | 표를 예매하지 않았다 | 좋은 좌석은 다 팔리고 없었다 |
| 5) 간단한 일이라서 하루정도면 끝낼 것이다 | 후배에게 일을 맡겼다 | 일주일째 깜깜 무소식이다 |
| 6) 워낙 유명 회사 제품이라 하자가 없을 것이다 | 꼼꼼히 살펴보지 않고 샀다 | 집에 와서 보니 마무리가 잘 되어 있지 않았다 |

1) 모두 배운 내용이어서 시험을 잘 보겠거니 하고 문제를 냈는데 결과는 기대 이하였다.

2) ...................................................................................................................

3) ...................................................................................................................

4) ...................................................................................................................

5) ...................................................................................................................

6) ...................................................................................................................

**6.** '-겠거니 하고'를 사용해서 다음 대화를 완성하십시오.

1) 가: 음식이 부족할 것 같아요. 어떻게 하지?

   나: 글쎄 말이야.

   나도 10인분이면 <u>충분하겠거니</u> ~~겠거니~~ 하고 조금만 준비했는데 이렇게 부족할 줄은 몰랐어.

2) 가: 아이가 아직 어려서 아무 것도 모를 줄 알았는데 다 알고 있었어요.

   나: _____ 겠거니 하고 함부로 얘기하면 안 돼요.

3) 가: 오늘은 중요한 결정을 해야 하는데 왜 이렇게 회의 참석률이 저조하지요?

   나: 지난주에 미리 공지해서 _____ 겠거니 하고 확인 연락을 안 한 것이 문제였던 것 같아요.

4) 가: 세금이 인하되면 경제가 활성화되나요?

   나: 저도 처음엔 _____ 겠거니 하고 기대를 했는데 별 도움이 되지 않는 것 같아요.

5) 가: 제 본심을 이해 못하실 분도 아닌데 이제는 화가 풀렸겠지요.

   나: 시간이 지나면 _____ 겠거니 하고 안심했는데 제 생각이 잘못 된 것 같아요.

6) 가: 지난해 가입했던 펀드는 수익률이 어때요?

   나: 펀드매니저가 _____ 겠거니 하고 마음을 놓고 있었는데 펀드 수익률이 30%나 떨어졌어요.

## 읽고 말하기

**1.** 다음 글을 읽고 질문에 답하십시오.

---

### 서울시 ○○지역주민과 사사건건 '충돌'

"아파트 재건축 허가는 내줘야 하고 재산세 중과는 안 된다"
"임대아파트가 들어서면 인근의 비싼 아파트 값이 떨어지므로 안 된다"
"쓰레기 소각장, 장묘공원 등 혐오시설은 절대 허용할 수 없다"

서울시가 ○○지역 주민들의 지나친 집단 지역 이기주의로 골머리를 앓고 있다. 중앙정부나 서울시의 시책을 외면하고 오로지 지역주민 편들기에만 급급한 해당 구청의 편협한 행정도 골칫거리다.

○○지역은 재정자립도가 100%에 달해 중앙정부나 서울시에 재정적으로 기댈 필요가 거의 없다. 또 선거로 뽑힌 구청장들은 '주민표'를 의식한 나머지, 주민들의 이기적인 민원도 적극적으로 수렴하는 실정이다. 이 때문에 부동산투기를 잠재우기 위한 재산세 중과 정책, 아파트 재건축 시기 조정 등 중앙정부 및 서울시가 시행하려고 하는 정책에 대해 지역사회의 이해와 맞지 않을 경우 사사건건 반대하고 조례 등을 통해 지역단체가 사업을 독자적으로 추진하고 있다.

○○지역 인근 H아파트의 경우 주민 1천여 명이 최근 주변에 임대아파트를 건설하려는 서울시 계획에 반대하는 청원을 시의회에 제출했다. 이들은 저소득층을 위한 값싼 임대아파트 단지가 들어설 경우 동네 수준이 낮아지고 기존의 비싼 고급아파트값이 떨어질 것을 우려한 나머지 반대에 나선 것으로 알려졌다.

또한 서울시가 ○○지역 인근에 추모공원(납골당 및 화장터)을 설립하기 위해 3년 동안이나 지역 주민들을 설득했으나 님비(NIMBY:혐오시설기피증)현상을 끝내 극복하지 못하고 사실상 백지화시킨 일도 있다.

---

1) 위 글은 무엇에 관한 글입니까?

2) 위 글의 내용과 **다른** 것을 고르십시오. (      )
   ❶ ○○지역은 재정 자립도가 높은 편이다.
   ❷ ○○지역 주민은 서울시의 정책이 자신들의 이해와 맞지 않을 경우 반대한다.
   ❸ ○○지역 주민은 부동산 투기 과열을 우려해 임대아파트 건설을 반대한다.
   ❹ ○○지역 구청장은 주민의 표를 의식해서 지역 주민들의 의견을 적극 받아들인다.

3) 이 지역의 문제는 무엇입니까?
   어떻게 해결할 수 있을지 자신의 의견을 이야기해 봅시다.

**2.** 다음을 듣고 질문에 답하십시오.

1) 무엇에 관한 내용입니까? (        )

   ❶ 현대 전자의 자원봉사 팀 소개
   ❷ 현대 전자의 사회공헌 활동 소개
   ❸ 현대 전자의 봉사지원시스템 소개
   ❹ 현대 전자의 봉사 활동 장려 소개

2) 사회봉사단 사무국에서 하는 일이 <u>아닌</u> 것을 고르십시오.(        )

   ❶ 자원 봉사 센터를 두고 사회복지사가 항상 근무한다.
   ❷ 자원봉사인증관리시스템을 만들어 개인의 봉사 실적을 관리한다.
   ❸ 문화 예술단을 만들어 지역 주민들의 행복 증진에 기여하고 있다.
   ❹ 우수 봉사팀을 시상하는 제도를 통해 임직원의 봉사 활동을 장려하고 있다.

3) 만약 여러분이 사회봉사단을 만든다면 무슨 일을 하시겠습니까?
   다음에서 필요한 단어들을 선택하여 써 봅시다.

| | | | | |
|---|---|---|---|---|
| 사회보육시설 | 장애시설 | 보육원 | 양로원 | 공부방 |
| 독거노인 | 저소득층 | 장애인 | 무료급식 | 목욕봉사 |
| 방과 후 교실 | 의료봉사 | 소외계층 | | |

..............................................................................................................

..............................................................................................................

..............................................................................................................

..............................................................................................................

..............................................................................................................

..............................................................................................................

**읽기 활용연습**   교재 읽고 질문을 대답하십시오.

 **어휘 연습**

**1.** 알맞은 단어의 의미를 골라 연결하십시오.

1) 분간하다   •                           • 한 가지 일에 집중하다.

2) 절감하다   •                           • 사물의 옳고 그름, 좋고 나쁨을 가리다.

3) 예민하다   •                           • 분명하지 못하고 희미하다.

4) 몰두하다   •                           • 마음 깊이 절실하게 느끼다.

5) 막연하다   •                           • 자극에 대한 반응이 빠르다.

**2.** 빈 칸에 공통으로 들어갈 단어를 쓰십시오.

| 소화하다   무디다   희미하다   길들이다   발버둥 치다 |
|---|

1) ㄱ. 안개가 끼어서 시야가 _____ 었다/았다/였다.

   ㄴ. 그를 보자 옛 기억이 _____ 게 떠올랐다.

2) ㄱ. 개나 고양이를 _____ 으려면/려면 오랜 시간과 인내가 필요하다.

   ㄴ. 한국음식에 완전히 _____ 어져서/아져서/여져서 이젠 김치가 없으면 밥을 못 먹는다.

3) ㄱ. 음식을 체내에서 _____ 으면/면 에너지의 형태로 몸에 축적된다.

   ㄴ. 이 피아노곡은 아무나 _____ 을/ㄹ 수 없는 곡이다.

4) ㄱ. 물에 빠진 그녀는 가라앉을까 봐 _____ 었다/았다/였다.

   ㄴ. 우리는 급속한 경제 성장 속에서 자신을 돌아볼 여유도 없이 _____ 으면서/면서 살아왔다.

5) ㄱ. _____ 은/ㄴ 칼을 사용하면 손을 다치기 쉽다.

   ㄴ. 오랫동안 야구연습을 안 했더니 감각이 _____ 어졌다/아졌다/여졌다.

**3.** 다음 문제를 보고 답을 쓰십시오.

1) '술술'과 같이 쓸 수 있는 표현을 모두 고르십시오.

| | | | |
|---|---|---|---|
| 말이 나오다 | ☐ | 문제가 풀리다 | ☐ |
| 소금을 뿌리다 | ☐ | 수영을 하다 | ☐ |
| 마음을 먹다 | ☐ | 경기에서 이기다 | ☐ |
| 식사를 하다 | ☐ | 바람이 들어오다 | ☐ |

2) 알맞은 단어를 찾아 써 넣으십시오.

| 오만 | 희망 | 분노 | 절망 | 슬픔 |
|---|---|---|---|---|

● 그의 표정은 모든 사람들을 무시하는 듯한 (          )에 찬 표정이었다.

● 이번 시위는 정부의 잘못된 정책에 대해 시민들의 (          )이/가 폭발한 것이다.

● (          )에 젖은 그의 눈에서 눈물이 하염없이 흘러내렸다.

● 연이은 낙방으로 (          )에 빠진 그는 급기야 자살을 시도하고 말았다.

● 계속되는 불경기는 (          )에 부풀어 있는 젊은이들의 사기를 꺾고 있다.

3) 보기와 같이 연결하여 문장을 만드십시오.

눈물-겹다    그의 눈물겨운 노력은 결국 쓰러져가는 회사를 살려냈다.

흥    ...............................................................................................

힘    ...............................................................................................

**1.** 글쓴이가 이 글을 쓴 목적은 무엇일까요? (　　)

❶ '본다는 것' 의 참된 의미를 다시 찾기 위해서

❷ 점자와 장애인에 대한 관심을 촉구하기 위해서

❸ 봉사하는 삶을 살지 못한 자신을 반성하기 위해서

❹ 장애인과 비장애인들의 소통과 이해를 돕기 위해서

**2.** 다음은 이 글의 짜임을 정리한 것입니다. 빈 칸에 알맞은 말을 넣으십시오.

| 처음 | •점자를 접하게 된 배경 |
| | 　사회 복지관에서 강습을 받으면서 점자를 접하게 되었다. |

**중간** •점자책을 만들고 싶었던 이유

‥‥‥‥‥‥‥‥‥‥‥‥‥‥‥‥‥‥‥‥‥‥‥‥‥‥‥‥‥‥‥‥‥‥‥‥‥‥‥‥‥‥

•점자를 읽기 어려웠던 이유

‥‥‥‥‥‥‥‥‥‥‥‥‥‥‥‥‥‥‥‥‥‥‥‥‥‥‥‥‥‥‥‥‥‥‥‥‥‥‥‥‥‥

•화담 서경덕 선생의 일화

‥‥‥‥‥‥‥‥‥‥‥‥‥‥‥‥‥‥‥‥‥‥‥‥‥‥‥‥‥‥‥‥‥‥‥‥‥‥‥‥‥‥

**끝** •점자와 멀어진 이유

내 언어에만 익숙해져서 장애인들을 서서히 잊게 되었다.

취직, 전공, 직업 때문에 멀어졌다.

손으로 점자책을 만들 필요가 없다.

•나의 깨달음

‥‥‥‥‥‥‥‥‥‥‥‥‥‥‥‥‥‥‥‥‥‥‥‥‥‥‥‥‥‥‥‥‥‥‥‥‥‥‥‥‥‥

**3.** 다음을 읽고 맞으면 O표, 틀리면 X표 하십시오.

1) 글쓴이는 처음에는 점자를 찍는 일에 서툴렀다. 　　　　　　(　　)

2) 글쓴이는 자신이 참된 마음의 눈을 얻었다고 생각한다. 　　　(　　)

3) 글쓴이는 점자책을 만드는 일에 다시 관심을 가질 것이다. 　　(　　)

## 이야기해 봅시다

**1.** 다음 이야기를 읽어 보십시오.

### 북향 언덕의 토끼

　옛날에 남향의 따뜻한 언덕에 사는 토끼와 북향의 춥고 음산한 언덕에 사는 토끼가 있었다. 그 두 토끼 중 어느 토끼가 먼저 봄이 온 걸 알고 뛰어나올 것인가? 남향의 토끼는 건너편인 북쪽 비탈에 아직도 눈이 쌓여 있는 걸 보고 봄이 아직 멀었다고만 여겨 들어앉아 있었다. 반면 북향의 토끼는 남쪽 비탈에 피어난 파릇한 봄의 정경을 보고 껑충 뛰어나와 봄을 맞을 수 있었다.

『반통의 물』에서

**2.** 다음은 윗글에 대한 두 가지 해석입니다. 다음 해석에 대한 여러분의 생각은 어떻습니까?

**[해석 1]**
　사람은 누구나 자신의 환경에 만족하지 못하고 늘 벗어나고 싶어 하기 때문에 멀리 있는 목표를 바라보면서 현재의 삶을 견딘다. 남향 토끼는 현실에 만족하지 못해 북향을 바라보았을 것이고 북향 토끼는 그 반대로 남향을 바라보았을 것이다. 그래서 남향을 바라보고 있던 북향 토끼가 먼저 나온 것이다.

**[해석 2]**
　추위와 굶주림에 시달리던 북향 토끼는 누구보다 간절히 봄을 기다렸기 때문에 빨리 봄을 발견했을 것이다. 상대적으로 편안했던 남향 토끼는 봄을 기다림에 있어 북향 토끼만큼 적극적일 필요가 없었을 것이므로 현실에 안주했을 것이다.

## 더 읽어보기

**1.** 글쓴이가 생각하는 진정한 만남이란 무엇입니까?

**2.** 인간관계가 권태에 빠지지 않도록 하기 위해서는 어떤 노력을 해야 합니까?

# 속담 2

## 1. 새 술은 새 부대에

새로운 제도나 체제를 수립하면 과거의 낡은 인습이나 규칙, 사람 등을 과감히 버리고 내용과 형식일체를 새롭게 정립해야 한다는 의미.

- 새 술은 새 부대에 담아야 하듯이 경제적·정치적 변화가 필요한 시대에는 민족과 국가를 개혁할 수 있는 새로운 지도자가 필요하다.

## 2. 안 되면 조상 탓 잘 되면 제 탓

일이 잘 되면 자기가 잘 해서 된 것으로 여기고 안 되면 남을 원망한다는 뜻.

- 함께 일을 하다가 실패로 끝나니까 안 되면 조상 탓 잘 되면 제 탓이라고 사태의 책임을 서로에게 돌리면서 반목하기 시작했다.

## 3. 열 번 찍어 안 넘어가는 나무 없다

아무리 어려운 일이라도 끊임없이 노력하면 이루어진다는 뜻.

- 영미가 내 데이트 신청을 거절했지만 나는 열 번 찍어 안 넘어가는 나무 없다는 믿음을 가지고 계속 도전해 보련다.

## 4. 옥에도 티가 있다 / 옥에 티

아무리 훌륭한 사람 또는 좋은 물건이라 하여도 자세히 따지고 보면 사소한 흠은 있다는 말.

- 새로 이사한 하숙집은 주인 아주머니도 친절하시고 음식도 입에 맞고 집도 깨끗하고 다 좋은데 도로변이라 시끄러운 게 옥에 티예요.

## 5. 입이 열 개라도 할 말이 없다

잘못이 명백히 드러나 변명의 여지가 없다는 의미.

- 연쇄 살인범을 눈앞에서 놓친 것에 대해서 경찰은 입이 열 개라도 할 말이 없다며 사죄했다.

## 6. 잘 자랄 나무는 떡잎부터 알아본다

앞으로 훌륭하게 될 사람은 어려서부터 남다른 장래성이 엿보인다는 뜻.

- 잘 자랄 나무는 떡잎부터 알아본다고 노벨 물리학상을 받은 김 박사는 어릴 때부터 선생님도 풀지 못한 수학문제를 척척 풀곤 했다지요?

**7. 종로에서 뺨 맞고 한강에서 화풀이 한다**

욕을 당한 자리에서는 아무 말도 못하고 엉뚱한 곳에 가서 불평함을 이르는 말.

● 형은 종로에서 뺨 맞고 한강에서 화풀이한다고 엄마한테 야단맞고는 죄 없는 나한테 계속 짜증을 내고 있다.

**8. 중이 제 머리 못 깎는다**

자기가 자신에 관한 일을 좋게 해결하기는 어려운 일이어서 남의 손을 빌려야만 이루기 쉬움을 이르는 말.

● 내가 학교에서 아이들을 가르치고는 있지만 중이 제 머리 못 깎는다고 내 자식은 직접 못 가르치겠더라.

**9. 첫 술에 배부르랴**

어떤 일이든지 단번에 만족할 수는 없다는 말.

● 배우기 시작한 지 얼마 되지는 않았지만 한국어 실력이 빨리 늘지 않아서 마음이 조급하다. 하지만 첫 술에 배부르겠냐고 생각하고 차근차근 계속 노력해 봐야겠다.

**10. 한 번 엎지른 물은 다시 주워 담지 못 한다**

일단 저지른 잘못은 회복하기 어렵다는 말.

● 그렇게 입이 가벼운 친구에게 얼떨결에 비밀얘기를 한 걸 백 번 천 번 후회했지만 이미 한 번 엎지른 물은 다시 주워 담지 못하니 가슴만 칠 뿐이야.

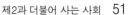

다음을 읽고 알맞은 속담을 넣어 대화를 완성하십시오.

**1.** 가: 관객 1,000만을 넘긴 영화 '경포대'를 드디어 어제 봤어요.

　　나: 1,000만을 넘길 만하던가요?

　　가: 네, 이야기도 재미있고 특수효과도 대단하고 배우들 연기도 훌륭했는데, 배우들의
　　　　사투리가 좀 어색한 것이 ＿＿＿＿＿＿＿＿＿＿＿＿＿＿ 이었어요/였어요.

**2.** 가: 영숙아, 아까 엄마가 왜 그렇게 우리에게 화를 내셨지? 보통 때 같으면 그냥
　　　　넘어가실 일인데…….

　　나: 엄마가 오늘 아침에 할머니께 크게 혼나서 그래.

　　가: ＿＿＿＿＿＿＿＿＿＿＿＿＿＿＿＿ 고 할머니께 야단맞았는데 우리한테 그러시면 안
　　　　되지.

**3.** 가: 시장님, 지하철 9호선이 시운전 때 발견된 결함 때문에 개통이 세 번이나 지연된
　　　　것에 대해서 어떻게 생각하십니까?

　　나: 사전에 철저히 대비하지 못한 것은 저희들의 불찰입니다.
　　　　＿＿＿＿＿＿＿＿＿＿＿＿＿＿＿＿＿＿＿ 습니다/ㅂ니다.

**4.** 가: 드디어 계약을 성사시키셨다면서요? 축하해요.

　　나: 감사합니다. 사실 이번 계약 건은 좀 힘들었습니다.

　　가: 보험은 절대 들 일이 없을 거라는 고객의 마음을 어떻게 바꾸셨어요?

　　나: 고객의 냉대와 무시 때문에 마음 상한 일도 많았지만 포기하지 않고 자주 고객과
　　　　접촉하면서 보험의 필요성을 강조했더니 마음을 돌리던데요.
　　　　＿＿＿＿＿＿＿＿＿＿＿＿＿ 고 하지 않습니까?

**5.** 가: 선생님, 조선시대 사회를 지배하던 이념이 불교였나요?

　　나: 아니야, 조선시대는 고려시대와는 달리 유교였어.

　　가: 왜 불교를 버리고 유교를 택했을까요?

　　나: 그거야 ＿＿＿＿＿＿＿＿＿＿＿＿＿ 이라는/라는 말이 있듯이 새로운 나라 조선은
　　　　친불교 정책을 폈던 고려와는 차별화되는 새로운 이념이 필요했겠지.

**6.** 가: 어휴, 이 일을 어떡하지? 큰일 났네.

나: 무슨 일인데 그래?

가: 아, 글쎄, 친구에게 문자를 보낸다는 것이 그만 과장님께 보내버렸어. 그것도 과장님 욕이 잔뜩 쓰인 내용을 말이야. 시간을 10분 전으로 되돌릴 수는 없을까?

나: ＿＿＿＿＿＿＿＿＿＿＿＿＿＿＿＿＿＿ 고 후회한다고 해결될 일도 아니니 내 생각에는 내일 회사에 가서 진심으로 사과드리는 것이 최선인 것 같다.

**7.** 가: 진희야, 네가 맺어준 부부가 10쌍이 넘는다면서 너는 왜 노처녀 소리를 듣고 다니니?

나: ＿＿＿＿＿＿＿＿＿＿＿＿＿＿＿＿＿＿ 는 말이 있잖아요. 제 일은 이상하게 제 뜻대로 풀리지를 않네요.

**8.** 가: 초등학교에 다니는 제 조카 희수가 서울에서 열리는 '세계 어린이 환경 회의'에 한국 대표로 참가해요.

나: 와, 대단하군요. ＿＿＿＿＿＿＿＿＿＿＿＿＿＿＿＿ 고 커서 큰 인물이 되겠는데요.

**9.** 가: 여보, 개업하고 한 달 동안 입이 부르트도록 열심히 일했는데 왜 수입은 이것밖에 안되지요? 이러다 식당 문 닫는 거 아니에요?

나: 좀 더 기다려 봅시다. 전단지도 돌리고 했으니 입소문이 나면 손님도 점점 늘고 수입도 많아지겠지요. ＿＿＿＿＿＿＿＿＿＿＿＿＿＿＿ 겠어요?

**10.** 가: 운동경기 심판들은 동네북 신세를 면하기 어려운 것 같아요.

나: 동네북이라니요? 그게 무슨 말이에요?

가: ＿＿＿＿＿＿＿＿＿＿＿＿＿＿＿＿＿ 이라고/라고 선수들이나 감독들은 경기에서 이기면 자기들의 실력이 좋아서 이겼다고들 하고, 지면 심판의 판정이 잘못됐기 때문이라고들 하니까요.

# 제3과 남성과 여성

## 3과 1항

### 어휘

**1.** [보기]에서 알맞은 단어를 골라 빈 칸에 쓰십시오.

| [보기] | 인사이동 | 현모양처 | 병행하다 |
|---|---|---|---|
| | 각오를 하다 | 동분서주하다 | 마음을 졸이다 |

　어제 회사에서 1) ( 인사이동 )이/가 있었다. 올해 별다른 성과를 내지 못한 나는 2) (　　　　　　　　) 고만 있었는데 아니나 다를까 그토록 우려했던 지방 발령이 나고야 말았다.

　내 꿈은 현명한 어머니이며 착한 아내인 3) (　　　　　　)이었다/였다. 그래서 다니던 회사마저 그만두고 살림하는 데만 신경을 썼다. 하지만 하루 종일 집에만 있어야 하는 생활이 무척 지루하고 무료했다. 그래서 직장을 구하지 못하면 아르바이트라도 하겠다는 4) (　　　　　　) 고 직장을 구하러 다녔다.

　운 좋게 일자리를 구한 나는 처음에는 직장에서 인정을 받기 위해 5) (　　　　　　) 었다/았다/였다. 하지만 처음의 의도와는 달리 현재의 나는 가정주부로서의 역할도 제대로 못하고 직장에서도 능력 발휘는커녕 맡겨진 업무조차 성실히 해내지 못하고 있다. 이런 상황에서 지방 발령은 불 보듯 뻔한 결과였다.

　정말로 이 세상에서 여자가 가정 생활과 직장 생활을 6) (　　　　　　)으면서/면서 살아가기는 불가능하단 말인가?

**2.** [보기]에서 알맞은 단어를 골라 빈 칸에 쓰십시오.

[보기]　전업주부　　맞벌이 부부　　요조숙녀　　슈퍼우먼　　가사분담

1) 나는 직장과 가정을 성공적으로 병행하고 있는 여자이지요.　　（ 슈퍼우먼 ）

2) 요즘 우리 집에서는 남편과 제가 집안일을 나누어서 해요.　　（　　　）

3) 결혼 전에 다니던 직장을 그만두고 이제는 살림만 하기로 했어요.　（　　　）

4) 우리 부부는 집 장만 시기를 앞당기기 위해 둘 다 직장에 다녀요.　（　　　）

5) 김미선 씨는 말과 행동에 품위가 있으며 얌전하고 정숙한 여자예요.　（　　　）

YONSEI KOREAN WORKBOOK 6

## -은/ㄴ 채

**3.** 다음 글을 읽고 '–은/ㄴ 채'를 사용해서 문장을 만드십시오.

> 과거를 만나 오늘을 위로 받는다.
>
> 2000년대 초반 '아이러브스쿨'이란 인터넷 동창 찾기 사이트나 영화 '친구'의 영향으로 20·30대 층에서 동창회가 잠시 붐이 일기도 했다. 하지만 요즘은 40·50대들에게도 초등학교 동창회는 '필수 모임'이다.
>
> 머리에 흰서리가 내리고 가슴과 허리선이 구분이 안 되는 나이, 선생님과 함께 모이면 누가 스승이고 누가 제자인지 구분하기 어려운 중년들. 이들은 바로 어제 들은 이름이 기억나지 않고 당장 몇 시간 전에 놓아둔 휴대전화가 어디에 있는지 까마득하기만 하지만, 30~40년 전의 일들은 마치 어제 일처럼 생생하기만 하고 서로 기억나지 않는 부분은 퍼즐 조각 끼워 맞추듯 되찾아낸다. 이처럼 타임머신을 타고 옛 시절로 돌아가는 즐거움을 이 나이에 어디에서 찾을 수 있을까?
>
> 30년 만에 초등학교 동창회에 참석한 김영석 씨. 너무 오랜만이라 처음에는 서먹서먹했지만 어느새 그 자리가 익숙해졌다. '그 옛날 장기자랑을 할 때 늘 눈을 지그시 감고 노래를 불렀던 미선이, 항상 입을 꼭 다물고 수줍게 웃기만 하던 영희도 만났다. 소풍 때 팔에 붕대를 칭칭 감고 무대에 올라 열창을 하던 영수와 가방을 메고 신나게 막춤을 추던 민철이도 왔다. 둘은 오늘도 그때처럼 한번 신나게 놀아보자고 말해 모두들 한바탕 웃기도 했다. 수업 시간에 항상 고개를 숙이고 조용히 수업을 듣던 새침떼기 정희. 예나 지금이나 말을 붙이기가 어렵다. 그런데 민정이는 안 보인다. 몇몇은 집에 돌아가기 시작했건만 아직도 오지 않는다. 두 손을 모으고 먼 산을 바라보며 시를 읊던 모습이 아직도 눈앞에 선한데.'
>
> 김영석 씨는 서로의 얼굴에서 주름살을 발견하고 안쓰러워하면서도 같이 손잡고 늙어갈 친구가 있다는 것에 새삼 감사하면서 집으로 향했다.

30년 전 친구들의 모습을 그려 본다.

1) 미선이는 늘 눈을 지그시 감은 채 노래를 불렀다.

2) 영희는 ......................................................................................................

3) 영수는 ......................................................................................................

4) 민철이는 _____

5) 정희는 _____

6) 민정이는 _____

**4.** '-은/ㄴ 채'를 사용해서 다음 대화를 완성하십시오.

1) 가: 무슨 기분 나쁜 일이라도 있어? 왜 그렇게 화를 내?

   나: 말도 마. 아이들이 방을 이렇게 어질러 놓은 ~~은/ㄴ~~ 채 텔레비전만 보는데 화가 안 나겠어?

2) 가: 안색이 별로 안 좋아 보이는데 어디 아파요?

   나: _____ 은/ㄴ 채 잤더니 감기에 걸린 것 같아요.

3) 가: 이산화탄소 발생량 규제에 대해 타협점을 찾았어요?

   나: 아니요, _____ 은/ㄴ 채 자국의 입장에서만 일방적으로 주장하고 있어 타협점을 찾기가 어려워요.

4) 가: 서비스 업종에서 일하는 사람들 중 5분의 1이 우울증에 시달린다면서요?

   나: 네, 직업상 _____ 은/ㄴ 채 친절하게 고객을 대해야 하기 때문이에요.

5) 가: 지난 추석에 종교 단체에서는 지진으로 피해를 입은 지역을 방문해 2,000만 원 상당의 구호품을 이재민들에게 전달했다지요?

   나: 네, _____ 은/ㄴ 채 절망 속에 빠진 이재민을 찾아 구호품을 전달하고 위로와 사랑을 실천하고 왔대요.

6) 가: 가을철로 접어들면서 주말은 물론 주중에도 산을 찾는 사람들이 늘고 있는데요, 등산을 할 때 유의해야 할 점은 무엇입니까?

   나: 등산은 적은 비용으로 친목을 다지고 건강까지 챙길 수 있는 여가활동임에 분명하지만 _____ 은/ㄴ 채 산에 오르면 발목이나 허리 등에 부상을 당할 위험이 크니까 이 점에 유의하셔야 합니다.

## -으리라는/리라는

**5.** 다음 글을 읽고 '-으리라는/리라는'을 사용해서 문장을 만드십시오.

> 김영수 감독은 선수들과의 불화를 종식시키고 다음 올림픽에서 새로운 기록을 세우겠다는 일념으로 훈련을 준비했고, 선수들 또한 감독을 믿고 최선을 다해 훈련에 임하겠다는 자세로 훈련장에 나왔다.

1) 감독: 선수들과의 불화를 종식시키고 다음 올림픽에서 새로운 기록을 세우리라는 일념으로 훈련을 준비했다.

2) 선수: _____

_____

> 노사 협상에 임하기 전에 회사 측에서는 무노동 무임금의 원칙을 고수하겠다는 입장을 밝혔고, 이에 노조 측에서는 해고 근로자들의 복직이 보장되지 않으면 사측의 주장을 절대로 받아들이지 않겠다는 결의를 보였다.

1) 회사: _____

_____

2) 노조: _____

_____

> 국민들의 불신이 걷잡을 수 없이 커지자 정부는 대책 마련에 부심했다. 정부는 국민을 섬기는 정부로 거듭나겠다는 의지로 정부 조직을 개편했고, 국민들은 이러한 정부의 적극적인 태도에 이번 사태가 조속히 해결될 거라는 기대를 하게 됐다.

1) 정부: _____

_____

2) 국민: _____

_____

**6.** '-으리라는/리라는'을 사용해서 다음 대화를 완성하십시오.

1) 가: 연세 자동차와의 부품 생산 계약 건은 잘 되어가나?

나: 네, 이번 계약은 무슨 일이 있어도 성사시키리라는 ~~으리라는~~/리라는 자세로 임하고 있습니다.

2) 가: 6개월 전에 행방불명된 옆집 아들이 아직도 안 돌아왔다면서요?

나: 그러게 말이에요. 그 집 부모는 아직도 _____ 으리라는/ 리라는 믿음으로 사시던데.

3) 가: 루마니아에서 열린 세계 체조 선수권 대회 보셨어요?

나: 네, _____ 으리라는/리라는 기대는 전혀 하지 않았는데 박연아 선수 정말 대단하던데요.

4) 가: 우리 회사 사장님은 정말 대단하지 않아요? 말단 영업 사원에서 그 자리에까지 오르다니.

나: 제가 듣기로 사장님은 _____ 으리라는/리라는 신념을 가지고 살았대요.

5) 가: 경제적인 보상도 받지 못하는데 환경운동을 열심히 하는 이유가 뭐예요?

나: 작은 노력이지만 _____ 으리라는/리라는 일념으로 환경운동을 하고 있어요.

6) 가: 김 선생님, 선생님께서는 근무환경이 좋은 도시 학교에서 가르치실 기회도 많으 셨을 텐데 굳이 이 외딴 섬의 학교를 20년 동안 지켜 오신 특별한 사연이라도 있으 십니까?

나: 뭐 대단한 사연은 없고 단지 교육의 사각지대에 놓여 있는 아이들에게 _____ _____ 으리라는/리라는 마음으로 가르치다 보니 어느새 20년 지났네요.

# 3과 2항

**1.** [보기]에서 알맞은 단어를 골라 빈 칸에 쓰십시오.

> **[보기]**  정    여건    고정관념    불문하다    심사숙고하다    납득이 가다

1) 네가 ( 정 ) 대학을 안 가겠다면 말리지는 않겠지만 신중하게 생각해서 결정해라.

2) 좌담회 때는 상대방이 (                    )도록 논리적으로 주장을 펴야 한다.

3) 뜨개질하는 친구 남편을 보고 남성에 대한 (              )이/가 완전히 깨졌다.

4) 경제적인 (              )만 허락된다면 계속 한국에서 살고 싶어요.

5) 청바지는 남녀노소를 (              )고 누구나 즐겨 입는 옷이다.

6) 한 번 결정을 내리면 번복이 불가능하므로 모두들 (              )어서/아서/여서
   선택하시기 바랍니다.


**2.** [보기]에서 알맞은 것을 골라 단어를 만든 후 문장을 만드십시오.

> **[보기]**   남자    여자    남성    여성    양성    남녀    성

1) .............답다    : 남자답다   여자답다
                      자신의 의견이 없고 언제나 끌려 다니는 남자는 남자답지 못하다.

2) .............적이다   : ....................   ....................
                        ..............................................................

3) .............성      : ....................   ....................
                        ..............................................................

4)  ............ 차별    : ........................  ........................
          ...................................................................................

5)  ............ 평등    : ........................  ........................
          ...................................................................................

## 아무리 -기로서니

**3.** 다음을 읽고 '아무리 –기로서니'를 사용해서 문장을 만드십시오.

> 초등학생이 게임을 하고 싶어 부모의 지갑에 손을 댄 사건이 발생했다.

1) 아무리 게임을 하고 싶기로서니 부모의 돈까지 훔쳐서 게임을 하면 되겠어요?

> 사랑에 빠진 남녀는 공공장소에서도 과감한 애정표현을 서슴지 않는다.

2)

> 아이가 말을 듣지 않는다고 어린이집 교사가 아이를 때린 사건이 발생했다.

3)

> 분유 살 돈이 없는 부부가 편의점을 터는 일이 발생했다.

4)

> 사회에 불만을 가진 사람이 익명의 다수를 대상으로 범행을 저지르는 일이 종종 일어난다.

5)

> 유럽 축구 선수권대회에서 팀의 성적이 부진하다며 경기 중에 구단이 감독을 경질하는 일이 있었다.

6)

**4.** '아무리 –기로서니'를 사용해서 다음 대화를 완성하십시오.

1) 가: 어제 뉴스를 보니까 40대 가장이 생활고를 비관해서 투신자살을 했대요.

　 나: 아무리 생활이 힘들기로서니 ~~기로서니~~ 자식을 두고 어떻게 자살을 해요?

2) 가: 미안해, 내가 요즘 눈코 뜰 새 없이 바빠서 연락을 못했어.

　 나: 아무리 _____ 기로서니 _____

3) 가: 하도 스트레스가 쌓이길래 한 달 생활비를 몽땅 털어 쇼핑을 했어요.

　 나: 아무리 _____ 기로서니 _____

4) 가: 사사건건 트집을 잡는 김 부장 때문에 사표를 낼까 생각 중이에요.

　 나: 아무리 _____ 기로서니 _____

5) 가: 주로 빈곤층 아동에게 지급되는 급식비가 정부의 예산 부족으로 내년부터는
　　　 대폭 줄어들 예정이래요.

　 나: 아무리 _____ 기로서니 _____

6) 가: 옛날 로마시대에는 왕비가 황제의 불륜을 보고도 눈감아 주는 경우가
　　　 있었대요.

　 나: 왜요?

　 가: 왕은 최고의 권력자이기 때문에 약점을 최대한 감싸주려고 했던 거죠.

　 나: 아무리 _____ 기로서니 _____

## -은/ㄴ 끝에

**5.** 다음을 연결하고 '-은/ㄴ 끝에'를 사용해서 문장을 만드십시오.

1) 명수는 죽기 살기로 공부했다 •

2) 영업사원은 거래처 사장을 끈질기게 설득했다 •

3) 경찰이 목격자의 제보를 토대로 용의자 이 씨를 추궁했다 •

4) 영화 '자연인' 오디션에서 김미영은 혼신의 힘을 다해 연기했다 •

5) 요리 연구가 한영선 씨는 10년 동안 연구실에 틀어박혀 새로운 요리 개발에 전념했다 •

6) 국제암센터 연구팀은 3년 넘게 암 연구와 신약 개발에 몰두했다 •

• 여주인공의 배역을 따낼 수 있었다

• 항암치료제 개발에 성공했다

• 세계 최고의 요리사가 되었다

• 제품 매매 계약을 성사시켰다

• 범행 사실을 모두 자백 받았다

• 전액 장학금을 받고 대학원에 입학할 수 있었다

1) 명수는 죽기 살기로 공부한 끝에 전액 장학금을 받고 대학원에 입학할 수 있었다.

2) 

3) 

4) 

5) 

6)

**6.** '-은/ㄴ 끝에'를 사용해서 다음 대화를 완성하십시오.

1) 가: 달아난 소매치기범은 잡았대요?

　　나: 네, 경찰관과 시민들이 <u>세 시간 동안 **추격한**</u> 은/ㄴ 끝에 범인을 검거했대요.

2) 가: 이번 장애인 올림픽 보셨어요? 선수들이 정말 대단하던데요.

　　나: ＿＿＿＿＿＿＿＿＿＿＿＿＿＿＿＿ 은/ㄴ 끝에 메달을 딴 선수들을

　　보면서 저도 가슴이 뭉클했어요.

3) 가: 주민들의 의견이 분분해서 도로 확장 계획이 무산될 줄 알았는데 승인이

　　나서 다행이에요.

　　나: ＿＿＿＿＿＿＿＿＿＿＿＿＿＿＿＿ 은/ㄴ 끝에 승인을 받을 수

　　있었어요.

4) 가: 차기 방송국 사장 후보 결정이 난항을 겪었다지요?

　　나: 네, ＿＿＿＿＿＿＿＿＿＿＿＿＿＿ 은/ㄴ 끝에 최종 투표에서

　　재적 과반수의 표를 얻은 김연주 씨가 후보로 임명됐어요.

5) 가: 매스컴에 얼굴을 안 내밀기로 유명한 김지인 씨를 어떻게 인터뷰할 수

　　있었어요?

　　나: 담당 기자가 끊임없이 전화를 하면서 ＿＿＿＿＿＿＿＿＿＿＿ 은/ㄴ

　　끝에 단독 인터뷰를 이끌어 냈어요.

6) 가: 그동안 몇 달을 끌던 차기 신제품 생산에 대한 논의가 어떻게 오늘 하루 만에

　　결정이 난 거지요?

　　나: ＿＿＿＿＿＿＿＿＿＿＿＿＿＿＿＿ 은/ㄴ 끝에 내린 결정이니

　　만큼 모두들 후회는 없을 것 같아요.

## 읽고 말하기

**1.** 다음 글을 읽고 질문에 답하십시오.

'바깥일은 남편의 영역이고, 가사는 주부의 영역'이라는 관념은 우리의 전통적인 가족관에서 당연한 것으로 받아들여졌다. 그러나 이러한 관점은 오늘날 빠른 속도로 힘을 잃어 가고 있다.

많은 미래학자들도 미래사회는 여성(Female), 가상(Fiction), 감성(Feeling)의 「3F시대」가 될 것이라고 한다. 즉 다시 말하면, 미래사회는 꼼꼼함과 세심함이 귀한 능력으로 부각되는 시대이기 때문에 남성보다는 여성 중심의 사회가 될 것이고, 창의적인 발상과 톡톡 튀는 아이디어를 전제로 하는 가상이 미래의 신개념이 될 것이다. 그리고 자신의 감정을 잘 이해하는 동시에 다른 사람의 감정이나 기분까지 조절하며 그들을 공감시킬 수 있는 감성을 가진 사람이 미래사회의 주역이 된다는 것이다. 물론 변화무쌍하게 펼쳐질 미래사회를 이 세 단어로만 정의할 수는 없겠지만 앞으로의 세기가 남성보다는 여성에게 더 적합하고 유리한 시대가 될 것이라는 데 이견을 제시할 사람은 드물다.

그러므로 미래사회는 '체력이 국력'이라는 남성적 개념이 아니라 무에서 유를 창조할 수 있는 '뇌력(腦力)과 지력(知力)이 국력'이라는 여성적 개념의 시대가 될 것이다. 나아가 미래사회는 남녀차별, 인종차별 등 인위적 장벽이 모두 사라진 열린 사회, 수평적 사회, 창의성과 다양성이 위력을 갖는 사회, 첨단 기술이 중시되는 사회가 될 것이다.

이러한 상황에서 국가나 기업이 살아남기 위해서는 무엇보다도 여성 특유의 섬세함과 부드러움, 그리고 남다른 개성과 지적 능력을 최대한 활용해야만 한다. 더구나 이러한 환경변화로 인해 "남성의 지배 질서로부터 여성이 전면 부상할 것"이라는 게 미래학자들의 대체적인 예측이다.

한편 사회적으로 여성의 역할이 확대됨에 따라 부부 사이의 가사분담이 보편화될 뿐 아니라 부부가 집에서 하는 일의 경계도 많이 없어질 것이다. 남녀 간의 직업에 대한 구별도 무너지고 가정보다는 직장에서 성취감을 느끼는 여성도 증가할 것이다. 자연스럽게 여성의 사회적 지위가 상승하고 가정에서도 여성의 목소리가 커지게 될 것이다.

이제는 '여성'이다. 세상의 절반인 그들이 제 목소리를 내고 있다. 우리는 이미 잘 키운 딸 하나가 열 아들보다 훨씬 나은 시대에 살고 있는지도 모르겠다.

1) 위 글의 제목을 붙인다면 무엇이 좋을까요? (       )
   ❶ 미래사회에서 여성과 남성의 직업의 변화
   ❷ 미래사회에서 여성과 남성의 역할의 변화
   ❸ 미래사회에서 여성의 중요성과 역할 변화
   ❹ 미래사회에서 여성의 지위 상승

2) 위 글의 내용과 같으면 ○, 다르면 ×하십시오.
   ❶ 미래사회에서는 창의력과 지적 능력이 중요하다.                        (       )
   ❷ 미래사회에서는 가정과 직장에서 동시에 성취감을 느끼는 여성이 많아질 것이다.
                                                                          (       )

3) 현대 사회와 미래사회에서의 남성과 여성을 비교해서 이야기해 봅시다.

## 듣고 쓰기   ◀) 03

**1.** 다음 대화를 듣고 질문에 답하십시오.

1) 두 사람은 무엇에 대해 이야기하고 있습니까? (       )
   ❶ 여성과 남성의 역할
   ❷ 여성과 남성의 차이
   ❸ 바람직한 성역할의 의미
   ❹ 바람직한 성역할의 확립

2) 여성특별위원회가 발표한 내용이 **아닌** 것을 고르십시오. (       )
   ❶ 미디어는 성역할 고정관념에 제한되지 않는 다양한 여성상을 제시해야 한다.
   ❷ 여성의 신체와 성을 상품화하지 않아야 한다.
   ❸ 여성과 남성의 차이를 인정해 준다.
   ❹ 이야기 전개에 불필요하게 여성에 대한 폭력을 제시하지 않아야 한다.

3) 여러분이 남성으로서 또는 여성으로서 성차별이 없는 사회를 구현할 수 있는 방안을 제안 하는 글을 써 봅시다.

# 3과 4항

**읽기 활용연습**　　교재 읽고 질문을 대답하십시오.

 **어휘 연습**

**1.** 다음과 관련 있는 단어를 찾아 아래에 써 넣으십시오.

| 교역량　　다국적 기업　　대중매체　　무역 자유화　　생방송　　외환 거래 |
| 은행 계좌　　전화 통신　　주식 거래　　증권 시장　　컴퓨터 네트워크 |

| 무역 | 금융 | 정보통신 |
|------|------|----------|
| 교역량 | 외환 거래 | 대중 매체 |
|  |  |  |
|  |  |  |

**2.** 다음 빈칸에 공통으로 들어갈 어휘를 써 넣으십시오.

| 생생하게　　공교롭게도　　한결같이　　명실 공히　　끊임없이 |

1) ㄱ. 두 사람이 활동했던 시기가 ................................. 비슷한 시기인 기원전 4세기이다.

　　ㄴ. 갑자기 공사 중 사고가 났다는 전화가 왔는데 ................................. 과장은 지방 출장을

　　　가 버리고 부장은 잠시 자리를 비워 사무실엔 나 혼자밖에 없었다.

2) ㄱ. 이라크에서의 전쟁 장면을 세계 각국의 안방에서 .................... 볼 수 있는 세상이 되었다.

ㄴ. 이들 여섯 명의 특별 취재팀은 앞으로 이곳에 머물면서 시위 사태를 ....................

전해 줄 것이다.

3) ㄱ. WTO 규정은 이제 .................... 세계 전체를 관통하는 무역법이 되었다고 할 수 있다.

ㄴ. 이번 대회를 거울 삼아 앞으로 스포츠 종목을 다양화하고 스포츠맨 정신을 길러 .................... 스포츠 강국으로 거듭나야 할 것이다.

4) ㄱ. 그의 인기가 어느 곳에서나 .................... 높다는 것도 확인할 수 있다.

ㄴ. 일부 보도가 나간 뒤 여론의 반발이 커지자, 여야는 .................... 그 안건에 대해 반대 하고 나섰다.

5) ㄱ. 세계화의 다양한 모습은 우리의 일상생활에 .................... 영향을 미치고 있다.

ㄴ. 그는 스스로가 목표를 정하고 이를 달성하기 위해 .................... 노력하며, 중도에 장애가 생기더라도 끝까지 해내고야 만다.

**3.** 다음 문제를 보고 답을 쓰십시오.

1) 서로 관계있는 것끼리 줄을 그으십시오.

국유~, 자동~, 전문~, 양극~, 세계~ ● ●-적

적극~, 활동~, 세계~, 발전~, 역사~ ● ●-화

인간~, 양면~, 동질~, 특수~, 역사~ ● ●-성

2) 다음 표현을 넣어 글을 완성하십시오.

| 그러나 우선 마지막으로 다음으로 결론적으로 |

요즘은 세계화 시대라고들 한다. 세계화는 우리의 일상생활에 어떤 영향을 미치고 있을까? .................... 정보의 세계화로, 우리는 안방에서 세계 어느 지역에서 무슨 일이 일어나고 있는지 실시간 으로 알 수 있다. .................... 무역의 세계화이다. 세계 곳곳에서 생산되는

과일을 우리는 동네 슈퍼마켓에서 살 수 있다. ..................문화, 예술, 스포츠의 세계화이다. 세계 많은 지역에서 똑같은 영화, 똑같은 스포츠 경기를 관람할 수 있다.

.................................................세계화가 모든 세계의 모든 인류에게 문화적 동질성을 가져다 준 것은 아니다. 세계화로 인해 지방적인 특수한 문화가 더욱 선명하게 드러나기도 한다. 세계화는 세계에 동질성과 특수성을 동시에 가져다준다.

3) 다음 문장에 적당한 표현을 골라 써 넣으십시오.

| 생선 떼가 움직이듯이 | 물 흐르듯이 | 가뭄에 콩 나듯이 |
| 비 오듯이 | 찬물을 끼얹은 듯이 | |

- 그의 음악은 여백이 있고 ...........................자연스럽고 편안한 음악이었다.
- 지난 달 출시된 펀드에 시중 자금이 ...........................몰렸다.
- 소란스럽던 실내는 그의 말 한 마디에 ...........................일순간 조용해졌다.
- 최근 우리 사회의 고령화 현상은 심각한 사회문제로 대두되고 있음에도 불구하고 노인문제 를 다룬 기사는 ...........................찾기 어렵다.
- 그는 집에서 자신을 기다리는 아이들만 생각하면 거리에서 매캐한 매연을 마셔도 굵은 땀 방울이 ...........................쏟아져도 입가에 미소가 떠나지 않았다.

**내용 이해**

**1.** 이 글에서 설명하고 있는 것이 <u>아닌</u> 것은 무엇입니까? (　　)

❶ 세계화의 의미 　　　　　　　　❷ 세계화의 다양한 모습

❸ 세계화의 부작용 　　　　　　　❹ 세계화 부작용의 해결 방안

**2.** 다음은 이 글의 짜임을 정리한 것입니다. 빈 칸에 알맞은 말을 넣으십시오.

| 처음 | 우리는 세계화 시대에 살고 있다. 그리고 이 글에서는 세계화에 대해 알아본다. |

**중간**　●세계화의 정의

.................................................................................

●세계화의 기원

제1견해: 기원전 4세기에 시작.

제2견해: ....................................................................

현대적 의미의 세계화의 시작: 1970-80년대에 시작.

●현대적 의미의 세계화의 예

| 커뮤니케이션의 발달 | 정보통신기술의 발달로 세계 다른 지역에서의 일을 생생히 볼 수 있고 다른 지역 사람들의 생각과 생활을 알 수 있다 |
|---|---|
| 무역과 금융의 세계화 | |
| | 기업이 한 나라에서만 생산하지 않는다. 자본, 노동력, 시장이 가장 좋은 곳을 찾아간다. |
| | |

> **끝** • 현재의 세계화 진단
>
> – 지역이나 사회 계층에 따라 세계화의 정도는 다르다.
>
> –
> ........................................................................................................
> –
> ........................................................................................................

**3.** 세계화에 대한 설명으로 맞으면 ○표, 틀리면 ×표 하십시오.

1) 세계화는 2000년대에 들어와 처음 나타나기 시작한 현상이다.　　　( 　　 )

2) 세계화는 기업인, 농민 등 모든 사람들의 생활에 영향을 미친다.　　( 　　 )

3) 세계화는 세계의 어느 곳에나 동일한 정도로 똑같은 영향을 미친다.　( 　　 )

4) 세계화는 경제적 소득, 교육과 문화의 향유 등에 양극화를 초래하였다.　( 　　 )

5) 세계화는 모든 인류에게 문화적 동질성을 가져다 주었다.　　　( 　　 )

## 이야기해 봅시다

**1.** 이 글에서는 세계화를 '국경이 없이 세계가 하나가 되는 것'이라고 했습니다. 이러한 세계화의 문제점에는 어떤 것이 있겠습니까? 이야기해 보십시오.

> • 경제적인 부익부 빈익빈 현상이 가속화된다.　　□
>
> • 문화적 선진국에 의한 문화의 지배 현상이 나타난다.　　□
>
> • 소수의 문화나 전통이 점차 사라져 간다.　　□
>
> • 무한 경쟁으로 인해 자본이 적은 기업은 살아남기 어렵게 된다.　　□
>
> •
> ....................................................................................　　□

**2.** 세계화 속에서 각 민족 혹은 나라의 문화는 어떻게 될 것 같습니까? 다음 글에 대한 여러분의 생각은 어떻습니까?

> <1> 세계화는 세계의 문화를 동질화시킨다.
>
> 세계화는 세계의 모든 사람들이 동일한 문화를 향유하게 한다. 이제 사람들은 더 이상 자신들만의 고유한 민족 문화를 고집하지 않는다. 뉴욕에 사는 사람들이 서아프리카 음악을 즐기고, 인도의 음식이 서울의 젊은이들에게 인기를 얻고, 북아프리카의 유목민들이 미국의 연속극 일정 때문에 이동 시기를 늦추기도 한다.

> <2> 세계화는 세계의 지역 문화를 강화시킨다.
>
> 세계화로 인해 모든 문화는 동질적인 것으로 변해 가겠지만, 한편으로는 지역 문화를 중심으로 하는 지역화도 강화될 것이다. 즉 세계화 속에서 각 종족이나 민족이 없어지는 것이 아니라 새로운 환경에서 재구성되거나 새로운 문화로 나타나게 될 것이다. 또한 과거와는 완전히 다른 혼합된 문화가 출현하기도 할 것이다.

『처음 만나는 문화인류학』에서

 더 읽어보기

**1.** 이 글의 중심 생각은 무엇입니까?

- 세계화로 인해 세계는 점점 같아지고 있다. ☐

- 세계화는 새로운 지역화를 만들고 있다. ☐

**2.** 이 글에서의 중심 생각을 나타내기 위해 어떤 예를 들었습니까?

# 관용어 1

### 1. 발 벗고 나서다
적극적으로 일을 한다는 의미
- 김 부장은 자신이 옳다고 생각하면 남의 일에도 항상 발 벗고 나선다.

### 2. 뒤끝이 없다
좋지 않은 감정을 남기지 않는다는 의미
- 우리 사장님은 화가 나면 바로 표현을 하지만 뒤끝이 없어서 인기가 많다.

### 3. 내 코가 석자다
내 사정이 급해서 남을 돌볼 여유가 없다는 의미
- 지금 취업이 안 돼서 내 코가 석자니 네 문제는 네가 해결해라.

### 4. 난다 긴다 하다
재주나 능력이 남보다 뛰어나다는 의미
- 이번 경시대회에는 각 학교에서 난다 긴다 하는 아이들이 다 나왔다더라.

### 5. 날개 돋친 듯이 팔리다
물건 등이 빠른 속도로 팔림을 비유적으로 표현하는 말
- 이번에 내놓은 신상품은 날개 돋친 듯이 팔려 나갔다.

### 6. 꼬리를 물다
생각이나 사건 등이 연이어 나타난다는 의미
- 잠자리에 누워서도 여러 생각들이 꼬리에 꼬리를 물고 떠올라서 잠을 이루지 못했다.

### 7. 눈독을 들이다
가지고 싶어서 마음에 둔다는 의미
- 고양이가 밥상 위에 놓인 생선에 눈독을 들이고 있다.

### 8. 트집을 잡다
조그만 흠집을 들추어내거나 없는 흠집을 만들어 낸다는 의미
- 내가 별로 잘못한 것도 없는데 부장님이 사사건건 트집을 잡는 걸 보니 뭔가 기분 나쁜 일이 있으신가 보다.

### 9. 발 등에 불이 떨어지다
일이 매우 절박하게 닥쳤다는 의미
- 저는 늘 발등에 불이 떨어져야 일을 시작하는 습관이 있어요.

### 10. 베일에 가리다
어떤 것이 비밀스럽게 가려져 있다는 의미
- 그 여배우의 사생활은 철저히 베일에 가려져 있다.

## 관용어 연습 1

다음을 읽고 알맞은 관용어를 넣어 대화를 완성하십시오.

**1.** 가: 미선 씨는 내가 마음에 안 드나 봐요.
　　나: 왜요?
　　가: 내가 하는 일마다 ＿＿＿＿＿＿＿＿ 어서/아서/여서 잔소리를 하니 정말
　　　　힘들어요.

**2.** 가: 요즘 잘 팔리는 책이 뭐예요?
　　나: 재테크에 관한 책이 나왔는데 ＿＿＿＿＿＿＿＿ 고 있어요.

**3.** 가: 너 ＿＿＿＿＿＿＿＿ 는/은/ㄴ 모양이구나. 밤을 새워서 보고서 쓰는
　　　　걸 보니.
　　나: 응, 내일까지 내지 않으면 성적을 받을 수 없거든.

**4.** 가: 경기 북부 지역에 홍수로 피해를 입은 지역이 많아졌다면서요?
　　나: 네, 그래서 저희 학생회에서도 ＿＿＿＿＿＿＿＿ 어서/아서/여서
　　　　그분들을 돕기로 했어요.

**5.** 가: 도저히 혼자서는 할 수 없는데 지금 좀 도와 줄 수 있어?
　　나: 미안해. ＿＿＿＿＿＿＿＿ 이야/야. 나도 할 일이 산더미야.

**6.** 가: 이번에도 기계 조립 분야에서 김영수 씨가 우승을 하겠지?
　　나: 글쎄요, 결과가 나와 봐야겠지만 그 분야에서 ＿＿＿＿＿＿＿＿
　　　　는/은/ㄴ 사람들이 다 참가해서 쉽지는 않을 거예요.

**7.** 가: 김 선생님은 어떤 분이세요?
　　나: 아주 직선적인 분이지만 ＿＿＿＿＿＿＿＿ 어서/아서/여서 저는 더
　　　　좋아해요.

**8.** 가: 이번 유괴 사건의 범인은 찾았나요?
　　나: 아니요, 사건을 파헤치면 파헤칠수록 의문점이 ＿＿＿＿＿＿＿＿ 고
　　　　생기는 바람에 아직까지 오리무중이에요.

**9.** 가: 언니가 새로 산 구두 정말 예쁘다. 내가 찾던 바로 그 디자인이야.
　　나: ＿＿＿＿＿＿＿＿ 지 마. 절대로 안 빌려 줄 테니까.

**10.** 가: 이번 뇌물수수 사건의 전모가 꼭 밝혀졌으면 좋겠어요.
　　나: 워낙 배후 세력이 ＿＿＿＿＿＿＿＿ 어서/아서/여서 밝혀내기가 쉽지
　　　　않을 거예요.

## 4과 1항

### 어휘

**1.** [보기]에서 알맞은 단어를 골라 빈 칸에 쓰십시오

| [보기] | 소속 | 보급 | 성향 | 인력 | 학벌 |
|---|---|---|---|---|---|
| | 비정규직 | 공공 주택 | 민생 문제 | 선거 유세 | |
| | 얽매이다 | 전개되다 | 본질적이다 | 보수적이다 | |

1) 이번 토론에서는 정치적 (   성향   )이/가 강하게 드러나는 의견은 자제하도록 합시다.

2) 문화체육관광부 (          ) 공무원들은 서울 광장에서 매주 문화콘서트를 여는 게 어떠냐고 시장에게 건의했다.

3) ○○당은 전통적 체제를 중시하고 개혁을 꺼리는 (          )는/은/ㄴ 당이다.

4) 지난번 회의에서는 저출산 문제를 해결하기 위한 논의가 (          )었으나/았으나/였으나 뚜렷한 해결책은 내 놓지 못했다.

5) 무주택자에게 무상으로 공공주택을 (          )하겠다는 것은 현실적으로 지켜지기 어려운 공약이다.

6) 공적인 일을 할 때에는 사사로운 인정에 (          )지 않아야 한다.

7) 성공을 위한 가장 중요한 조건은 재능이나 (          ), 운이 아니라 바로 노력이다.

8) 홍수가 날 때마다 주민을 대피시키고 제방을 쌓는 등 미봉책만 쓸 것이 아니라 (          )는/은/ㄴ 대응책이 필요하다.

9) 공정거래위원회는 이번 주부터 많은 (          )을/를 투입해 전국 30여 개 지역 200여 개 주유소의 석유제품 가격 담합 혐의를 조사하고 있다.

10) 내년 정부 예산에는 (          )을/를 정규직으로 전환할 때 지급하는 지원금이 전혀 반영되지 않았다.

11) 진보 정당 국회의원 후보는 (          ) 내내 "반세기 넘게 곪아온 부패정치를 청산하고 정치의 중심을 관료에서 국민으로 바꾸겠다"며 유권자들의 마음을 사로잡았다.

12) 물가 상승이나 세금 부과와 같은 (          )에 민감한 일반 국민의 입장에서는 정치적인 논쟁만을 일삼는 국회의원이 못마땅할 수밖에 없다.

13) 국토해양부는 건설 경기 악화로 인한 주택부족 문제를 보완하기 위해 (          ) 3만 가구를 추가 건설하기로 했다.

**2.** 밑줄 친 단어가 **잘못** 쓰인 것을 고르십시오.

1) ( **❹** )
   ❶ 이 법의 존속 여부는 국민들의 **투표 결과**에 따라 결정된다.
   ❷ 선거를 할 때는 **투표용지**에 자신의 의사를 표시하여 주십시오.
   ❸ 그들은 새로운 대표자를 뽑기 위해 후보를 추천하고 **투표**를 실시했다.
   ❹ 국민 여러분께서는 이번 선거에 소중한 한 표를 빠짐없이 **투표하십시오.**

2) (          )
   ❶ 국회의원에 **출마하기** 위해서는 반드시 당의 공천을 받아야 합니다.
   ❷ 이번에 선출된 국회의장은 지방 선거에 **출마하여** 낙선한 적이 있답니다.
   ❸ 영희 엄마는 이번 학부모 회장 선거에 **출마하기** 위해 사전 준비를 철저히 했다.
   ❹ 그는 앞에 놓인 연단에 당당하게 **출마해** 자신의 성공 사례를 이야기하기 시작했다.

3) (          )
   ❶ 여당의 많은 사람들은 진보성향의 젊은 후보자를 적극 **지지했다.**
   ❷ 힘들고 어려울 때 가난한 사람을 **지지해** 주는 것은 좋은 일이다.
   ❸ 여성 단체들은 출산 장려금 지급 정책을 **지지하는** 성명을 발표했다.
   ❹ 이번 선거에서 뽑힌 당선자는 자신을 **지지해** 준 사람들에게 고마움을 표했다.

4) (          )
   ❶ 영수는 대기업에 취직해서 해외 유학을 **기권하기로** 했다.
   ❷ 투표에 참가한 185명 가운데 129명이 찬성, 54명이 반대, 2명은 **기권했다.**
   ❸ 이번 선거는 향후 4년의 국정운영이 걸려 있는 선거이니 만큼 한 분도 **기권해서는** 안됩니다.
   ❹ 지난번 시합에서 우리 팀은 준결승까지 올라갔지만 주전 선수의 부상으로 시합을 **기권할** 수밖에 없었다.

5) (      )

● 야당 후보가 국회의장에 **선출되어** 화제다.

● 신춘문예에 **선출된** 소설이 단행본으로 나왔어요.

● 이사회에서 평사원이 파격적으로 영업 이사로 **선출되었다.**

● 성적은 조금 떨어지지만 성실한 학생이 학급 반장으로 **선출되기**를 모두가 원했다.

## 문법

### -는다뿐이지/ㄴ다뿐이지/다뿐이지

**3.** 다음을 읽고 '-는다뿐이지/ㄴ다뿐이지/다뿐이지'를 사용해서 문장을 만드십시오.

1) 병원의 규모는 작다. 하지만 의사들의 수준이나 의료시설은 대형병원 못지않다.

병원의 규모는 작다뿐이지 의사들의 수준이나 의료시설은 대형병원 못지않다.

2) 우리 동네 가전제품 수리 센터에서 일하시는 김영수 씨는 대학교를 졸업하지 않았다. 하지만 영수 씨 손에만 들어가면 못 고치는 게 없다.

3) 최민호 씨는 기능 올림픽에서 메달을 따지 못했다. 하지만 그가 만든 귀금속 공예품은 고객으로부터 최고라는 찬사를 받고 있다.

4) 침팬지는 인간에 비해서 듣고 반응하는 속도가 느리다. 그러나 인간의 행동을 이해하고 모방하는 능력은 뛰어나다.

5) 대통령이 바뀌고 새 정부가 출범했다. 그러나 서민들의 민생 문제를
해결하기 위한 정책에는 거의 변화가 없다.

6) 이번 총선에서는 지난 선거에 비해 젊은 층의 투표 참여율이 높아졌다.
하지만 전체 국민의 투표 참여율은 여전히 50%를 넘지 못했다.

**4.** '-는다뿐이지/ㄴ다뿐이지/다뿐이지'를 사용해서 다음 대화를 완성하십시오.

1) 가: 영희 씨, 회사를 옮기셨다면서요? 해외 진출을 처음 시도하는 회사라서 업무
부담이 클 텐데요.
나: 일이 많다뿐이지는 ~~다뿐이지/ㄴ다뿐이지~~/다뿐이지 근무 환경이나 복지 혜택
등은 지난번 회사보다 더 좋아요.

2) 가: 어제 늦게까지 야근하시더니 오늘 일하는 데 지장 없겠어요?
나: 그럼요, ＿＿＿＿＿＿＿＿＿＿＿ 는다뿐이지/ㄴ다뿐이지/다뿐이지 일하는
데는 문제 없어요.

3) 가: 이번 정부지원 장학생은 지원자가 많아서 선발되기가 어렵다고 하던데
사실이에요?
나: 아니에요, ＿＿＿＿＿＿＿＿＿＿ 는다뿐이지/ㄴ다뿐이지/다뿐이지
성실하게 공부해 온 학생은 뽑힐 가능성이 높대요.

4) 가: 새로 선출된 시장의 공약이 대단하던데.
나: ＿＿＿＿＿＿＿＿＿＿＿＿ 는다뿐이지/ㄴ다뿐이지/다뿐이지 실현
가능성은 없어 보여.

5) 가: 김 선생님, 아무 말씀도 안 하시는 걸 보니 이번 안건에 찬성하시나 봐요.
나: ＿＿＿＿＿＿＿＿＿＿＿＿ 는다뿐이지/ㄴ다뿐이지/다뿐이지 전적으로
찬성하는 건 아니에요.

6) 가: 이번에도 영국 출신의 화학자들 중에서 노벨화학상 수상자가 나왔다지요?
우리나라는 왜 아직 그런 상을 받지 못할까요?
나: ＿＿＿＿＿＿＿＿＿＿＿ 는다뿐이지/ㄴ다뿐이지/다뿐이지 그에 버금가는
성과를 이룬 화학자도 많아요.

## -을/ㄹ 법하다

**5.** 다음을 연결하고 '-을/ㄹ 법하다'를 사용해서 문장을 완성하십시오.

1) 매끼 똑같은 걸 먹는다 ● ⋯⋯● 지겹다 ● ⋯⋯⋯⋯⋯ ● 개봉한 지 한 달이 지나도 관객의 발길이 뜸하대요

2) 김 대리는 회의 때마다 늦는다 ● ● 당황하다 ● ● 친구는 오늘도 끈질기게 돈 얘기를 해요

3) 민수 씨는 기자들에게 예상치 못했던 질문을 받는다 ● ● 미안해하다 ● ● 한국의 산모들은 거의 매일 미역국을 먹는대

4) 영화 '경포대'는 20대에게 인기 있는 배우가 출연했다 ● ● 포기하다 ● ● 아직도 문화 충격을 느낄 때가 있고, 많은 게 생소하대요

5) 마이클 씨는 3년이나 외국 생활을 했다 ● ● 흥행되다 ● ● 그런 기색을 감추고 오히려 미소를 지었어요

6) 돈을 빌려달라는 부탁을 할 때마다 내가 거절했다 ● ● 익숙해지다 ● ● 매번 소란스럽게 들어와 자리에 앉더군요

1) **매끼 똑같은 걸 먹으면 지겨울 법도 한데 한국의 산모들은 거의 매일 미역국을 먹는대.**

2) _____

3) _____

4) _____

5) _____

6) _____

**6.** '-을/ㄹ 법하다'를 사용해서 다음 대화를 완성하십시오.

1) 가: 김소희 씨는 음반 판매량에서도 1위를 차지했는데 이번에는 영화에도
　　출연한대.

　　나: <u>가수로 성공했으니 만족할을</u>/ㄹ 법도 한데 영화까지 출연하는 걸 보면 참
　　욕심이 많은가 봐.

2) 가: 올림픽을 앞두고 국가대표 선수들은 30도가 넘는 날씨에도 훈련에 여념이
　　없어요.

　　나: _____ 을/ㄹ 법도 한데 의지가 대단하네요.

3) 가: 부장님이 해외 출장을 갔다가 어제 늦게 도착하셨다고 들었는데 이렇게 일찍
　　나오셨네요.

　　나: 그러게요. _____ 을/ㄹ 법도 하건만 원체
　　부지런하시잖아요.

4) 가: 국회의원 후보들은 유세장에 사람이 별로 없어도 몇 시간씩 연설을 해요.

　　나: 정말이요? _____ 을/ㄹ 법도 한데 참 꿋꿋하네요.

5) 가: 올해 우리 회사 상반기 영업실적이 사상 최고라면서요?

　　나: 네, 이럴 때는 _____ 을/ㄹ 법도 한데 아직 아무
　　얘기도 없어요.

6) 가: 동계 올림픽 유치가 결정된 후 사람들이 서로 부둥켜안고 좋아하는 걸 보니까
　　가슴이 뭉클하던데요.

　　나: 온 시민이 4년여의 시간을 준비하고 기다려 왔으니 _____
　　을/ㄹ 법도 하지요.

## 어휘

**1.** [보기]에서 알맞은 단어를 골라 빈 칸에 쓰십시오.

| [보기] | 개방 | 선의 | 포용 | 숙명 | 원리 원칙 | 이질화 |
| --- | --- | --- | --- | --- | --- | --- |
| | 점진적 | 유도하다 | 험난하다 | 철저히 | 확연히 | |

1) 주차 문제를 해결하기 위해 주차장을 ( 개방 )하는 학교나 주민 자치센터 등이 늘고 있다.

2) 김 사장은 최선을 다했지만 파산을 막지 못하자 모든 것을 (          )으로/로 받아들이고 마음을 정리했다.

3) 우리 팀장은 팀원의 실수까지도 경험이라 하면서 너그럽게 (          )할 줄 아는 사람이다.

4) 영수 씨의 거친 손에는 그가 얼마나 고생스럽고 (          )는/은/ㄴ 인생을 살아왔는지가 고스란히 담겨 있는 것 같다.

5) 자선행사에 많은 시민들의 참여를 (          )기 위해 유명 연예인이 앞장을 섰다.

6) 저는 여러분의 입장을 생각해서 (          )으로/로 한 말인데, 마음이 상하셨다면 용서해 주시기 바랍니다.

7) 북핵 문제가 본격적으로 논의되면서 대북 정책에 대한 정당 간의 의견 차이가 (          ) 드러 났다.

8) 지나치게 고지식하고 완벽을 추구하면 융통성이 없이 (          )만 내세우는 사람이라고 비난받기 쉽다.

9) 고위공직자는 (          ) 검증을 마친 후에 결격사유가 없다고 인정되면 임명된다.

10) 가스공사는 시설 투자비용을 회수하기 위해 2012년까지 (          )으로/로 가스요금을 30원 정도 인상할 계획이다.

11) 새터민의 61.4%가 남쪽에서 살면서 언어생활에 어려움을 느낀다고 하는 것을 보면 남북 간 언어 (          ) 현상이 얼마나 심각한지를 알 수 있다.

**2.** 다음 단어를 사용해서 문장을 만드십시오.

안정    번영    협력하다

1) 남한과 북한은 한반도의 안정과 번영을 위해 서로 협력해야 한다.

이질화    점진적    극복하다

2) ................................................................................................................

통일 비용    원리 원칙    퍼주다

3) ................................................................................................................

민간 주도    교류    정착되다

4) ................................................................................................................

정부 주도    무역 개방    협력하다

5) ................................................................................................................

부작용    분단    유도하다

6) ................................................................................................................

## -는 가운데

**3.** 다음 [보기]에서 알맞은 것을 골라 문장을 완성하십시오.

> **[보기]**
> ● 승진 대상자 명단이 발표되었다
> ● 야구 경기가 계속되었다
> ● 논란은 계속 증폭되어가고 있다
> ● 중앙 선거관리위원회의 개표가 시작되었다
> ● 하반기 경제에 부담을 줄 만한 복병들이 여기저기에서 터져 나오고 있다
> ● 중앙은행은 정부를 대신해 민간 기업에 자금을 지원하기로 했다

1) 잠실구장에서는 비가 내리는 가운데 <u>야구 경기가 계속되었다.</u>

2) 모든 직원들이 초조하게 기다리는 가운데

3) 국민들이 선거 결과를 지켜보는 가운데

4) 기업들의 국내외 투자가 늘고 있는 가운데

5) 정부의 재정수지가 악화되고 있는 가운데

6) 표절 시비에 휩싸인 당사자가 침묵하는 가운데

**4.** '-는 가운데'를 사용해서 다음 대화를 완성하십시오.

1) 가: 이제 슬슬 마무리 합시다.

　　나: 그래요? <u>웃고 즐기는</u> 가운데 벌써 마칠 시간이 됐군요.

2) 가: 이번 세계 골프 대회는 사실상 한국 선수들끼리의 경쟁이었다지요.

　　나: 네, _____는 가운데 신지혜 선수가 우승을 했어요.

3) 가: 지난 주말에 야외공연장에서 열린 락 콘서트는 대단했다더라.

　　나: 그래. _____는 가운데도 관객들이 한 명도 자리를 뜨지 않았어요.

4) 가: 지난번에 대학 입시제도 개선을 위한 공청회가 열렸다면서요?

　　나: 네, _____는 가운데 다양한 의견들이 오갔어요.

5) 가: 국회에서의 대정부 질의는 잘 되었나요?

　　나: 아니에요, _____는 가운데 결국 무기한 연기되었어요.

6) 가: 이번 홍수로 인한 산간 지역의 구조 작업은 어떻게 되어가고 있나요?

　　나: _____는 가운데도 인명구조 작업은 계속되고 있습니다.

## -을/ㄹ 테지만

**5.** 다음을 연결하고 '-을/ㄹ 테지만'을 사용해서 문장을 만드십시오.

1) 지금은 내 충고를 받아들이기 힘들 거예요         •       •   결국에는 보람을 찾을 수 있을 겁니다

2) 다들 자기의 입장이 있을 거예요      •       •   지금은 한 목소리를 내야 할 때입니다

3) 학점을 받기 위해 하는 봉사활동 이라서 내키지 않을 거예요      •       •   저희도 상당한 손실을 감수해야 해요

4) 그쪽도 손해가 많을 거예요      •       •   언젠가는 제 진심을 알아주시겠지요

5) 다들 심적으로는 지영 씨 말에 수긍이 갈 거예요      •       •   드러내놓고 찬성하는 사람은 없을 거예요

6) 지금은 저를 이해 못 할 거야      •       •   나중에는 내말 듣기 잘했다 싶을 거야

1) 지금은 내 충고를 받아들이기 힘들 테지만 나중에는 내말 듣기 잘했다 싶을 거야.

2) 

3) 

4) 

5) 

6)

**6.** '–을/ㄹ 테지만'을 사용해서 다음 대화를 완성하십시오.

1) 가: 선생님, 지금 답안지 내도 돼요?

   나: 다 잘 풀었을<u>을/ㄹ</u> 테지만 다시 한 번 확인해 보고 내세요.

2) 가: 전 그 일에 대해서는 아무 말도 하고 싶지 않아요. 기억하기도 싫은 사건이에요.

   나: _____ 을/ㄹ 테지만 그때 상황을 다시 한 번 말씀해 주셨으면 합니다.

3) 가: 부장님은 항상 너무 직설적으로 말씀하시는 경향이 있어.

   나: _____ 을/ㄹ 테지만 나중에 생각해 보면 맞는 부분도 있을 걸요.

4) 가: 초등학교 영어 수업에 관한 찬반 토론이 한창이던데요.

   나: _____ 을/ㄹ 테지만 저는 현실적으로 시기가 조금 이르다고 생각해요.

5) 가: 어제 늦게까지 야근을 했더니 몸이 축 처지네요.

   나: _____ 을/ㄹ 테지만 오늘 하루만 지나면 주말이니까 힘을 냅시다.

6) 가: 그 얘기 좀 그만 하고 다녀. 별로 좋은 얘기도 아닌데.

   나: _____ 을/ㄹ 테지만 모두가 알아야 결정을 할 수 있잖아.

**1.** 다음 표를 읽고 질문에 답하십시오.

| 구분 | 항목 | 내용 |
|---|---|---|
| 정착금 | 기본금 | 입국자 모두에게 1,000만 원 기본금 지급 |
| | 장려금 | 국내 직업훈련, 자격증 취득, 장기취업자의 경우 최대 1,540만 원의 장려금 지원 |
| | 가산금 | 노령, 장애, 장기 질병 등의 사유가 있는 경우 최대 1,540만 원의 가산금 지원 |
| 주거 | 주택알선 | 임대 아파트 알선 |
| | 주거지원금 | 1,000만 원 지원금 지원 |
| 취업 | 직업훈련 | 무료 직업훈련을 실시하며, 훈련수당 지급 |
| | 고용지원금 | 새터민을 채용한 사업장에서 지급한 급여의 1/2을 24개월간 정부가 지원 |
| | 취업보호담당관 | 전국 46개 고용안정센터에 취업보호담당관을 지정, 취업상담 · 알선 역할 담당 |
| 사회복지 | 생계급여 | 국민기초생활보장 수급권자로서 일반국민과 동일한 수준의 생계급여 지원(34만 원) |
| | 의료보호 | 의료비 지원<br>(의료보호 1종 수급권자 전액 무료) |
| 교육 | 대학 특례 입학 | 진학 희망자의 경우 특례로 대학 입학 |
| | 등록금 지원 | 중·고등학교 및 대학교 등록금 지원 |
| 정착도우미 | | 새터민 1세대당 2명의 민간정착도우미를 지정, 초기 정착생활 지원 |
| 자격 인정 | | 북한에서 취득한 자격증의 전부 또는 일부 인정 |

1) 이 표의 제목으로 가장 적당한 것을 고르십시오. (      )

❶ 새터민(북한 이탈 주민) 생활지원 내용

❷ 새터민(북한 이탈 주민) 정착지원 내용

❸ 새터민(북한 이탈 주민) 취업지원 내용

❹ 새터민(북한 이탈 주민) 교육지원 내용

2) 맞으면 ○, 틀리면 × 하십시오.

❶ 새터민에게 지원하는 의료비는 전액 무료이다. ( )
❷ 새터민이 북한에서 취득한 자격증은 모두 인정이 된다. ( )
❸ 새터민이 대학에 입학하고자 하면 대학 특례입학을 할 수 있다. ( )
❹ 새터민을 위한 고용지원금으로 새터민을 채용한 사업장에서 지급한
급여의 1/2을 정부가 2년간 지원한다. ( )

3) 여러분은 새터민을 위해서 위의 내용 외에도 무엇이 더 필요하다고 생각합니까?
쓰십시오.

## 듣고 말하기  ◀) 04

**2.** 다음을 듣고 질문에 답하십시오.

1) 이들은 무엇에 관해 얘기하고 있습니까? ( )

❶ 선거 유세
❷ 선거 방법
❸ 선거 공약
❹ 선거 날짜

2) 맞으면 ○, 틀리면 × 하십시오.

❶ 대한당에서는 주요 질환에 대한 무료 검진을 실시하겠다. ( )
❷ 대한당에서는 서민 경제에 희망을 주기 위해 부동산 규제를 완화하겠다.
( )
❸ 민국당에서는 장애인의 의무고용을 확대 시행하겠다. ( )
❹ 민국당에서는 농어촌 교육환경을 개선하기 위해 외국대학을 유치하겠다.
( )

3) 여러분이 국회의원에 출마한다면 어떤 공약을 내 놓으시겠습니까? 이야기해
봅시다.

**어휘 연습**

**1.** 알맞은 단어의 의미를 골라 연결하십시오.

1) 등정하다   •                     • 한 바퀴 돌다.

2) 일주하다   •                     • 산의 꼭대기에 오르다.

3) 등반하다   •                     • 험한 산이나 높은 곳에 오르다.

4) 횡단하다   •                     • 좌우로 뻗은 공간을 지나가다, 건너가다.

5) 종주하다   •                     • 능선을 따라 많은 산봉우리를 넘어가다.

**2.** 빈 칸에 공통으로 들어갈 단어를 골라 쓰십시오.

> 가늠하다     과시하다     누비다     단장하다     벌어지다

1) ㄱ. 그 화가는 풍경화를 그리기 위해 우리나라 곳곳을 ........................고 다녔다.

    ㄴ. 그는 골목골목을 ........................으며/며 신기한 풍물을 구경했다.

2) ㄱ. 70세 노인이 마라톤을 완주해 체력을 ........................었다/았다/였다.

    ㄴ. 그는 자신의 부를 ........................기 위해 거실과 손님방에 고급 도자기를 진열했다.

3) ㄱ. 더 무거운 수박을 고르기 위해 나는 수박을 양손에 들고 무게를 ........................
어/아/여 보았다.

    ㄴ. 그는 사업의 성패를 ........................어/아/여 보기 위해 점쟁이를 찾아갔다.

4) ㄱ. 시끌시끌한 걸 보니 저 방에선 술잔치가 ........................은/ㄴ 것 같다.

    ㄴ. 바로 이 거리에서 몇 년 전 총격전이 ........................었다고/았다고/였다고 한다.

5) ㄱ. 길가에 있는 집들은 새로 ........................은/ㄴ 것처럼 깨끗했다.

    ㄴ. 어머니께서 얼굴에 분을 바르고 곱게 ........................고 나서시니 새색시 같았다.

**3.** 다음 문제를 보고 답을 쓰십시오.

1) 보기와 같이 연결하여 문장을 만드십시오.

[보기]   쫑긋-세우다 : 토끼가 귀를 쫑긋 세우고 우리를 바라 보았다.

씨익-웃다     : ........................................................................................

쭉쭉-뺀다     : ........................................................................................

몽땅-먹다     : ........................................................................................

꼴깍-삼키다  : ........................................................................................


2) 아래 문장에 적절한 단어를 골라 쓰십시오.

| 춘궁기 | 농번기 | 농한기 | 성수기 | 비수기 | 환절기 |
|---|---|---|---|---|---|

ㄱ. (              )에는 숙박 요금이 배로 오르는 데가 있다.

ㄴ. (              )에는 예전에 곡식이 떨어져 어린 자식을 잃는 경우도 있었다.

ㄷ. (              )에는 일손이 모자라 어린 아이들까지 농사일을 돕기도 했다.

ㄹ. (              )에는 병원을 찾는 감기 환자가 북새통을 이룬다.

ㅁ. (              )에는 찾는 이가 없으므로 아파트 시세가 떨어지기 마련이다.


3) 관계가 있는 것을 골라 연결하십시오.

얼어서 죽음                    •                    • 자연사

물에 빠져 죽음               •                    • 횡사

뜻밖의 사고를 당해 죽음   •                    • 익사

눌려서 죽음                    •                    • 압사

늙고 쇠약해져 죽음          •                    • 동사

**내용 이해**

**1.** 글쓴이가 이 글의 제목을 '이틀 간 전세 낸 설악산 등정'이라고 한 이유는 무엇입니까?
(    )

❶ 설악산 입장료를 냈기 때문에

❷ 이틀 숙박료를 내고 머물렀기 때문에

❸ 설악산을 혼자 힘으로 등정했기 때문에

❹ 입산금지 구역에 혼자 있을 수 있었기 때문에

**2.** 글쓴이가 설악산에서 지나간 곳의 풍경이나 그곳에서의 느낌을 장소에 따라 간단히 써 보십시오.

1) 설악폭포 : 계곡의 물소리가 시원하다. ....................................................................

2) 중청대피소 : 방이 운동장같이 넓다. ....................................................................

3) 대청봉 : 쾌청하다. ....................................................................

4) 소청으로 가는 길 : 눈이 무릎까지 쌓여 있다. ....................................................................

5) 비선대로 가는 길 : 산벚꽃 향기가 진하다. ....................................................................

**3.** 다음을 읽고 맞으면 O표, 틀리면 X표를 하십시오

1) 설악산은 숲, 계곡 등 자연 경관은 좋지만 숙박시설이 없다.                (    )

2) 글쓴이는 앞으로 백두대간을 종주할 것 같다.                (    )

3) 글쓴이는 육로뿐만 아니라 해로로도 세계 여행을 한 적이 있다.                (    )

**써 봅시다**

ο 여러분이 여행한 곳을 [보기]와 같이 표에 써 보십시오.

| [보기] 장소 : 설악산(졸업 여행) | |
|---|---|
| **<첫째 날>**<br> 9:00 출발<br>12:20 강릉 도착<br>　　　점심<br>13:00 선교장 구경<br>　　　단체 사진 촬영<br>14:00 오죽헌, 낙산사<br>17:00 숙소로 이동 | ● 친구가 늦게 와서 버스가 20분 늦게 출발함.<br>● 두부전골로 점심 식사(약간 매웠지만 시장이 반찬이라 맛있게 먹음).<br>● 조선시대 대표적 양반가옥과 정자를 구경함.<br><br>● 처음으로 '조용한 아침의 나라'를 느껴 봄.<br>● 구경도 좋지만 콘도에 드러누워 있으니 여기가 제일 좋다! |
| **<둘째 날>**<br>10:00 설악산 도착<br>11:00 권금성 등산<br>　　　비선대 구경<br>12:00 점심 식사<br>12:40 서울로 출발<br>17:00 한국어학당 도착 | ● 권금성과 비선대 두 팀으로 나누어 올라감(케이블카를 탈 때는 좀 무서웠지만 발 아래 경치가 무척 아름다웠음. 걷지 않아 무지 좋음).<br>● 신흥사 구경 뒤 설악산 경치를 실컷 구경함.<br>● 금강산도 식후경 (산채 비빔밥의 산나물 냄새가 향긋했음).<br>● 서울에 도착하니 또 시험 스트레스 시작! |

| 장소 : | |
|---|---|
| | |

 **더 읽어보기**

**1.** 거제도 사람들은 내도와 외도가 어떻게 해서 만들어졌다고 믿고 있습니까?

**2.** 다른 중소도시와 달리 거제도 인구가 늘고 있는 이유가 무엇입니까?

# 관용어 2

**1.** 사서 고생이다

고생하지 않아도 될 일을 자기가 만들어서 고생한다는 의미.

- 미선 씨, 지금 해야 하는 일도 부담이 클 텐데 담당도 아닌 일까지 맡아서 사서 고생할 필요는 없잖아요.

**2.** 불똥이 튀다

관계없는 사람에게 피해가 미친다는 의미.

- 임원급 이상만 구조조정을 한다더니 말단 직원인 우리에게까지 불똥이 튈 줄은 몰랐다.

**3.** 얼굴에 먹칠을 하다

체면이나 명예가 더럽혀지는 망신을 당했다는 의미.

- 얘들아, 제발 어디 가서 부모 얼굴에 먹칠하는 행동은 하지 마라.

**4.** 재미를 보다

어떤 일에서 성과를 올려 이익을 얻었다는 의미.

- 올해는 장사가 잘 돼서 재미 좀 봤다.

**5.** 죽이 맞다

두 사람이 서로 뜻이 맞는다는 의미.

- 일할 때도 놀 때처럼 죽이 잘 맞으면 일도 빨리 끝내고 결과도 좋을 텐데.

**6.** 싼 게 비지떡이다

값이 싼 만큼 좋지 않음을 비유적으로 표현하는 말.

- MP3가 다른 회사 제품보다 싸서 구입했는데 싼 게 비지떡이라고 금방 고장이 나고 말았어요.

**7.** 열을 올리다

무엇에 매우 열중하거나 열성을 보인다는 의미.

- 최근 자동차 업체들이 새로운 해외 시장 개척에 열을 올리고 있다.

**8.** 눈 밖에 나다

신임을 잃고 미움을 받는다는 의미.

- 그는 여러 번 약속을 지키지 않아 직장 상사의 눈 밖에 나고 말았다.

**9.** 코가 납작해지다

망신을 당해서 기가 죽었음을 의미.

- 자신만만해하던 과목에서 과락을 한 후 영수는 코가 납작해졌다.

**10.** 눈살을 찌푸리다

마음에 들지 않아서 양 미간을 찡그린다는 의미.

- 지하철에서의 지나친 애정 표현은 사람들의 눈살을 찌푸리게 한다.

## 관용어 연습 2

다음 대화를 읽고 알맞은 관용어를 넣어 대화를 완성하십시오.

**1.** 가: 네가 우리 _____ 다니. 어떻게 그런 부끄러운 일을
　　　 저지를 수 있니?

　　 나: 죄송해요. 제가 잠시 돈에 눈이 멀었나 봐요.

**2.** 가: 준비는 잘 돼 갑니까?

　　 나: 잘 돼 가기는요. 두 사람이 _____ 어야/아야/여야 일을
　　　 신나게 하지요. 서로 눈치만 살피느라 진행이 더뎌요.

**3.** 가: 지난 대회의 우승 팀이 이번 대회에서는 본선 진출도 못했다면서?

　　 나: 그러게요. 준결승까지는 자신있다고 큰 소리 치더니 이번 대회 첫 출전
　　　 팀에게 0:1로 지면서 _____ 어졌어/아졌어/여졌어.

**4.** 가: 식당에 손님이 많아요?

　　 나: 네, 장사가 잘 돼서 톡톡히 _____ 고 있어요.

**5.** 가: 공금을 유용한 사건으로 온 회사가 시끄럽다면서요?

　　 나: 네, 이번 사건으로 누구에게 _____ 을지/ㄹ지 몰라서 모두들
　　　 쉬쉬하고 있어요.

**6.** 가: 너네 집은 여유가 있으면서 왜 날마다 아르바이트를 하느라고 _____ ?

　　 나: 그게 뭐 내 돈이니? 우리 아버지 돈이지.

**7.** 가: 미선 씨가 좌담회에서 상대팀에게 반말로 이야기한 건 좀 심했던 것 같아.

　　 나: 그래요. 좌담회를 본 사람은 모두 너무 무례한 행동이라면서 _____
　　　 었어요/았어요/였어요.

**8.** 가: 첫 출근이라 많이 떨리네요.

　　 나: 무엇보다도 신입사원 때에는 선배들 _____ 지 않도록
　　　 행동을 잘 해야 해.

**9.** 가: 지난번에 백화점에 갔다가 하도 싸서 가방을 하나 샀더니 벌써 고장이
　　　 났지 뭐야.

　　 나: _____ 이라고/라고 하나를 사더라도 제값을 주고 사는 게 나아.

**10.** 가: 요즘 미선 씨가 노래방에서 산다며?

　　　 나: 응, 이번 대회에서는 꼭 수상을 하겠다며 연습에 _____ 고
　　　 있어.

## 5과 1항

### 어휘

**1.** [보기]에서 알맞은 단어를 골라 빈 칸에 쓰십시오.

> [보기]  낱낱이   선천적   밑바탕   산물   가상   최적   티를 내다
>      재현하다   제패하다   안간힘을 쓰다   빙산의 일각   방지하다

1) 한글은 세종대왕의 애민 정신과 실용 정신의 (  산물  )이다.

2) 검찰은 이번 뇌물수수 사건에 연루된 사람들을 지위고하를 막론하고 철저히 조사해서 사건의 전말을 (          ) 밝히겠다고 했다.

3) 지진으로 붕괴된 건물 잔해 속에서 한 명의 생명이라도 더 구하기 위해 구조대원들은 (          )고 있다.

4) 지금까지 밝혀진 박 회장의 사기 행각은 (          )이라는 설이 돌고 있다.

5) 영수 씨가 평소에 전혀 (          )지 않아서 우리는 영수 씨가 그렇게 대단한 집안의 아들이라고는 꿈에도 생각 못했다.

6) 성실과 사랑을 (          )으로/로 모두가 신뢰할 수 있는 교육 기관이 되도록 노력하겠 습니다.

7) 스노 체인은 빙판이 녹으며 생긴 물을 흡수해 타이어와 바닥 사이에 수막이 만들어지는 것을 (          )는/ㄴ다.

8) 국립민속박물관 야외전시장에 마련된 '추억의 거리'는 이발소와 다방, 만화방, 레코드 가게, 양장점, 사진관 등 60~70년대 풍경을 그대로 (          )어/아/여 놓았다.

9) 얼짱 태권도 국가대표 선수 박혜미는 이번 세계선수권 대회를 (          )는/은/ㄴ 뒤 올림픽에서도 시상대 맨 위에 서고 싶다는 포부를 밝혔다.

10) 언어 및 공간·방향 감각과 관련된 성별 간 차이는 후천적 요인보다 (          ) 요인이 결정짓는다.

11) 이용자가 리모컨을 쥐고 움직이면 화면 속 인물도 똑같이 움직여 (          )으로/로 스포츠를 즐길 수 있는 게임이 나와 화제가 되고 있다.

12) 제주도는 전형적인 가을 날씨로 국제 마라톤 경기가 열리기에 (          )의 장소이다.

**2.** [보기]에서 알맞은 단어를 골라 빈 칸에 쓰십시오

[보기]  통기성     체력     폐활량     기록 단축     심리 훈련     긴장 완화

1) 가: 운동선수들이 시합 전에 음악을 듣는 이유가 뭐예요?

   나: 운동선수들은 경기에 임하기 전에 ( 긴장 완화 )을/를 위해 음악을 들어요.

2) 가: 땀을 많이 흘리는 아이들 옷으로는 어떤 재질을 사용하는 게 좋을까요?

   나: 땀이 쉽게 마를 수 있는 (          )이/가 좋은 감을 사용해야 좋아요.

3) 가: 사이클 선수인데 왜 달리기 훈련을 하세요?

   나: 달리기는 (          )을/를 늘리는 가장 쉽고 간단한 방법이에요.

4) 가: 다음 달에 있을 세계 수영선수권 대회에 출전하기 위해 박 선수는 어떻게
      준비하고 있습니까?

   나: 저는 (          )을/를 위해서 그동안 여러 번 지적받아 왔던 영법을 보완하는
      데 전력을 기울이고 있습니다.

5) 가: 선수도 아닌 네가 서울마라톤 대회에서 완주까지 했다니 대단하다.

   나: 결승점 5㎞를 앞두고는 (          )이/가 달려 힘들었지만 정신력 하나로
      버텼어요.

6) 가: 올림픽 양궁 여자단체전에서 우리 선수들의 표정을 보셨어요? 관중석의
      소란에도 동요하지 않고 연달아 화살을 10점 과녁에 명중시키던 모습이요.

   나: 그게 다 가상 훈련장을 만들어 놓고 담력을 키우는 (          )을/를 한
      결과래요.

# 문법

## -는/은/ㄴ 셈치고

**3.** 다음 글을 읽고 밑줄 친 부분을 '-는/은/ㄴ 셈치고'를 사용해서 다시 쓰십시오.

---

　업무를 시작하기도 전에 보험 회사에 다니는 친구한테서 전화가 걸려왔다. 이번 달 실적이 좋지 않으니 1) **불쌍한 친구 한 번 살려준다고 생각하고** 보험 하나 들라는 것이다.　　　　　　→ ( 불쌍한 친구 살려주는 셈치고 )

　이게 벌써 몇 번째야. 한참을 멍하니 있었다. "어떻게 해야 하지? 또 보험을 들면 아내에게는 뭐라고 하지?" 별의별 생각이 다 들었지만 2) **이번 한 번만 적선한다고 생각하고** 보험에 가입했다.　　　　　→ (　　　　　　　　　)

　얼마나 지났을까? 점심을 먹으려고 일어서는데 김 대리가 오늘은 구내식당에서 먹지 말고 밖으로 나가자고 했다. 나는 좀 바쁘다고 했더니 3) **30분 운동한다고 생각하고** 조금만 걷자고 했다.　　　　　　→ (　　　　　　)

　밥을 먹고 다시 걸어오면서 김 대리는 잠깐 서점에 들르자고 했다. 며칠 전에 나한테서 빌려간 책을 지하철에 놓고 내렸다면서. 하지만 그 책은 절판이 되어 더 이상 나오지 않는다고 했다. "중요한 책도 아닌데, 할 수 없지 뭐" 나는 그 책은 4) **잃어버렸다고 생각하고** 김 대리를 원망하지 않기로 했다.
→ (　　　　　　)

　조용하던 사무실이 갑자기 웅성거리기 시작했다. 곧 성사될 듯 싶었던 거래가 내 실수로 깨진 것이다. 나는 숨조차 쉴 수 없었다. 하지만 한참 동안 말이 없던 부장은 이번 일은 5) **비싼 수업료 냈다고 생각하고** 다음 일을 추진하자고 했다.
　　　　　→(　　　　　　)

　힘없이 집에 도착하니 아내는 웃는 얼굴로 나를 맞아 주었다. 나는 아내에게 오늘 있었던 일들을 이야기했다. 그랬더니 아내는 오늘 하루 6) **인생 공부했다고 생각하고** 다 잊어버리라며 나를 안아 주었다.　　　→ (　　　　　　)

---

**4.** '-는/은/ㄴ 셈치고'를 사용해서 다음 대화를 완성하십시오.

1) 가: 집에 도둑이 들어 값나가는 물건을 다 훔쳐 갔어.

　　나: 아깝겠지만 <u>다친 사람은 없으니까 액땜한</u> <del>는/은</del>/ㄴ 셈치고 잊어 버려. 돈이야 나중에 또 벌면 되지.

2) 가: 지난번 신세진 것도 있고 오늘은 내가 저녁 한 번 거하게 낼게.

　　나: 우리 사이에 신세는 무슨 신세. ＿＿＿＿＿＿＿＿＿ 는/은/ㄴ 셈치고 차나 한잔 하자.

3) 가: 이번에 처음으로 주말 드라마에서 주인공 역을 맡으셨지요? 지금 기분이 어떠세요?

　　나: 처음에는 늘 악역만 맡아서 싫었는데 ＿＿＿＿＿＿＿＿＿ 는/은/ㄴ 셈치고 열심히 했더니 제게도 이런 좋은 날이 오네요.

4) 가: 난 결혼할 마음도 없는데 엄마는 시도 때도 없이 선보라고 성화셔.

　　나: 그게 뭐가 어렵니? ＿＿＿＿＿＿＿＿＿ 는/은/ㄴ 셈치고 나가서 만나 봐.

5) 가: 이번에 시집을 출간하셨다면서요? 시는 언제 쓰신 거예요?

　　나: 대학 때 제가 공책에 끼적거리는 걸 본 지인이 출판을 하라고 조르는 바람에 ＿＿＿＿＿＿＿＿＿ 는/은/ㄴ 셈치고 시집을 내게 됐어요.

6) 가: 임대료가 비쌀 텐데 어떻게 명동에 가게를 열 생각을 하셨어요?

　　나: 임대료가 비싸 ＿＿＿＿＿＿＿＿＿ 는/은/ㄴ 셈치고 매장을 열었어요.

## -으련만/련만

**5.** '-으련만/련만'을 사용해서 다음 문장을 완성하십시오.

1) 얼굴이라도 보면 뭐라고 야단이라도 치련만 ~~으련만~~/련만 바쁘다고 피하기만 하니 답답한 노릇이다.

2) 날씨만 좋으면 _____ 으련만/련만 날이 흐려서 한 치 앞도 볼 수가 없네요.

3) 건강만 허락된다면 _____ 으련만/련만 내 몸 하나 추스르기도 힘이 들어요.

4) 30분만 일찍 출발했으면 _____ 으련만/련만 아무래도 회의장에 제시간에 가기는 틀린 것 같아요.

5) 부상만 당하지 않았으면 _____ 으련만/련만 이제는 선수 생활도 접어야겠어요.

6) 대출이라도 받으면 _____ 으련만/련만 지금 형편으로 사업은 꿈도 못 꿔요.

**6.** '–으련만/련만'을 사용해서 다음 대화를 완성하십시오.

1) 가: 민정 씨, 직장 생활은 어때요?

　　나: 그럭저럭 괜찮아요. 월급만 좀 더 오르면 참 <u>좋으련만</u>으련만/~~련만~~ 살기가 조금
　　빡빡해요.

2) 가: 고향을 떠나 온 지도 오래 된 거 같은데 연락은 자주 하는 편이에요?

　　나: ＿＿＿＿＿＿＿＿＿＿＿＿＿＿＿으련만/련만 요즘은 하도 바빠서 고향 생각할
　　틈도 없어요.

3) 가: 입사 초년기 직장인들이 업무 의욕을 잃거나 매사에 무기력해지는 이른바
　　'직장인 사춘기'를 겪는 것으로 나타났대요.

　　나: ＿＿＿＿＿＿＿＿＿＿＿＿＿＿＿련만/련만 혼자서 이겨내기는 쉽지 않을
　　거예요.

4) 가: 회사 사정이 좋지 않아서 해외 지사를 철수해야 한다면서요?

　　나: 지금으로서는 ＿＿＿＿＿＿＿＿＿＿＿＿＿으련만/련만 은행 대출이 쉽지
　　않아 어떻게 될지 아직 모르겠어요.

5) 가: 주스가 탄산음료에 비해 건강에 좋다고 생각하고 사 먹는데 대부분 비만
　　유발식품 이래요.

　　나: ＿＿＿＿＿＿＿＿＿＿＿＿＿＿으련만/련만 눈앞의 이익에만 급급해서
　　그렇지요.

6) 가: 요즘 같은 불경기에는 뭐 해서 먹고 살아야 할지 정말 걱정이야.

　　나: 나도 그래. ＿＿＿＿＿＿＿＿＿＿＿＿＿으련만/련만 돈이 없으니 장사할
　　엄두도 못 내.

# 5과 2항

## 어휘

**1.** [보기]에서 알맞은 단어를 골라 빈 칸에 쓰십시오

> **[보기]**　기립박수　　　판독　　　　성대하다　　　손꼽아 기다리다
> 　　　　　찬물을 끼얹다　편파적이다　대조적이다　승복하다

1) OECD(경제협력개발기구)에서 "한국이 가장 먼저 글로벌 경기 침체에서 탈출할 것"이라는 발표를 했는데 한국의 기획 재정부 장관은 "아직 우리 경제가 본격적인 회복세라고 장담하기는 이르다"며 ( 대조적인 )는/은/ㄴ 반응을 보였다.

2) 한국은 지난 올림픽 핸드볼 4강전에서 심판의 (　　　　　)는/은/ㄴ 판정으로 인해 결승 진출이 좌절됐다.

3) 평소 쉴 틈 없이 과중한 업무에 시달리다가 모처럼 자유를 만끽할 수 있기 때문에 직장인들은 1년 중 여름휴가를 (　　　　　)는/ㄴ다.

4) 선수들은 경기를 할 땐 최선을 다해야 하지만 경기가 끝나면 결과에 (　　　　)을/ㄹ 줄 알아야 한다.

5) 우리에게 100일, 첫 돌, 회갑이라는 잔치가 있듯이 독일에서는 세상에 태어나서 처음으로 교회에서 세례를 받는 날, 특히 14세 전후에 받는 세례는 (　　　　)는/은/ㄴ 축하 파티를 열어주고 아주 많은 축하선물을 준다고 한다.

6) 차기 올림픽 종목에서 야구를 제외하겠다는 국제 올림픽 위원회의 발표는 그동안 야구 중흥에 힘써오던 사람들의 노력에 (　　　　　　)었다/았다/였다.

7) 잉글랜드 무대 첫 선발 출전이라는 부담감을 안고 뛴 이청용은 데뷔골을 넣은 후 (　　　　) 과/와 환호 속에 멋지게 전반전을 마쳤다.

8) 국립 암센터는 첨단 의료기기를 도입함으로써 1시간 걸리던 검사시간을 20분으로 단축하고 심장질환 진단과 (　　　　　)을/를 24시간 이내에 할 수 있도록 시스템을 구축했다.

**2.** 다음 글을 읽고 빈 칸에 공통으로 들어갈 단어를 [보기]에서 골라 쓰십시오.

[보기]　심판　개막식　순위　화합　공명정대하다　정정당당하다

1) ● 한국야구위원회(KBO)는 올해부터 야구의 전문 지식과 기술, 국제적인 안목을 겸비한 ( 심판 )을/를 지속적으로 양성하기 위해 교육과정 개설했다.
   ● 제 아무리 숙련된 ( 심판 )도 경기 중 선수의 교묘한 속임수 동작은 놓치기 쉽다.

2) ● 4년마다 열리는 올림픽은 개최국의 문화를 전 세계에 알리는 성대한 (　　　　)과/와 함께 시작한다.
   ● 지금 부산에서는 아시아 최대 영화 축제인 '부산국제영화제'의 (　　　　)을/를 하루 앞두고 막바지 준비에 한창이다.

3) ● 지금 네가 결백하다면 다들 모인 자리에서 (　　　　　　)게 시시비비를 가리자.
   ● 경기도 고양시에서 열린 '아시아클럽역도선수권대회' 개회식에서 사재혁 선수와 장미란 선수가 모든 역도 선수들을 대표해 (　　　　　　)게 경기에 임할 것을 선서했다.

4) ● 전 임직원이 참여하는 봉사활동이 노사(　　　　　　)을/를 이끄는 촉진제 역할을 했다.
   ● 개막식 제2부에서는 감독의 구상대로 전 세계의 평화와 (　　　　)을/를 노래하는 올림픽 정신을 상징적으로 보여주었다.

5) ● 영국 옥스퍼드대에는 과학성, 합리성, 독창성, 편이성 등을 기준으로 세계 모든 문자의 (　　　　　　)을/를 매겨 진열해 놓은 적이 있는데 1위는 단연 한글이었다.
   ● 어떤 선수는 금메달, 어떤 선수는 동메달, 어떤 선수는 아무런 성과도 내지 못했지만 (　　　　　　)에 상관없이 그들이 흘린 땀방울은 그 무엇과도 비교할 수 없다.

6) ● 언론이 (　　　　　　)지 못하고 편파성을 띠게 되면 지켜보는 국민들은 정부의 정책에 대해 올바른 판단을 내릴 수 없다.
   ● 올림픽에서 심판의 판정은 어느 나라 선수에게나 (　　　　　　　)게 이루어져야 한다.

YONSEI KOREAN WORKBOOK 6

## -는/은/ㄴ 탓에

**3.** 다음 문장을 읽고 맞으면 O, 틀리면 X 하십시오.

1) 요즘은 날이 **춥고 건조한 탓에** 화재 사고가 빈번하게 발생하고 있어요.　　( O )

2) 우리 형은 자신의 주장이 모두 맞다고 바득바득 **우기는 탓에** 주변 사람들과 자주 충돌을 빚어요.　　( )

3) 프로 골퍼 양용식은 밤잠도 줄여 가며 죽기 살기로 **연습을 한 탓에** 세계정상에 오를 수 있었어요.　　( )

4) 연예프로그램을 진행하는 사회자는 생각없이 **말을 하는 탓에** 어디를 가나 사람들의 구설수에 오르내린다.　　( )

5) 남대문 시장에 있는 아동복 가게는 주변 가게보다 물건 **값이 싼 탓에** 늘 손님이 몰린다.　　( )

6) 경기가 **불황인 탓에** 백화점에서는 물건을 사지 않고 구경만 하는 사람들이 늘었다고 한다.　　( )

**4.** '-는/은/ㄴ 탓에'를 사용해서 다음 대화를 완성하십시오.

1) 가: 난 어려서 별명이 먹보였는데 넌 별명이 뭐였어?

　나: 울보였어. 툭 하면 우는 ~~는/은/ㄴ~~ 탓에 그런 별명이 붙었지.

2) 가: 오랜만에 가족들하고 간 여행은 재미있었지?

　나: 재미있기는. ...................................................... 는/은/ㄴ 탓에 제대로 놀지도
　　못했어.

3) 가: 최근 불화가 잦던 배구협회와 선수들 간의 협상은 잘 되어가고 있습니까?

　나: ...................................................... 는/은/ㄴ 탓에 좀 힘들 것
　　같습니다.

4) 가: 아무리 회사 사정이 나빠도 그렇지. 그렇게 열심히 하던 영수가 해고 당한
　　진짜 이유가 뭐래요?

　나: 일은 열심히 했는데 ...................................................... 는/은/ㄴ 탓에 그렇게
　　되었다지 뭐예요.

5) 가: 우리나라 사람들이 다른 나라 사람들에 비해 위암 발병율이 높다면서요?

　나: 그건 ...................................................... 는/은/ㄴ 탓에 그런 것 같아요.

6) 가: 이번 세계 선수권 대회에 김연아 선수의 최대 라이벌인 캐나다의 제시카
　　선수가 출전을 포기했다면서요?

　나: 네, 이번 시합을 위해 지난 일 년 동안 힘들게 준비했는데 ..................................
　　는/은/ㄴ 탓에 이번 경기에 출전을 하지 못했대요.

YONSEI KOREAN WORKBOOK 6

## 이라도/라도 -을라치면/ㄹ라치면

**5.** 다음은 '머피의 법칙'의 예입니다. 읽고 '이라도/라도 –을라치면/ㄹ라치면'을 사용해서
문장을 만드십시오.

<**머피의 법칙**>

1) 엄마 몰래 친구들을 만나려고 하면 늘 길에서 엄마 친구를 만난다.

2) 일이 일찍 끝나 제시간에 퇴근을 하려고 할 때는 팀장이 꼭 회의 소집을 한다.

3) 휴가 내서 여행을 가려고 하면 회사에 문제가 생겨 주말에도 회사에 나가야 한다.

4) 뜻밖의 수입이 생겨서 저축을 하려고 하면 생각지도 않았던 지출이 더 많이 생긴다.

5) 모처럼 책상에 앉아 공부를 하려고 하면 급한 심부름이 있다며 엄마가 부르신다.

6) 간만에 온갖 멋을 다 부리고 데이트를 하려고 하면 오늘 약속을 취소하자는 남자 친구의
   전화가 걸려온다.

1) 엄마 몰래 친구들이라도 만날라치면~~을라치면~~/ㄹ라치면 늘 길에서 엄마 친구를 만난다.

2) ＿＿＿＿＿＿＿＿＿＿＿＿＿＿＿＿＿ 을라치면/ㄹ라치면 팀장이 꼭 회의 소집을 한다.

3) ＿＿＿＿＿＿＿＿＿＿＿＿＿＿＿ 을라치면/ㄹ라치면 회사에 문제가 생겨 주말에도
   회사에 나가야 한다.

4) ＿＿＿＿＿＿＿＿＿＿＿＿＿＿＿ 을라치면/ㄹ라치면 생각지도 않았던 지출이
   더 많이 생긴다.

5) ＿＿＿＿＿＿＿＿＿＿＿＿＿＿＿ 을라치면/ㄹ라치면 급한 심부름이 있다며
   엄마가 부르신다.

6) ＿＿＿＿＿＿＿＿＿＿＿＿＿＿＿ 을라치면/ㄹ라치면 오늘 약속을 취소하자는
   남자 친구의 전화가 걸려온다.

**6.** '이라도/라도 −을라치면/ㄹ라치면'을 사용해서 다음 대화를 완성하십시오.

1) 가: 연휴 내내 쉬었을 텐데 얼굴이 왜 이래?

   나: 난 휴일이 정말 싫어. <u>잠시 눈이라도 붙일라치면</u> ~~을라치면~~/ㄹ라치면 아이들이랑 남편이 불러대는 통에 잠은커녕 제대로 쉬지도 못해.

2) 가: 아니 이게 무슨 냄새야. 환기 좀 시키지.

   나: _____ 을라치면/ㄹ라치면 다들 춥다고 해서 창문을 잠시도 못 열어.

3) 가: 언니와의 우애가 돈독해 보이네요. 정말 부러워요.

   나: 무슨 소리예요? _____ 을라치면/ㄹ라치면 온갖 횡포를 다 부리는데요. 제 속을 누가 알겠어요?

4) 가: 우리 아이 돌 사진을 찍을 때 정말 힘들었는데 민정 씨 아이는 정말 얌전하게 있었나 봐요.

   나: 말도 마세요. _____ 을라치면/ㄹ라치면 하도 우는 바람에 사진사 아저씨가 진땀을 뺐어요.

5) 가: 사업이 잘 된다는 얘기는 들었는데 이제 돈을 제법 모았겠네.

   나: 그렇지도 않아. _____ 을라치면/ㄹ라치면 돈 쓸 일이 자꾸 생겨서 모아 놓은 건 거의 없어요.

6) 가: 늘 책을 끼고 다니시는데 책을 좋아하시나 봐요.

   나: 네, 그런데 요즘은 _____ 을라치면/ㄹ라치면 밀려드는 졸음을 견디지 못하고 꾸벅꾸벅 졸기 일쑤예요.

## 읽고 쓰기

**1.** 다음을 읽고 질문에 답하십시오.

금메달도 부럽지 않은 '꼴찌의 꿈'

"나는 그런 표정을 생전 처음 보는 것처럼 느꼈다. 여태껏 그렇게 정직하게 고통스러운 얼굴을, 그렇게 정직하게 고독한 얼굴을 본 적이 없다. 가슴이 뭉클하더니 심하게 두근거렸다. 20~30등의 등수를 초월해서 위대해 보였다. 지금 모든 환호와 영광은 우승자에게 있지만 그는 환호 없이도 달릴 수 있기에 더 위대해 보였다."

– '꼴찌에게 보내는 갈채'의 일부에서 발췌.

스포츠는 승자에겐 승리의 기쁨을, 패자에겐 아쉬움의 눈물을 남긴다. 땀 흘린 노력의 대가는 고스란히 성적으로 이어진다. 그게 스포츠가 주는 매력이다. 그러나 스포츠에는 성적이 모든 걸 대신해 주지 않을 때도 있다. 때에 따라서는 '아름다운 꼴찌'에게 더 큰 박수가 터지기도 하고, 좌절을 딛고 일어선 패자를 통해 사람들은 더 큰 감동을 느끼기도 한다.

지난 올림픽에서 한국 선수단 중 처음으로 꼴찌로 들어온 선수가 있었다. 바로 도로 사이클 선수인 박성백이다. 90명의 선수가 출전한 경기에서 88등으로 결승 지점에 도달했다. 완주한 소감을 묻자 "심장이 터져 나가고 다리가 끊어질 것 같았지만 목표했던 완주는 꼭 일궈내고 싶었다"고 대답하면서 "경기 도중 가장 끔찍했던 건 아무도 시선 한 번 주지 않는 외로움이었다"고 털어놓았다.

그리고 사상 처음 자력으로 카누 여자 1인승에 출전한 이순자 선수는 500m 예선에서 1분 58초 14의 기록으로 탈락을 하고도 고개를 숙이지 않았다. 그 대신 그녀는 "꼴찌지만 만족스럽다. 올림픽이라는 큰 무대에서 많은 걸 배우고 가기 때문"이라고 당당하게 말했다. 어려운 여건을 딛고 올림픽 무대에 출전한 것만 해도 박수 받아 마땅했다.

역도 남자 69kg에 출전한 이배영 선수는 다리에 쥐가 나서 경기를 계속할 수 없었다. 하지만 끝까지 바벨을 놓지 않는 투혼을 발휘해 지켜보는 많은 사람들을 감동시켰다. 이배영 선수의 투혼은 등수를 넘어선 진정한 영웅의 모습을 보여주었다.

스포트라이트는 당연히 1등을 비추게 마련이다. 그러나 열악한 조건, 부당한 판정, 무엇보다 자신과의 싸움에서 이겨낸 꼴찌들의 투혼만큼은 금메달 그 이상이다.

꼴찌가 더 아름다운 건 메달을 목에 건 선수들보다 일궈내야 할 꿈들이 더 많기 때문이다.

1) 이 글의 중심 내용은 무엇입니까? (      )

    ❶ 꼴찌의 투혼          ❷ 꼴찌의 목표
    ❸ 꼴찌의 눈물          ❹ 꼴찌의 아쉬움

2) 맞으면 ○, 틀리면 × 하십시오.

    ❶ 박성백 선수는 사람들의 무관심이 힘들어 경기를 포기했다.    (    )
    ❷ 카누에 출전한 이순자 선수는 올림픽에 출전해 많은 것을 배웠다.    (    )
    ❸ 이배영 선수는 다리에 쥐가 나는데도 끝까지 투혼을 발휘했다.    (    )

3) 여러분이 생각하는 꼴찌는 어떤 모습입니까? 이야기해 봅시다.

## 듣고 쓰기   🔊 05

**2.** 다음을 듣고 질문에 답하십시오.

1) 대화의 주된 내용은 무엇입니까? (      )
    ❶ 스포츠 과학의 성과          ❷ 세계 신기록 갱신
    ❸ 올림픽의 스포츠 정신          ❹ 경기력 향상을 위한 노력

2) 이 대화를 듣고 알 수 있는 것을 고르십시오. (      )
    ❶ 이번 올림픽에서 수영은 선수들의 정신력으로 금메달을 땄다.
    ❷ 이번 올림픽에서 역도는 일일훈련 프로그램을 짜기 위해 엄청난 인력을 투입했다.
    ❸ 차기 올림픽에서는 한방의학을 통해 선수들의 피로를 풀 수 있는 방법을 개발할 것이다.
    ❹ 차기 올림픽에서는 스포츠 과학의 비중이 높은 종목에 연구 인력과 예산을 늘릴 예정이다.

3) 여러분은 스포츠에서 신기록을 세우기 위해 가장 중요한 조건이 무엇이라 생각합니까? 써 봅시다.

    ............................................................................................................

    ............................................................................................................

    ............................................................................................................

읽기 활용연습　교재 읽고 질문을 대답하십시오.

 어휘 연습

**1.** 알맞은 단어의 의미를 골라 연결하십시오.

1) 훼손하다　•　　•사람의 힘으로 자연과 비슷하게 만들다.

2) 치명적이다　•　　•함부로 다루어 못 쓰게 하다.

3) 인공적이다　•　　•죽지 않고 살아남다.

4) 생존하다　•　　•더러워지다.

5) 오염되다　•　　•돌이킬 수 없을 정도로 나쁘다.

**2.** 빈 칸에 공통으로 들어갈 단어를 쓰십시오.

| 걸러내다　　조달하다　　차단하다　　번창하다　　독차지하다 |

1) ㄱ. 왕자는 어릴 때부터 학문을 좋아하여 왕의 사랑을 ............................. 다시
　　피하였다.

　　ㄴ. 방을 같이 쓰던 언니가 시집을 가게 되어 내가 방을 ............................. 게 되었다.

2) ㄱ. 비서실에서는 필요 없는 서류는 ............................. 고 결재를 올린다.

　　ㄴ. 정수기는 우리 몸에 나쁜 이물질을 ............................. 어/아/여 깨끗한 물로 만들어
　　준다.

3) ㄱ. 사업을 시작할 때는 ............................. 기를 빌며 고사를 지낸다.

　　ㄴ. 집안이 ............................. 으라고/라고 집들이 선물로 비누를 사 간다.

4) ㄱ. 이번에 새로 나온 신제품은 자외선을 장시간 ............................. 을/ㄹ 수 있는 획기
　　적인 상품이다.

　　ㄴ. 밤에는 침실에 들어오는 빛을 철저히 ............................. 어야만/아야만/여야만 숙면
　　을 취할 수 있다.

5) ㄱ. 그는 사업 자금을 ＿＿＿＿＿＿＿＿＿＿＿＿ 기 위해 백방으로 뛰어다녔다.

　ㄴ. 새 교량 건설에 필요한 물자를 ＿＿＿＿＿＿＿＿＿＿＿으려면/려면 수입에 의
존할 수밖에 없다.


**3.** 다음 문제를 보고 답을 쓰십시오.

1) 보기와 같이 연결하여 문장을 만드십시오.

인공-장기　불치병을 치료하기 위한 인간들의 노력은 인공장기를 개발하기에 이르
렀다.

위성　＿＿＿＿＿＿＿＿＿＿＿＿＿＿＿＿＿＿＿＿＿＿＿＿＿＿＿＿＿＿

지능　＿＿＿＿＿＿＿＿＿＿＿＿＿＿＿＿＿＿＿＿＿＿＿＿＿＿＿＿＿＿

농장　＿＿＿＿＿＿＿＿＿＿＿＿＿＿＿＿＿＿＿＿＿＿＿＿＿＿＿＿＿＿

폭포　＿＿＿＿＿＿＿＿＿＿＿＿＿＿＿＿＿＿＿＿＿＿＿＿＿＿＿＿＿＿


2) 다음 중 '판' 의 의미가 다른 것을 고르십시오.

( 　 )

❶ 윷판　　❷ 놀음판　　❸ 씨름판　　❹ 확대판


( 　 )

❶ 축소판　　❷ 인쇄판　　❸ 놀이판　　❹ 칼라판


3) 관계가 있는 것을 골라 연결하십시오.

그날 새벽 그는 조용히 눈을 감았다.　　•　　•불문에 부치다

회사 이사회에서는 그의 비리에 대해
눈을 감아주기로 결정을 내릴 모양이었다.　　•　　•인식하다

내가 사랑에 눈을 뜬 것은 중학교 때였다.　　•　　•운명하다

YONSEI KOREAN WORKBOOK 6

**1.** 글쓴이가 이 글을 쓴 목적을 무엇일까요? (　　)

　❶ 인공지구의 필요성을 설득하기 위해

　❷ 자연의 소중한 기능을 주장하기 위해

　❸ 자원 재활용의 중요성을 강조하기 위해

　❹ 우주여행의 많은 문제점을 설명하기 위해

**2.** 다음은 이 글의 짜임을 정리한 것입니다. 빈 칸에 알맞은 말을 넣으십시오.

> **서론** ● 자연 흉내 내기의 어려움
>
> 　버들치를 잡아 자연과 비슷한 환경을 만들어 주어도 알을 낳지 못함.
>
> **본론** ● 인간의 자연 흉내 내기의 예 1
>
> 　우주인들의 재활용과 우주선 농장
>
> 　오줌 → .................................　샤워나 세면한 물 → .................................
>
> 　연료전지 → .................................　배설물 → .................................
>
> ● 인간의 자연 흉내 내기의 예 2
>
> 　생물권 2라 이름붙인 인공지구의 실패 사례
>
> | 만든 사람 | |
> |---|---|
> | 만든 이유 | |
> | 교훈 | |
>
> **결론** ● 자연의 소중함
>
> 　자연은 인류 모두가 숨쉴 수 있는 산소를 아낌없이 준다.
>
> 　자연을 훼손하면 소중한 기능이 사라진다.

**3.** 다음을 읽고 맞으면 O표, 틀리면 X표 하십시오.

1) 우주선 농장에서는 배설물까지도 식물을 기르는 데 사용한다. (　　)

2) 자급자족 생태계를 꾸며 보려는 생물권 2 실험에서 새와 동물, 곤충들만 살아 남았다.

(　　)

3) 토지의 절반, 식물이 만들어 낸 영양물질의 **40%** 이상을 인간이 독차지하고 있다.

(　　)

 써 봅시다

**1.** 환경보호에 대한 주제로 주장하는 글을 쓰려고 합니다. 다음과 같이 글의 짜 임을 완성 해 보십시오.

제목 : 댐 건설 반대

| 서론 | •실태 제시 |
| --- | --- |

　　　　최근 댐 건설에 따른 환경파괴가 심각하다.

| 본론 | •환경적 요인 |
| --- | --- |

　　　　생태계 파괴, ........................., ........................

•경제적 요인

　　　　국가 재원의 낭비, ........................., ........................

| 결론 | •신중한 결정 촉구 |
| --- | --- |

　　　　신중한 검토와 국민 의견을 수렴하는 과정이 필수적이다.

제목 :

**서론** •
.............................................................................................

**본론** •
.................................................

........................................., ........................................., .........................................

•
.................................................

........................................., ........................................., .........................................

**결론** •
.................................................

.............................................................................................

**2.** 위의 짜임을 바탕으로 주장하는 글을 써 보십시오.

.........................................................................................................................................

.........................................................................................................................................

.........................................................................................................................................

.........................................................................................................................................

.........................................................................................................................................

.........................................................................................................................................

.........................................................................................................................................

.........................................................................................................................................

.........................................................................................................................................

더 읽어보기

**1.** 중세 때는 궂은 날씨의 원인을 무엇이라고 생각했습니까?

**2.** 21세기에 이상기후가 자주 나타나는 이유는 무엇입니까?

# 복습문제(1과–5과)

**1.** [보기]에서 알맞은 단어를 골라 빈 칸에 쓰십시오.

| [보기] | 화두 | 이질화 | 좌우명 | 최적 | 철저히 | 확연히 |
|---|---|---|---|---|---|---|
| | 낱낱이 | 누비다 | 벌이다 | 답변하다 | 막론하다 | |
| | 동분서주하다 | | 전개되다 | | 납득이 가다 | 험난하다 |

1) 이번에 열리는 정기 국회에서의 (            )은/는 단연 일자리 창출이다.

2) 의료법인 ○○은/는 전쟁과 같은 최악의 여건 속에서도 전 세계를 (            )으며/며 의료 사업을 펼치고 있다.

3) 지역 주민들은 지방 자치단체의 납골당 건립 추진 계획에 반대하는 시위를 (            )었다/았다/였다.

4) 한국가스공사 사장이 국회 지식경제위원회 국정감사에서 의원들의 질의에 (            )고 있다.

5) 산악원정대는 앞으로의 (            )는/은/ㄴ 여정에도 끝까지 최선을 다하겠다는 각오를 했다.

6) 북한에 대한 우리 정부의 일방적인 퍼주기 방식에는 사실 (            )지 않는다.

7) 에너지 관리 공단에서 밝힌 겨울철 (            )의 실내 온도는 20℃ 전후이다.

8) 정부는 이번 민생 법안을 통과시키기 위해 지위고하를 (            )고 국회의원의 과반수 출석을 요구했다.

9) 세계의 최고 경영자들이 들려주는 성공을 위한 인생의 (            )을/를 하나로 묶은 책이 출간됐다.

10) 회장은 전국 학생행사를 앞두고 장소 섭외하랴 후원자를 찾아다니랴 (            )고 있다.

11) 파업 여부를 놓고 노동자들의 난상 토론이 밤새 (            )었으나/았으나/였으나 결론은 나지 않았다.

12) 경찰은 오늘부터 정지선을 위반하는 차량을 (            ) 단속하기로 하였다.

13) 국토해양부에서는 공동주택 관리비의 투명성을 높이기 위해 다음 달부터 전국에 있는 아파트 관리비를 1개월 단위로 인터넷에 (            ) 공개하기로 했다.

14) 외국어의 듣기에서의 실력 차이는 그 내용이 어려울 때 (            ) 드러난다.

15) 남북 간의 언어 (            )을/를 극복하기 위해 학자들을 중심으로 활발한 연구와 교류가 진행 중이다.

**2.** 빈 칸에 들어갈 가장 알맞은 표현을 골라 번호를 쓰십시오.

1) 잘못을 해 놓고 들통이 날까봐 (                    )지 말고 솔직하게 말해서 용서를
   빌어라.
   ❶ 마음을 녹이다    ❷ 마음을 졸이다    ❸ 마음을 주다    ❹ 마음을 알다

2) 영수는 통증이 줄고 좀 움직일 만하니까 퇴원할 날만 (                    )고 있다.
   ❶ 앉아서 기다리다  ❷ 서서 기다리다  ❸ 손꼽아 기다리다  ❹ 눈감고 기다리다

3) 모두들 일이 마무리되어 즐거워 할 즈음에 김 부장이 침통한 표정으로 처음부터
   다시 시작해야 한다며 (                    )었다/았다/였다.
   ❶ 찬물을 넣었다    ❷ 찬물을 주었다    ❸ 찬물을 담았다    ❹ 찬물을 끼얹다

4) 인터뷰할 때 말을 많이 해서 못 배운 (                    )지 말라는 매니저의 말에
   영화배우 이지수는 아예 꿀 먹은 벙어리처럼 앉아만 있었다.
   ❶ 티를 내다        ❷ 짬을 내다        ❸ 틈을 내다        ❹ 겁을 내다

5) 가난한 현실을 탈피하려고 (                    )었지만/았지만/였지만 오히려 빚만
   눈덩이처럼 불어났다.
   ❶ 돈을 쓰다        ❷ 안간힘을 쓰다    ❸ 손을 쓰다        ❹ 글을 쓰다

**3.** 밑줄 친 단어가 **잘못** 쓰인 것을 찾아 번호를 쓰십시오.

1) (       )
   ❶ 경찰은 용의자의 일거수일투족을 **낱낱이** 감시하고 있었다.
   ❷ 뛰어 왔더니 추운 날씨임에도 **불구하고** 땀이 나기 시작했다.
   ❸ 소화도 안 된다면서 하고 많은 것 중에서 왜 **하필이면** 튀김을 먹니?
   ❹ 나영이는 무슨 생각을 하는지 창밖을 보면서 **막연히** 앉아만 있었다.

2) (       )
   ❶ 지금부터 이번 우리 모임의 **계기**를 말씀드리겠습니다.
   ❷ 남의 잘못까지도 너그럽게 **포용**할 줄 아는 사람은 드물다.
   ❸ 정책을 결정하는 데에 **밑바탕**이 되는 것은 국민의 여론이다.
   ❹ 어떤 시련에도 굴하지 않는 삶의 자세는 우리 모두의 **귀감**이 된다.

3) (       )
   ❶ 지나치게 **편파적인** 기사나 보도는 국민의 알 권리를 침해한다.
   ❷ 임금에 대하여 고용주와 피고용인의 입장에는 **본질적인** 차이가 있다.
   ❸ 교수님은 성품이 **가부장적이고** 작은 잘못도 그냥 봐 넘기시지 못하는 분이셨다.
   ❹ **주관적인** 판단에만 의지하지 말고 여러 사람의 조언을 들은 후에 결정해야 한다.

4) (　　　)

  ❶ 기자단은 이민정 선수를 이달의 선수로 **선정하였다**.

  ❷ 핸드볼 국가대표 선수들은 심판의 판정에 끝내 **승복하지** 않았다.

  ❸ 이봉주 선수는 마라톤에서 세계를 **제패하고** 마라톤의 영웅이 되었다.

  ❹ 이번 사안은 중요하니까 현실을 **심사숙고해서** 계획을 세워야 합니다.

5) (　　　)

  ❶ 기계 한 대에 세 사람씩 **얽매여도** 납품 시간을 맞출 수 없다.

  ❷ 모든 의견을 다수결로 결정하는 것이 항상 **바람직한** 건 아니다.

  ❸ 국내의 경제 발전에 **이바지한** 공로로 올해의 경제인상을 받을 기업인이
  발표되었다.

  ❹ 전 재산을 투자한 회사가 부도가 났다는 말을 듣고 나는 눈앞이 캄캄해져 맥없이
  **주저앉았다.**

**4.** 밑줄 친 부분과 관계 있는 단어를 고르십시오.

1) 박민호 선수는 지난 1년간 잦은 부상으로 경기에 나오지 못했는데 마침내 부상의
  아픔을 딛고 **다시 선수생활을 하게 됐다.** (　　　)

  ❶ 병행하다　　　　❷ 재기하다　　　　❸ 재현하다　　　　❹ 지원하다

2) 서울시는 신호 체계가 달라 운전자들에게 혼란을 주고 교통 체증을 **야기하는** 교차로를
  조사해 개선하기로 했다. (　　　)

  ❶ 침해하다　　　　❷ 기피하다　　　　❸ 급급하다　　　　❹ 유발하다

3) 사고를 미연에 **막으려면** 대비를 철저히 해야 한다. (　　　)

  ❶ 취급하다　　　　❷ 방지하다　　　　❸ 유치하다　　　　❹ 파견하다

4) 졸업생 여러분은 여러 분야에서 전문 직업인으로 다양한 능력을 발휘하며 사회에
  **이바지하는** 사람이 되기를 바랍니다. (　　　)

  ❶ 기부하다　　　　❷ 기증하다　　　　❸ 기여하다　　　　❹ 기탁하다

5) 요즘 일부 대학들은 교육시설을 **늘림으로써** 교육 여건을 개선해 나가고 있다. (　　　)

  ❶ 확충하다　　　　❷ 환원하다　　　　❸ 확립하다　　　　❹ 확인하다

**5.** 다음 단어를 사용하여 문장을 만드십시오.

1) | 낙오자 / 도전 / 불구하고 / 취급되다 |

......

2) | 건립 / 혐오시설 / 벌이다 / 기피하다 |

......

3) | 고정관념 / 여건 / 불문하다 / 바람직하다 |

......

4) | 지연 / 학벌 / 얽매이다 / 올바르다 |

......

5) | 심판 / 판정 / 승복하다 / 편파적이다 |

......

**6.** 다음 중 **틀린** 문장을 고르십시오.

1) (    )

❶ 클래식 음악은 마음을 차분하게 하는 데 효과가 있어요.
❷ 비록 견디기 힘든 시련이 닥칠지라도 모든 걸 포기하겠다.
❸ 저는 화가 날 때는 음악을 듣는다거나 잠을 잔다거나 해요.
❹ 머리가 나쁘다는 말까지 들어가면서 일을 하느니 그만두겠어요.

2) (    )

❶ 의사가 시키는 대로만 했던들 건강을 회복했어요.
❷ 식당 주인은 자신의 가게에 자주 와 주십사 하고 손님들에게 개업 선물을 돌렸어요.
❸ 아이가 지금쯤 집에 도착했겠거니 하고 전화를 했는데 안 받는 걸 보니 밖에서 노나 봐요.
❹ 정부에서 획기적인 방안이 나오면 몰라도 지역 주민은 쓰레기 매립장 건립에 반대할 거예요.

3) (　　　)

　❶ 텔레비전을 켜 놓은 채 잠이 든 적이 한두 번이 아니에요.

　❷ 저는 늘 오늘이 어제보다 나으리라는 기대를 하고 살아요.

　❸ 아무리 세상이 각박해졌기로서니 옆집에 누가 사는지 알아요.

　❹ 경찰이 끝까지 추적한 끝에 이번 사건의 범인을 검거할 수 있었어요.

4) (　　　)

　❶ 나영 씨는 키가 좀 작다뿐이지 어디 하나 빠지는 데가 없어요.

　❷ 눈썰미가 있는 사람이라면 금방 눈치 챌 테지만 나는 벌써 알았다.

　❸ 모든 영화인이 지켜보는 가운데 이번 영화제의 개막작이 상영되었다.

　❹ 밤샘 촬영에 피곤했을 법도 한데 배우들은 시종일관 웃음을 잃지 않았다.

5) (　　　)

　❶ 이번 한 번만 속는 셈치고 도와주시면 안 될까요?

　❷ 오랜만에 영화라도 같이 볼라치면 친구는 늘 바쁘다고 한다.

　❸ 하루도 거르지 않고 열심히 운동을 한 탓에 살을 뺄 수 있었다.

　❹ 지금 하는 일이 빨리 마무리되면 좋으련만 언제 끝날지 막막하기만 하다.

**7.** [보기]에서 알맞은 것을 골라 밑줄 친 문장을 다시 쓰십시오.

[보기 1]   -는/은/ㄴ 탓에   -어/아/여 주십사 하고   -었던들/았던들/였던들   -겠거니 하고

인터내셔널헤럴드트리뷴(IHT)은 11일 해양생물보존단체 자료를 인용해 오세아니아 주 인근 심해에서 주로 잡히는 1) **생선 '호키'가 피시 버거나 초밥으로 지나치게 사용되면서 개체 수가 급격히 감소했다**고 보도했다. 2) **호키는 긴 꼬리에 튀어나온 눈을 가진 못생긴 생선으로 과거에는 맛이 없을 거라고 생각해서** 잡지 않던 생선이었으나 최근 버거나 초밥으로 가공되면서 인기 있는 생선으로 탈바꿈했다.

덕분에 오세아니아 주 인근 국가에서는 지난 몇 년 동안 호키 수출로 짭짤한 수익을 거둬왔다. 하지만 해양단체들은 이대로 가다가는 얼마 지나지 않아 호키가 멸종될 수 있다며 경고하고 있다.

또한 세계야생생물기금 3) **해양 국장은 "호키의 남획을 자제해 주기를 바란다"**며 오세아니아 주 인근 국가에 공문을 보냈다. 그 공문에서는 남획이 호키의 개체 수를 감소시킬 뿐만 아니라 생태계를 파괴하여 다른 어종에까지 피해를 일으킬 수 있다는 점도 지적되었다. 그는 호키 남획이 현 수준으로 지속된다면 호키도 오세아니아 주 인근 해저 어종인 '오렌지 러피(orange roughy)'와 같은 운명을 맞을 것이라고 경고했다. 4) **오렌지 러피는 1990년대 초 남획으로 개체 수가 급격히 떨어져 결국 멸종위기 어종이 됐다.**

1) ..........................................................................................................................

2) ..........................................................................................................................

3) ..........................................................................................................................

4) ..........................................................................................................................

5) **잠을 많이 자는 것이 몸에 좋을 것이라는 예상을 뒤엎는 연구결과가 발표되었다.** 즉, 잠을 많이 자는 것은 잠을 적게 자는 것만큼 해롭다는 것이다. 10일 핀란드 공영방송 YLE 뉴스는 자국 국립보건복지연구소의 최신 연구결과를 인용해 인간의 뇌를 최적의 상태로 만들어 주는 적정 수면 시간은 7~8시간이라면서 이같이 전했다.

연구 결과 6) **사람들은 9시간 이상 수면을 취해도 기억력 등 여러 인지력 테스트에서 적정 수면을 취하는 사람들보다 현저하게 낮은 점수를 기록한 것으로 나타났다.** 이는 6시간 미만의 수면을 취하는 사람과 같은 결과인 것이다.

이 방송은 이번 연구 결과로 7) **'잠을 너무 많이 자는 것이나 적게 자는 것 모두 건강에 좋지 않다'**는 사람들의 오랜 믿음이 의학적인 검증을 거쳐 일부 사실로 인정받게 된 셈이라고 말했다.

5) ....................................................................................................................

6) ....................................................................................................................

7) ....................................................................................................................

사랑하는 아들아
약속 시간에 늦는 사람하고는 같이 일하지 마라.
시간 약속을 지키지 않는 사람은 모든 약속을 지키지 않는다.
식당에서 식사를 하거든 늘 맛있게 먹었다고 말해라.
주방장은 자기 직업에 대해 행복해 할 것이고 너는 항상 좋은 음식을 먹게 될 것이다.
어려운 말을 사용하는 사람과 너무 예의 바른 사람을 집에 초대하지 마라.
8) **애써 피곤함을 감추고 친절을 베풀 필요는 없단다.**
가까운 친구라도 남의 말을 하는 사람에게는 절대로 속을 보이지 마라.
9) **넌 친구라고 생각하겠지만 그 사람이 바로 내 흉을 보고 다닌 사람이다.**
나이 들어가는 것도 젊을 때만큼이나 재미있단다.
10) **영원히 늙지 않으면 좋겠지만 사실 젊음은 젊음 그 자체 빼고는 별거 아니란다.**

8) ....................................................................................................................

9) ....................................................................................................................

10) ....................................................................................................................

**8.** 다음 대화를 완성하십시오.

1) 가: 그렇게 일을 하고 싶으면 비정규직에라도 원서를 내 보지 그래?
   나: _____느니 _____ .

2) 가: 요즘 대학생들은 취업을 위해 이런 저런 자격증을 많이 딴다면서요?
   나: _____겠거니 하고 _____ .

3) 가: 환경 공해병인 '새집증후군'을 예방하기 위해서는 어떤 노력이 필요할까요?
   나: _____는다거나/ㄴ다거나/다거나 _____는다거나/
   ㄴ다거나/다거나 _____ .

4) 가: 새로 선출된 국회의원이 당선 소감을 밝히는 자리에 취재하러 갔다
   오셨다면서요?
   나: 네, _____는 가운데 _____ .

5) 가: 박주영 씨는 중학교 졸업장이 전부라고 하더니 어떻게 자동차 수리
   분야에서 최고가 되었는지 모르겠어요.
   나: _____는다뿐이지/ㄴ다뿐이지/다뿐이지 _____ .

6) 가: 최근 지역들 간의 통합이 가시화되고 있는데요, 이 지역도 인근 지역과의
   통합을 원하십니까?
   나: _____으면/면 몰라도 _____ .

7) 가: 화재 현장에서 무인 경보 장치가 작동이 되지 않아 인명 피해가 컸다지요?
   나: 네, _____었던들/았던들/였던들 _____ .

8) 가: 사회에 불만을 품은 사람이 주택가에 주차해 있던 10여 대의 자동차 타이어에
   펑크를 냈대요.
   나: 아무리 _____기로서니 _____ .

9) 가: 싼 게 비지떡이라고 과연 저가형 노트북의 성능이 괜찮을까요?
   나: _____는/은 셈치고 _____ .

10) 가: 시부모님이 반대하셔서 직장을 그만두었다더니 어떻게 다시 직장에 나가게
    됐어요?
    나: _____은/ㄴ 끝에 _____ .

## 6과 1항

### 어휘

**1.** [보기]에서 알맞은 단어를 골라 빈 칸에 쓰십시오.

> [보기]  힐끔거리다   접어들다   배타적이다   내색을 하다   표면적이다
> 관심어리다   필연적이다   불과하다   다민족   다문화 사회   개정   심정

1) 딸아이가 사춘기에 (  접어들면서  )~~으면서/면서~~ 부쩍 외모에 신경을 쓰기
   시작하네요.

2) 1850년에 10억에 (          )던 세계 인구는 1990년에는 50억을 넘게 되었어요.

3) 연예인들은 사람들의 (          )는/은/ㄴ 시선이 때로는 부담스럽다고들 합니다.

4) 어머니는 회사에 다니랴 집안일 하랴 많이 힘드실 텐데도 가족들에게 전혀
   (          )지 않으십니다.

5) 지나가는 사람들이 한겨울에 반팔 옷을 입은 한 쌍의 남녀를 (          )으면서/
   면서 쳐다 봤다.

6) 아파서 모임에 못 나왔다는 말은 (          )는/은/ㄴ 이유일 뿐 사실은 회사에 대한
   불만 때문이야.

7) 인간만의 편의를 앞세워 무분별한 개발을 한다면 (          )으로/로 생태계를
   파괴하게 될 것입니다.

8) 지난 달 24일 출입국 관리법의 일부를 (          )하는 법률이 공포되어 오는 11월
   20일에 시행될 예정이다.

9) 다른 종교를 인정하지 않고 자기들만 옳다고 주장하는 종교는 독선적이고
   (          )이라 는/라는 비판을 받습니다.

10) (          )으로/로 가고 있는 우리는 인종과 문화의 다양성을 인정하고
    존중하면서 공존을 추구해야 한다.

11) 영화 <공포>는 병사들의 시각에서 전쟁을 묘사한 반전 영화이며 탱크 안에 갇힌
    스무 살 병사들의 (          )을/를 생생하게 담았습니다.

12) 사회·문화적으로 많은 변화를 일으키고 있는 국제결혼과 혼혈인의 증가는 일시적
    사회현상인가? 아니면, 세계화로 접어들어 (          ) 국가가 되는 자연스러운
    단계인가?

**2.** 다음 글의 내용에 어울리게 [보기1]과 [보기2]에서 단어를 골라 연결하고 빈 칸에 간단한 문장을 쓰십시오.

| [보기 1] | 고민 | 갈등 | 마찰 | 고충 | 조언 | 충고 | 화해 |

| [보기 2] | -이/가 생기다 | -을/를 털어놓다 | -을/를 해소하다 |
| | -을/를 겪다 | -을/를 청하다 | -을/를 구하다 | -을/를 따르다 |

1) "사실 나는 이번 인사 이동에서 해외 지사로 발령이 났는데 장래를 생각하면 좋은 기회지만 혼자 남으시겠다는 어머니가 자꾸 마음에 걸린다. 가야 하나 말아야 하나……."
(   저는 고민이 생겼어요   )

2) "어제 친구랑 유치하고 사소한 일로 크게 싸웠는데 오늘 친구가 쉬는 시간에 찾아와서 다시 사이좋게 지내자고 했어요." (                )

3) "선생님, 아이들이 저를 자꾸 따돌려요. 소외당하지 않으려면 제가 어떻게 해야 할까요? 좀 가르쳐 주세요." (                )

4) "영미야, 너한테만 하는 이야긴데, 내가 운영하는 인터넷 쇼핑몰이 대박을 터뜨린 후 주위에서 돈 좀 빌려 달라는 부탁이 많아져서 너무 괴로워."
(                )

5) "상대방의 말이 끝나기 전에 절대 끼어들지 말라는 어머니의 말씀대로 다른 사람의 말을 경청하려고 노력하고 있습니다." (                )

6) "시급제 직원에 대한 휴일 급여 지급을 둘러싸고 일부 은행과 비정규직 노조가 서로 의견이 달라 부딪치고 있습니다." (                )

7) "금전적인 문제로 절교 위기까지 겪었던 우리는 얼굴을 맞대고 대화의 시간을 가진 후 예전의 죽마고우로 돌아왔어요." (                )

## 문법

### -는다는/ㄴ다는/다는 듯이

**3.** 다음을 연결하고 '–는다는/ㄴ다는/다는 듯이'를 사용해서 문장을 만드십시오.

1) 입덧이 심한 아내는 매사가
   귀찮다                                   • 이맛살을 찌푸리며 팔짱을 끼다

2) 선생님 말씀을 듣고 잘 알겠다   •        • 계속 하품만 해 대다

3) 아이들은 큰일이 났다                     • 하루 종일 꼼짝도 않고 방안에
                                              누워만 있어 걱정이다

4) 유미는 정희의 주장이 매우               • 고개를 숙이고 머리를
   못마땅하다                                  긁적거리다

5) 윤수는 사과를 하면서                     • 헐레벌떡 뛰어오다
   부끄럽고 죄송스럽다

6) 철수는 수업이 지루하다     •            • 고개를 두어 번 끄덕이다

1) 입덧이 심한 아내는 매사가 귀찮다는 듯이 하루 종일 꼼짝도 않고 방안에 누워만 있어
   걱정입니다.

2) _____

3) _____

4) _____

5) _____

6) _____

**4.** '-는다는/ㄴ다는/다는 듯이'를 사용해서 다음 대화를 완성하십시오.

1) 가: 영수 씨는 학교를 졸업하고 어디에 취직하고 싶대요?

나: 글쎄요, <u>취직할 마음이 없다는</u>~~는다는/ㄴ다는~~/다는 듯이 준비도 하지 않고
놀기만 하던데요.

2) 가: 김 선생님, 모하메드 씨가 이번 말하기 시험을 잘 봤나요?

나: 네, 마치 _____ 는다는/ㄴ다는/다는 듯이 질문에 막힘없이
대답을 잘 했어요.

3) 가: 엄마, 할머니께서 화를 내시며 방으로 들어가 버리셨어요.

나: 왜? 무슨 일이 있었니?

나: 할머니께서 했던 얘기를 또 하고 또 하셔서 한 번만 더 들으면 백 번째라고
했더니 그러시네요.

나: 어른이 하시는 얘기는 이미 들었어도 _____ 는다는/ㄴ다는/
다는 듯이 모르는 척하는 게 좋지 않을까?

4) 가: 마이클 씨와 유미 씨가 크게 싸운 뒤 헤어졌다면서요?

나: 금시초문이에요. 학교에서는 _____ 는다는/ㄴ다는/다는
듯이 사이좋게 지내던데요.

5) 가: 리에 씨를 보셨어요? 좌담회 준비로 의논할 일이 있는데 아무리 찾아도
없네요.

나: 조금 전에 4층 계단 앞에서 봤는데 _____ 는다는/
ㄴ다는/다는 듯이 막 뛰어 내려갔어요.

6) 가: 여성 비하 발언으로 떠들썩했던 가수 윤철수 씨가 새 노래를 들고 나왔네요.

나: 아니, 그렇게 물의를 일으키고도 어떻게 _____ 는다는/
ㄴ다는/다는 듯이 무대에 오를 생각을 했지요? 정말 뻔뻔스럽네요.

## -건만

**5.** 아래 표를 보고 '–건만'을 사용해서 유학생 밍밍과 고향 친구 루루의 전화 대화를 완성하십시오.

| 시험 | 밤을 새워 공부했다 | 점수는 예상 외로 형편없었다 |
|---|---|---|
| 음식 | 매운 음식에 익숙해지려고 애썼다 | 아직도 쉽지 않은 일이다 |
| 방 친구 | 고향과 출신 고등학교가 같다 | 어쩐지 잘 친해지지 않는다 |
| 동아리 친구 | 오해를 풀고 화해하고 싶다 | 좀처럼 만날 기회가 없다 |
| 진로 문제 | 고민에 고민을 거듭했다 | 아직도 결정을 내리지 못하고 있다 |
| 짝사랑 | 그가 내 마음을 좀 알아주었으면 좋겠다 | 전혀 모르는 눈치여서 정말 답답하다 |

루루: 밍밍, 나 루루야. 그동안 잘 있었어?

밍밍: 응, 너도 별일 없지? 오랜만에 목소리를 들으니까 반갑다.

루루: 나도 그래. 그런데 지난 화요일에 끝난 중간시험은 잘 봤어?

밍밍: 잘 보기는. 1) 밤을 새워 공부했건만 점수는 예상외로 형편없었어.

루루: 너무 속상해하지 마! 다음 기말 시험에서 만회하면 되지 뭐. 그런데 너, 요즘은 한국 음식을 잘 먹지? 한국에 가서 처음에는 음식이 입에 안 맞아 고생했잖아.

밍밍: 2) ＿＿＿＿＿＿＿＿＿＿＿ 건만

루루: 새로 이사 간 하숙집 방친구하고는 잘 지내?

밍밍: 글쎄, 3) ＿＿＿＿＿＿＿＿＿＿ 건만

루루: 그래? 그 친구가 낯을 가리나 보다. 시간이 좀 지나면 괜찮아질 거야. 아 참, 크게 싸웠다던 동아리 친구와는 화해했어?

밍밍: 웬걸, 4) ＿＿＿＿＿＿＿＿＿＿ 건만
그나저나 루루 넌 졸업하고 뭐 할 거니?

루루: 난 공부에 미련이 남아서 일단 대학원에 진학하려고 해. 그러는 너는?

밍밍: 공부를 계속할까 취직을 할까 5) ＿＿＿＿＿＿＿＿＿＿ 건만
＿＿＿＿＿＿＿＿＿＿＿＿＿＿＿＿＿＿＿＿＿＿＿＿＿＿＿＿

루루: 신중하게 잘 생각해서 결정하도록 해. 그런데 밍밍, 네가 짝사랑한다던 옆 반 웨이 씨한테는 마음을 고백했어?

밍밍: 아이고, 부끄러워서 어떻게 먼저 고백을 해? 거절당하면 어떡하라고. 6)
＿＿＿＿＿ 건만 ＿＿＿＿＿＿＿＿＿＿. 어, 벌써 12시네. 루루야, 늦었으니까 우리 다음에 또 통화하도록 하자. 전화 줘서 고마워. 잘 자. 안녕!

루루: 그래 너도 잘 자. 안녕!

**6.** '-건만'을 사용해서 다음 대화를 완성하십시오.

1) 가: 올가 씨가 남편 때문에 마음 고생이 심하다고 하던데 사실이에요?

　나: 네, 내가 두 사람이 사귈 때 **쫓아다니며 말렸**건만 내 말을 듣지 않고 결혼하더니 결국…….. 쯧쯧쯧.

2) 가: 취직하기가 정말 어렵네요. 정우 씨는 성적이 좋으니까 벌써 취직하셨겠지요?

　나: 웬걸요. ＿＿＿＿＿＿＿＿＿＿＿＿＿＿건만 면접을 보러 오라는 데도 없네요.

3) 가: 그렇게 혼자서만 끙끙 앓지 말고 부모님께 고민을 털어놓고 조언을 구해 보는 게 어때요?

　나: 벌써 ＿＿＿＿＿＿＿＿＿＿＿＿＿＿건만 아무런 해결책도 찾을 수 없었어요.

4) 가: 김민철 씨가 서류가방을 분실하는 바람에 회사 전체가 발칵 뒤집혔어요.

　나: ＿＿＿＿＿＿＿＿＿＿＿＿＿＿＿건만 덜렁대더니 결국 큰일을 저질렀군.

5) 가: 외국인 관련법이 개정된 후 외국인들이 한국에서 살기가 좀 편해지지 않았어요?

　나: ＿＿＿＿＿＿＿＿＿＿＿＿＿＿＿건만 아직도 외국인에 대한 배려가 부족한 것 같아요.

6) 가: 요즘 시장에 가기가 두려워요. 어찌나 물가가 많이 올랐는지…….

　나: 그렇지요? 정부가 ＿＿＿＿＿＿＿＿＿＿＿＿＿건만 아직 생활 속에서 경기 회복을 피부로 느끼기는 어렵군요.

## 어휘

**1.** 밑줄 친 내용과 관계있는 단어를 [보기]에서 찾아 빈 칸에 쓰십시오.

[보기]   강구하다      격렬하다      치명적이다      체결되다      뚫리다
         다방면    생계    타격    수혜자    관세    기금    장벽    활성화

1) 기획재정부는 **살 길**이 막막한 저소득층을 위한 장기적인 지원 대책을 발표했다.
( 생계 )

2) 동문회의 수익사업으로 모은 돈은 장학 사업을 위한 **밑거름이 될 돈**으로 사용될
예정입니다.                                                    (          )

3) 자유 무역 협정의 가장 큰 효과는 **수출세, 수입세, 통과세** 인하에 따른 무역 교역량
증가입니다.                              (              )

4) 대형마트와 중소형마트가 잇달아 들어서면서 재래시장을 중심으로 한 상권이
**큰 손실**을 입고 있어요.
(        )

5) 보건복지가족부에서 실시한 무료 인공관절 수술의 첫 번째 **혜택을 받은 사람**은
마포구 상암동 에 사시는 임순자 할머니라고 합니다.              (            )

6) 서양화가 유경미 씨의 원래 꿈은 무대 디자이너였지만 유학 생활 동안 언어가 통하지
않는 **어려움**에 부닥쳐 언어가 필요없는 순수예술로 방향을 바꾸었대요.
(        )

7) 권투나 무에타이 같은 **과격하고 맹렬한** 격투기를 운동 삼아 하는 사람들이 늘고 있어.
(            )

8) 길이 **생기면** 그 주변 지역으로 주거 수요가 몰리고 따라서 부동산 가격도 오른다.
(        )

9) 보건복지부는 전염성이 강한 유행성 결막염이 번지는 속도가 빨라지기 전에 조기
차단하는 방안을 **찾고** 있다.
(          )

10) 높은 취업률로 유명한 우리 대학은 2700여 기업과 산학협력협정이 **맺어져** 있습니다.
(            )

11) 남해안 관광에 **활기를 불어 넣기** 위해 전라남도와 광주시, 부산시, 경상남도,
(              )

제주도 등 5개 광역 자치단체와 관계기관 7곳이 힘을 모으기로 했다.

12) 다음 달 개봉 예정인 영화의 불법 동영상 파일이 급속도로 유포되자 영화사는 경찰에 의뢰해 최초 유포자를 구속하는 등 사태수습에 나섰지만 이로 이미 인해 **매우 심각한** 피해를 입었다.

(       )

13) 준수는 상식, 문화, 예술, 정치, 경제 등 **여러 분야에 대해서** 아는 것도 많은

(            )

데다가 겸손 하고 다른 사람을 배려할 줄 아니 그 누가 좋아하지 않겠니?

**2.** [보기]에서 알맞은 단어를 찾아 다음 신문 사설의 빈 칸에 쓰십시오.

| [보기] | 세계화 시대 | 세계 무역 기구 | 자유 무역 협정 | 시장 개방 | 보호 무역 |
|---|---|---|---|---|---|
| | 적자 | 국가 경쟁력 | 외화 | 관세 철폐 | 다국적 기업 |
| | 국제 수지 | 외환위기 | 환율 | | |

&lt;사설&gt;

### 개방 시대를 맞이하여

요즘 지구촌 여기저기에서 자유무역과 1) 보호 무역을/를 둘러싼 찬반 논쟁과 정치적 갈등이 심해지고 있다. 유럽의 화물 트럭 운전기사들은 해외에서 수입하는 연료에 대한 2) _____ 을/를 요구하면서 도로를 점거하고 시위를 벌이는 중이고, 어느 개발도상국에서는 의료서비스와 교육서비스 분야의 3) _____ 에 대해서 자국의 산업을 보호하기 위한 반대 시위의 목소리가 오히려 힘을 얻고 있다. 한편 4) _____ 은/는 자유무역이 수출국이나 수입국 모두에게 서로 이익이 된다는 신념에 따라 회원국들끼리 5) _____ 을/를 체결하도록 적극적으로 요구하고 있다. 각국이 6) _____ 에서 흑자만을 바란다면 자유무역을 기피하겠지만 오늘날 한 나라의 경제는 더 이상 그 나라만의 것이 아니다.

이제 지구촌은 원재료 확보와 부품 생산, 완성품의 조립, 기술 개발, 디자인, 마케팅, 유통 등의 기업 활동이 각각 경쟁력 있는 여러 나라에 분산되어 해당국의 많은 기업들과 협력해서 보다 품질 좋은 제품들을 생산하고 수출하는 그야말로 7) _____ 으로/로 접어들고 있다. 특히 여러 나라에 걸쳐서 사업을 전개하는 8) _____ 은/는 국가 간의 장벽을 허무는 촉진제 역할을 하고 있다.

그런데 나라마다 화폐가 다르기 때문에 국제 무역에서 흑자 혹은 9) _____ 을/를 보게 되면 10) _____ 이/가 변동하고 그에 따라 11) _____ 으로/로 표시된 자산의 가격과 수익이 덩달아 오르거나 내리게 되어 경제의 불확실성이 커진다. 이런 점들은 개방의 걸림돌이 되며 심지어 12) _____ 까지 초래하기도 한다. 그러므로 개방으로 인한 부작용을 겪지 않으려면 13) _____ 을/를 키우면서 점진적인 무역개방을 이루어 나가야 한다.

## 문법

### -는/ㄴ답시고

**3.** [보기]에서 알맞은 것을 골라 '-는/ㄴ답시고'를 사용해서 문장을 완성하십시오.

> **[보기]**
> - 담배를 끊다
> - 잠자리를 잡다
> - 철 지난 옷을 정리하다
> - 네 잎 클로버를 찾다
> - 새로운 사업을 구상하다
> - 멋있는 모습을 보여주다

1) 행운의 네 잎 클로버를 찾는답시고 ~~는/ㄴ답시고~~ 화단을 다 망쳐버렸어요.

2) _____는/ㄴ답시고 이리 저리 뛰어 다니다가 간장독을 깼어요.

3) _____는/ㄴ답시고 하루 종일 사탕을 입에 물고 살아요.

4) _____는/ㄴ답시고 몇 날 며칠 방 안에서 빈둥거리기만 한다.

5) _____는/ㄴ답시고 오토바이를 타고 다니다가 사고를 당했대.

6) _____는/ㄴ답시고 방안을 난장판으로 만들어서 지금 같이 정리하고
있어요.

**4.** 다음 '엄마의 일기'를 읽고 '-는답시고'를 사용해서 문장을 완성하십시오.

---

요즘 우리 식구들이 도무지 마음에 들지 않는다. 남편은 남편대로 아이들은 아이들대로 시집식구는 시집식구들대로 못마땅한 일이 한두 가지가 아니다. 두고 보자니 스트레스만 쌓이고, 그렇다고 한 소리 하자니 집안이 시끄러워질 것 같아서 고민이다.

남편은 낚시 동호회에 들더니 낚시 장비를 300만 원어치나 구입해서 나를 뒤로 넘어가게 했고, 시동생은 이 불경기에 사업을 시작한다며 우리 집을 담보로 은행에서 대출을 받았다. 게다가 며칠 전에는 큰 아이가 엄마를 도와준다고 부엌에서 요리를 하다가 불을 내서 119소방관들이 들이닥쳤었고, 둘째 놈은 컴퓨터 내부 구조를 알아본다며 집안에 있는 컴퓨터들을 다 분해해 버렸다. 막내딸은 세상에서 하나뿐인 멋진 옷을 만든다면서 거실 커튼을 가위로 다 잘라버렸다. 백수인 시누이는 일자리를 찾는다는 핑계로 하루 종일 집밖으로만 돈다. 집안일도 많은데 좀 도와주면 얼마나 좋을까?

아무래도 날을 잡아서 가족회의를 한 번 해야겠다.

---

1) 남편은 <u>낚시를 한답시고 낚시 장비를 한 번에 300만 원어치나 구입했다.</u>

2) 시동생은 ........................................................................................

3) 큰 아이는 ......................................................................................

4) 둘째는 ..........................................................................................

5) 막내딸은 ........................................................................................

6) 시누이는 ........................................................................................

## -는 날엔

**5.** '-는 날엔'을 사용해서 다음 대화를 완성하십시오.

1) 가: 핵무기 보유국이 점점 늘어서 걱정이에요. 핵무기는 이 세상에서 사라져야
　　하는데…….

　나: 맞아요. <u>어느 한 나라에서라도 핵무기가 전쟁에 사용되</u>는 날엔 온 인류가 멸망하게
　　될 거예요.

2) 가: 벌써 일어나려고? 조금만 더 놀다 가지. 오늘같이 다들 모이기도 힘든데…….

　나: 나도 그러고 싶지만 ＿＿＿＿＿＿＿＿＿＿＿＿ 는 날엔 기숙사에서 나와야 해.

3) 가: 동서를 가로지르는 고속도로 건설에 반대하는 환경단체들의 시위가 점점 확산되고
　　있나 봐요.

　나: ＿＿＿＿＿＿＿＿＿＿＿＿＿ 는 날엔 이 지역의 자연 생태계가 크게 파괴될
　　테니까요.

4) 가: 저는 아파트 말고 통나무로 지은 집에 살고 싶어요.

　나: 하지만 ＿＿＿＿＿＿＿＿＿ 는 날엔 피해가 너무 클 거예요.

5) 가: 시험공부를 너무 안 해서 큰일 났네. 이따가 시험지 좀 살짝 보여줘.

　나: 무슨 소리하는 거야? ＿＿＿＿＿＿＿＿＿＿ 는 날엔 정학이나 퇴학이란 걸
　　몰라?

6) 가: 이번 3차 무역협정은 어떻게 될까요? 1·2차 협정의 결과가 만족스럽지 않아 정부에
　　대한 불신감만 커지고 있는데요.

　나: ＿＿＿＿＿＿＿＿＿＿＿＿ 는 날엔 정부가 국민들의 지지를 잃게 될 거예요.

**6.** 다음 상황을 읽고 '-는 날엔'을 사용해서 문장을 완성하십시오.

1) 우리 어머니께서는 내가 유리 씨와 사귀는 것을 매우 싫어하신다. 오늘도 집 앞에서 유리 씨와 함께 이야기하고 있는 것을 보고 화를 내시며 이렇게 말씀하셨다.

　　어머니 ➔ "<u>네가 또 그 여자를 만나</u>는 날엔 이 집에서 쫓아내 버리겠다."

2) 급하게 차가 필요해서 친한 친구에게 좀 빌려 달라고 부탁했다. 친구는 마지못해 빌려주면서 내게 이렇게 다짐을 받았다.

　　친구 ➔ "..........................................는 날엔 네가 다 책임을 져야 해."

3) 요즘 졸업 논문과 좌담회 준비 때문에 동아리 모임에 한동안 못 나갔다. 동아리 회장이 다음 모임 장소와 시간을 전화로 알려주며 이렇게 말했다.

　　회장 ➔ "..........................................는 날엔 제명시킬지도 몰라요."

4) 철수는 동건이를 만날 때마다 '멍청이'라고 놀린다. 착한 동건이는 친구와 싸우기 싫어 그때마다 참았지만 지렁이도 밟으면 꿈틀한다고 오늘 아침에는 폭발하고야 말았다.

　　동건 ➔ "..........................................는 날엔 그 날이 네 제삿날이 될 거다."

5) 내 친구 수현이는 휴일도 없이 일하니 정말 걱정이다. 성공해야 한다고 꼭두새벽부터 밤늦게까지 회사에서 산다. 날이 갈수록 안색이 나빠지는 친구에게 나는 이렇게 충고해 주고 싶다.

　　나 ➔ "아무리 성공해도 ..........................................는 날엔 모든 것이 헛일이니까 좀 쉬어가면서 해."

6) 나는 소비자의 입장에서 자유무역협정을 찬성한다고 했더니 농사를 짓는 내 친구가 버럭 화를 내며 이렇게 말했다.

　　친구 ➔ "..........................................는 날엔 싼 외국 농산물이 물밀듯이 들어와 나 같은 사람은 하루아침에 생계수단을 잃을지도 몰라."

YONSEI KOREAN WORKBOOK 6

**1.** 다음을 읽고 질문에 답하십시오.

---

## 외국인 경영·생활환경 개선 토론회 개최 계획

- 행사 개요
  일시 : 11.19 (수) 10:00~13:00 (오찬 포함)
  장소 : 신라호텔 '무궁화'실
  주관 : 전국경제인연합회, Invest KOREA
  참석인원 : 경영/생활분과 실무위원 80여 명
         – 정부 : 양수복 동북아 외자유치 전문위원장
                  김제희 지식경제부 무역투자실장 등
        –외국상공회의소 : Tame Creelman 미국상공회의소 수석부회장
                         Terry Smith 캐나다상공회의소 부회장 등
        –외국인학교 : Harlan J. Potter 서울외국인학교교장
                  Thomas L. Watson 대전외국인학교교장 등

- 행사 내용
  [외국인 경영환경 개선 3개년 계획과 세부 실천 과제] 발표 (전경련)
  [외국인 생활환경 개선 5개년 계획과 세부 실천 과제] 발표 (Invest KOREA)
  [자유토론(질의, 응답)]

---

1) 이 행사를 개최하는 목적은 무엇입니까?


2) 위 글을 읽고 맞는 것을 고르십시오. (　　　)

　❶ 점심은 제공되지 않는다.

　❷ 일반인들도 참석할 수 있다.

　❸ 이 행사는 외국인 학교 영빈관에서 열린다.

　❹ 참석자들과 발표자들이 자유롭게 질문하고 대답할 수 있다.

3) 위 행사에서 발표된 실천 과제들입니다. 각 분야에 맞게 연결하십시오.

- 가) 외국인의 신용카드 발급 등 불편 해소

❶ 교육 분야
- 나) 체류 기간, 영주권 취득 자격 등 개선
- 다) 특례 기부금 입학 인정

❷ 주택 분야
- 라) 외국인의 운전면허 관련 불편 해소
- 마) 외국인 이용 편의시설 외국어 안내 강화

❸ 의료 분야
- 바) 외국인 투자자의 가사보조인 체류 비자 발급
- 사) 월세 전액 선불 관행 개선

❹ 교통 분야
- 아) 온라인 의료정보센터 구축
- 자) 외국인에 대한 교통 안내 서비스 강화

❺ 출입국 분야
- 차) 주택임대차 영문 표준계약서 도입
- 카) 외국인학교 설립 시 입지 지원

❻ 생활문화/통신 분야
- 타) 외국인진료병원 지정 운영

4) 3)번 문제에서 제시된 실천 과제 외에 외국인들의 한국생활 편의를 위해 개선되어야 할 것들로 무엇이 있는지 이야기해 봅시다.

**2.** 다음 대화를 듣고 질문에 답하십시오.

1) 두 사람은 무엇에 대해서 이야기하고 있습니까? (       )

❶ 외국인 투자 증가

❷ 수입 감소의 원인

❸ 국제수지 적자와 경제위기

❹ 국가 경쟁력을 키우는 방안

2) 들은 내용과 맞으면 ○, 틀리면 × 하십시오.

❶ 외환위기가 전에 한 번 온 적이 있다.                                    (       )

❷ 언론은 경제 위기에 대해서 크게 걱정하지 않는 분위기다.              (       )

❸ 외환위기 때 한국에 유학 온 외국인들이 많이 힘들어했다.            (       )

❹ 국제수지가 올해 초까지는 흑자였는데 최근에 적자로 돌아섰다.       (       )

3) 자유 무역 협정이 속속 체결되고 있고 점진적으로 여러 분야에서 시장이 개방되어 가고 있는 요즘, 경제전문가들은 세계화 시대에 살아남으려면 국가경쟁력을 높여야 한다고 입을 모으고 있습니다. 그렇다면 국가 경쟁력을 높이기 위한 방안에는 무엇이 있을까요? 여러분의 생각을 써 봅시다.

...................................................................................................

...................................................................................................

...................................................................................................

...................................................................................................

## 읽기 활용연습 교재 읽고 질문을 대답하십시오.

### 어휘 연습

**1.** 다음에서 관련이 있는 단어들을 찾아 알맞게 연결해 보십시오.

| | | |
|---|---|---|
| 1) 방랑 ● | ● 경직 ● | ● 도로 |
| 2) 긴장 ● | ● 구속 ● | ● 방황 |
| 3) 대로 ● | ● 배회 ● | ● 삼엄 |
| 4) 단절 ● | ● 골목 ● | ● 고립 |
| 5) 굴레 ● | ● 소외 ● | ● 억압 |

**2.** 다음의 각 문장 속에서 문맥상 밑줄 친 부분과 <u>대립적인 의미</u>로 쓰인 표현에 밑줄을 그어 보십시오.

1) 여느 외국의 대도시 같으면 그 시간에 모두 문을 닫고 거리도 <u>한산할</u> 것이다. 그에 비해 한국은 밤늦게까지 시끌벅적하다.

2) <u>번화가</u>는 그런 마네킹들이 행진하는 패션쇼 무대이다. 황량한 빈민가에서 힙합이 태동하였듯이, 삭막한 도시에서도 젊은이들은 다양한 멋과 스타일을 창출해간다.

3) <u>뽐내는 몸짓</u>과 부러워하는 눈빛이 복잡하게 교차하는 이미지의 경연장이다.

4) 자신이 불특정 다수의 타자들에게 어떤 모습으로 비치는가에 <u>지극히 신경 쓰면서도</u>, 동시에 거기에 전혀 연연해하지 않는 듯한 모습을 연출한다.

5) 서로가 <u>단절된 공간</u>에 이따금 공동의 마당이 열린다. 응원하면서 드러내는 다채로운 몸짓들은 그처럼 <u>갇혀 있고 꼬여 있던</u> 생명의 에너지를 거리낌 없이 표출하는 제전이었다.

**3.** 다음 문제를 보고 답을 쓰십시오.

1) 보기와 같이 문장을 만드십시오.

| 맞-바꾸다 | 그는 내 모자와 자기 가방을 맞바꾸자고 제안했다. |
|---|---|
| 물리다 | ................................................................................ |
| 받아치다 | ................................................................................ |
| 서다 | ................................................................................ |

2) 관계있는 것을 골라 연결하십시오.

눈빛 •                        • 감시하다

몸짓 •                        • 부러워하다

시선 •                        • 알아차리다

눈치 •                        • 뽐내다

3) 아래 문장에 적절한 단어를 골라 쓰십시오.

| 힐끗힐끗 | 헐레벌떡 | 슬그머니 | 꾸벅꾸벅 | 꾸역꾸역 |
|---|---|---|---|---|

• 그는 어깨 너머로 자꾸 나를 (　　　　　)쳐다봤다.

• 김 과장은 밤새 잠을 설쳤다고 하더니 책상에 앉아 (　　　　　) 졸기만 한다.

• 그 사람은 양해도 구하지 않고 내 옆에 (　　　　　) 앉아 버렸다.

• 아무 말도 하기 싫어 차려 놓은 음식을 (　　　　　) 먹으며 시선을 피했다.

• (　　　　　) 뛰어 들어온 그의 머리는 헝클어져 있었고 땀에 젖어 있었다.

## 내용 이해

**1.** 글쓴이는 이 글의 제목을 왜 '문화 유전자, 길거리'라고 했습니까? (    )

❶ 길거리가 전통문화를 유지하기 때문에

❷ 젊은이들이 길거리에서 멋과 스타일을 표현해서

❸ 길거리에서 또래 집단이 제일 먼저 형성되기 때문에

❹ 다양한 문화를 가장 잘 보여 주는 곳이 길거리이기 때문에

**2.** 다음은 이 글의 짜임을 정리한 것입니다. 빈 칸에 알맞은 말을 넣으십시오.

> **처음** •길거리와 우리의 삶
>
> 골목길은 아이들이 스스로 사회를 만들고 배우는 터전이며,
> 도시의 대로는 어른이 되면서 다양한 인간 활동을 경험하는 곳이다.
>
> **중간** •한국 도시의 길거리
>
> 1) 북적대고 시끌벅적하다.
> 2) 행인들 사이에 시선의 상호작용이 이루어진다.
> 3) _____
> 4) 공동의 마당, 광장이 탄생한다.
>
> **끝** •글쓴이가 본 길거리
>
> 공적 영역과 사적 영역 사이에 있는 제3의 공간이다.
> _____
> 표현과 소통의 공간이다.

**3.** 다음을 읽고 맞으면 O표, 틀리면 X표 하십시오.

1) 한국 도시의 밤거리는 축제와 행사로 항상 북적댄다.                (    )

2) 길거리는 삭막한 도시를 공동체의 공간으로 바꾸어 주는 곳이다.     (    )

3) 길거리는 일상적인 업무와 생활에서 벗어나게 해 주는 곳이다.       (    )

## 이야기해 봅시다

아래의 장소는 어떤 공간인지 이야기해 보십시오.

아파트

노래방

재래시장

찜질방

- 세상 소식을 들을 수 있는 곳이다.
- 도시인의 휴식 공간이다.
- 피로를 풀면서 가족 모임을 갖는 곳이다.
- 도시적 편리함을 맘껏 누릴 수 있는 곳이다.
- 인간관계를 맺는 만남의 공간이다.
- ..........................................................................................
- ..........................................................................................
- ..........................................................................................

## 더 읽어보기

**1.** 글쓴이는 인사동이 대중적인 전통 동네가 되기 이전의 분위기를 어떻게 설명했습니까?

**2.** 글쓴이는 인사동의 전통이 무엇을 통해 이어진다고 합니까?

# 한자성어(漢字成語) 1

**1.** 감언이설 (甘言利說)
  귀가 솔깃하도록 남의 비위를 맞추거나 이로운 조건을 내세워 꾀는 말.
  - 떼돈을 벌게 해주겠다는 감언이설에 속아 장사 밑천을 떼이고 말았어요.

**2.** 구태의연 (舊態依然)
  조금도 변하거나 발전한 데 없이 예전 모습 그대로임.
  - '두발규제'가 학생들로 하여금 공부에 집중할 수 있게 해준다는 학교 측의 주장은 구태의연한 발상입니다.

**3.** 당연지사 (當然之事)
  일의 앞뒤 사정을 놓고 판단할 때에 마땅히 그렇게 하여야 하거나 되리라고 여겨지는 일.
  - 비록 적은 액수라고는 하나 뇌물을 받은 경찰관이 해고되는 건 당연지사야.

**4.** 동고동락 (同苦同樂)
  괴로움도 즐거움도 함께 함.
  - 삼십 년 동안 동고동락해 온 부인과 사별한 후 아직도 마음을 잡지 못하고 있어요.

**5.** 마이동풍 (馬耳東風)
  말의 귀에 동풍이 불어도 아랑곳하지 아니한다는 뜻으로, 남의 말을 귀담아 듣지 않고 지나쳐 흘려버림을 이르는 말.
  - 자금을 한 곳에 집중투자하지 말라고 수차 권고했는데도 마이동풍이니 걱정이네요.

**6.** 비일비재 (非一非再)
  같은 현상이나 일이 한두 번이 아니고 많음.
  - 실제로 국내 수입업체들 가운데는 외국기업에 선수금을 지불해 놓고 국제법을 잘 알지 못해서 돈을 떼이는 경우가 비일비재하다.

**7.** 새옹지마 (塞翁之馬)
  인생의 길흉화복은 변화가 많아서 예측하기가 어려움을 이르는 말.
  - 투자를 할 때 호재와 악재에 관심을 가지는 것은 좋지만 부화뇌동할 필요없습니다. 인생사 새옹지마라고 당장의 호재가 미래의 악재일지, 아니면 지금의 악재가 미래의 호재일지 모르기 때문입니다.

**8.** 산전수전 (山戰水戰)
  산에서도 싸우고 물에서도 싸웠다는 뜻으로, 세상의 온갖 고생과 어려움을 이르는 말.
  - 강력계 형사 생활 십오 년, 김 형사는 이 방면에서 산전수전 다 겪은 몸이었다.

**9.** 약방감초 (藥房甘草)

한약에 감초를 넣는 경우가 많아 한약방에 감초가 반드시 있다는 데서 나온 말로, 어떤 일에나 빠짐없이 끼어드는 사람 또는 꼭 있어야 할 물건을 이르는 말.

- 자네는 어느 일에나 끼어들어 약방감초처럼 행동하는데 이번에는 조용히 있는 것이 더 나을 거야.

**10.** 오리무중 (五里霧中)

오리나 되는 짙은 안개 속에 있다는 뜻으로, 무슨 일에 대하여 방향이나 갈피를 잡을 수 없음.

- 무장단체에 의해 납치된 것으로 추정되는 한국인 여성 등 외국인 9명의 소재가 여전히 오리무중 이라고 합니다.

## 한자성어(漢字成語) 연습 1

다음을 읽고 알맞은 한자성어를 넣어 대화를 완성하십시오.

**1.** 가: 뺑소니사건 용의자가 경찰이 한 눈을 파는 사이에 도망갔대.

나: 그래, 어디로 도망갔대?

가: 아직은 ................................ 인가 봐.

**2.** 가: 부모 욕심으로 조기 유학을 보낸 아이들이 객지에서 몸 고생, 마음 고생만 하다가 귀국하는 경우가 많다면서?

나: 그렇다네요. 유학생 중 10%만이 명문대에 진학할 뿐이고 낙제 후에 학업을 포기하고 귀국하는 경우도 ................................ 하대요.

**3.** 가: 깻잎은 느끼한 맛을 없애줘서 고기 요리를 먹을 때는 절대 빠질 수 없는 ................................ ................................ 같은 존재야.

나: 비타민 C와 철분도 풍부해 훌륭한 건강식품이기도 하지.

**4.** 가: 어! 너, 김 일병 아냐? 김 일병 맞지?

나: 누구신지⋯⋯. 혹시, 이 병장님? 진짜 이 병장님이십니까? 아이고, 정말 반갑습니다.

가: 우리가 오뚜기 부대에서 ................................ 하던 때가 엊그제 같은데 이게 몇 년 만이야?

나: 함께 울고 웃던 그때가 벌써 10년 전이군요!

**5.** 가: 이제는 그 드라마를 안 볼래요.

나: 왜요? 여자들에게 인기가 많던데요. 꽃미남들도 여럿 나오고요.

가: 소재와 이야기 전개가 ＿＿＿＿＿＿＿＿＿＿＿ 해서 식상해요. 예전이나 지금이나 크게 달라진 게 없어요. 사회는 하루가 다르게 변해 가는데 드라마 소재는 너무 뻔해요.

**6.** 가: 여보, 웬 옷들을 이렇게 많이 샀어? 오늘 무슨 날이야?

나: 아휴, 내가 미쳤지. 백화점에 바지 한 벌 사러 갔다가 '아가씨 같다', '학생인 줄 알았다'는 ＿＿＿＿＿＿＿＿＿＿＿ 에 속아서 입을 일도 없는 정장에다가 코트까지 사고 말았지 뭐예요.

**7.** 가: 요즘 정치인들이 하는 꼴들 좀 봐. 우리 서민들의 생활에 관심이나 있는지 원.

나: 그 사람들이 우리말을 귀담아 듣겠어요? 그동안 수없이 정치권을 향해 싸우지 말고 민생을 챙기라고 주문했건만 늘 ＿＿＿＿＿＿＿＿＿＿＿ 이었잖아요/였잖아요.

**8.** 가: 큰 수술을 앞두고 많이 걱정되시지요?

나: 걱정은 무슨……. 살아가면서 볼 것, 안 볼 것 다 보고 ＿＿＿＿＿＿＿＿＿＿＿ 다 겪은 사람이 뭘 두려워하겠나?

**9.** 가: 줄리아 씨가 유학생활에 적응하지 못해 우울증에 시달리더니 요즘엔 감기다, 소화불량 이다, 하루가 멀다 하고 병원을 찾네요.

나: 마음이 아프니 몸이 아픈 건 ＿＿＿＿＿＿＿＿＿＿＿ 지. 마음에 병이 들었는데 몸인들 온전하겠어?

**10.** 가: 연기력 부족으로 평론가들에게 혹평을 받던 배우 박명신이 최근에 감독으로 큰 성공을 거두었다면서요?

나: 인생이란 ＿＿＿＿＿＿＿＿＿＿＿ 이라더니/라더니 배우로 주목받지 못했던 것이 진로를 바꾸는 계기가 되어 오히려 큰 성공을 거두게 되었군요.

## 7과 1항

### 어휘

**1.** [보기]에서 알맞은 단어를 골라 빈 칸에 쓰십시오.

| [보기] | 명당 | 효심 | 물자유통 | 배후 | 성곽 | 유적지 |
|---|---|---|---|---|---|---|
| | 길목 | 대거 | 측면 | 동원하다 | 트이다 | |

1) 이번 야구 경기에서는 4회에 ( 대거 ) 6점을 추가하여 우리 팀이 이겼습니다.

2) 고속도로에서 국도로, 국도에서 고속도로로 빠지는 (                    )을/를 '나들목'이라고 한다.

3) 부모님의 산소를 (            ) 자리에 모시기 위해 전국을 수소문해 찾고 있어요.

4) 점쟁이 말이 나는 말년이나 되어야 재물 운이 (            )는/은/ㄴ다고 했어.

5) 불법 선거 자금 수수 사건의 (            )은/는 국내 모 대기업으로 밝혀졌다.

6) (            )이/가 활발해야 지역의 경제가 좋아지고 소비생활이 편리해진다.

7) 정부는 탈북자들의 문제를 인권적 (            )에서 해결하기 위해 노력하고 있습니다.

8) 서울시는 1년에 한 번씩 (            )이/가 지극한 사람을 뽑아서 효자효녀상을 수여한다.

9) 경상북도 고령의 44-45호 고분은 고대 사회의 순장 제도를 보여주는 귀중한 (            )으로/로 평가되고 있다.

10) 이번 복원공사에는 소음과 먼지를 줄이기 위해 각종 첨단 장비들을 (            )을/ㄹ 겁니다.

11) 서울 주변의 (            )은/는 조선을 세운 태조가 한양으로 도읍을 옮긴 후 전쟁에 대비하고 사람들의 출입을 통제하거나 도적을 방지하기 위해 쌓은 시설이다.

**2.** [보기]에서 알맞은 단어를 골라 빈 칸에 쓰십시오.

> **[보기1]**　　유물　　보물　　지정　　발굴　　국보　　유적

1) ( 발굴 ) ~~이란~~/란 땅 속에 들어 있는 매장문화재를 과학적인 방법으로 드러내는
것으로 해당지역에 대한 전면적인 조사를 벌이는 사업을 말한다. 이 작업을
통해 토기와 석기·철기 등 동산문화재인 2) (　　　　)과/와, 집터·고분·건물터와
같은 옛 사람들이 이루어 놓은 구조물과 앞에서 언급한 동산문화재를 포함하는
3) (　　　　　)이/가 세상의 빛을 보게 된다. 드러난 문화재들 중에서
역사적이거나 미술적인 가치를 지닌 중요한 문화재를 4) (　　　　　)으로/로,
그리고 국가적·문화적 관점에서 볼 때 그 가치가 보다 크고 유례가 드문 것을
5) (　　　)으로/로 6) (　　　)하여 관리·보호를 하게 된다.

> **[보기2]**　　보존　　심의　　선정　　자연유산　　문화유산

세계유산은 세계유산협약에 따라 세계유산위원회가 인류 전체를 위해 보호해야
할 가치가 있다고 인정하는 것이며 다음 세 가지로 분류된다. 역사적으로 중요한
가치를 가지는 7) (　　　　), 생태학적·생물학적 보존 가치가 있는 8) (　　　　),
그리고 이들의 성격을 합한 복합유산이 바로 그것이다. 각 나라별로 해당 유산에
관한 신청서를 유네스코에 제출하면 위원회는 여러 측면에서 엄격한 9) (　　　)
과정을 거쳐 세계유산으로 10) (　　　)한다. 세계유산목록에 등재된 유산은
세계유산기금으로부터 기술적·재정적 원조를 받을 수 있어서 11) (　　　　)과/와
관리가 용이해진다.

# 문법

## -은/ㄴ 이상

**3.** 다음 중 맞는 것을 고르십시오.

1) 경기에 참가한 이상
   ❶ 우승을 위해서 노력해야지.                    ( ✔ )
   ❷ 우승하지 않아도 괜찮다.                       (   )

2) 계약서에 서명을 한 이상
   ❶ 계약 내용을 수정할 수 없다.                   (   )
   ❷ 계약내용을 수정해야 한다.                      (   )

3) 모두의 반대를 무릅쓰고 작가의 길로 들어선 이상
   ❶ 힘들면 포기할 수 있다.                       (   )
   ❷ 중도 포기란 있을 수 없다.                     (   )

4) 우리가 힘을 합친 이상
   ❶ 두려울 것이 없습니다.                         (   )
   ❷ 앞으로 어려운 일이 기다리고 있을 거예요.       (   )

5) 신제품 개발에 대한 경영진의 기대가 크다는 것을 안 이상
   ❶ 연구를 소홀히 해서는 안 됩니다.               (   )
   ❷ 연구에 차질이 생겼습니다.                      (   )

6) 국민들의 지지도가 역사상 가장 낮은 것으로 나타난 이상
   ❶ 내각은 적극적으로 정책을 펼 수 있었다.        (   )
   ❷ 내각은 총사퇴를 고민하지 않을 수가 없었다.    (   )

**4.** '-은/ㄴ 이상'을 사용해서 다음 대화를 완성하십시오.

1) 가: 거래처에서 왔는데 김 부장님 좀 잠깐 만날 수 있을까요?

　　나: 미안하지만 <u>관계자가 아닌</u> 은/ㄴ 이상 사전에 출입허가증을 받으셔야 합니다.

2) 가: 아빠, 너무 힘들어요. 더 못 올라가겠어요.

　　나: 힘을 내. ＿＿＿＿＿＿＿＿＿＿＿＿＿＿＿ 은/ㄴ 이상 꼭대기까지 올라가 봐야지.

3) 가: 방금 전에 전화한 집인데요, 스파게티를 피자로 바꿀 수 있나요?

　　나: 죄송하지만, ＿＿＿＿＿＿＿＿＿＿＿＿＿ 은/ㄴ 이상 메뉴를 바꿀 순 없습니다.

4) 가: 여보, 왜 이렇게 늦었어요?

　　나: 길 잃은 아이를 집까지 데려다 주고 오느라고 늦었어.

　　＿＿＿＿＿＿＿＿＿＿＿＿＿＿＿＿ 은/ㄴ 이상 그냥 지나칠 수 없었어.

5) 가: 나는 회사의 중국 진출 결정이 정말 마음에 안 들어요.

　　나: ＿＿＿＿＿＿＿＿＿＿＿＿＿ 은/ㄴ 이상 뒷공론을 벌이는 것은 의미가 없어요.

　　그대로 따르는 수밖에요.

6) 가: 이기춘 선수, 왜 부상을 감추고 출전하셨나요? 하마터면 큰일날 뻔했다던데요.

　　나: ＿＿＿＿＿＿＿＿＿＿＿＿＿＿＿＿＿ 은/ㄴ 이상 부상을 이유로 출전을 포기할 수는 없었어요.

## -는다는/ㄴ다는/다는 점에서

**5.** 다음 글을 읽고 '-는다는/ㄴ다는/다는 점에서'를 사용해서 문장을 완성하십시오.

1) 혼자서 공부한다는 것은 학원에 다니는 것보다 여러 측면에서 유리하다. 첫째, 자신에게 적합한 환경과 학습 속도를 유지할 수 있다. 둘째, 자신이 부족한 부분에 대한 집중 학습이 가능하다. 셋째, 학습을 통해 습득한 지식을 스스로 분석할 수 있다. 넷째, 장소 이동이 없으므로 시간이 절약된다.

　독학은 ❶ 자신에게 적합한 환경과 학습 속도를 유지할 수 있다는는다는/ㄴ다는/다는 점
　　　　에서 유리하다.
　　　❷ _____ 는다는/ㄴ다는/다는 점에서 유리하다.
　　　❸ _____ 는다는/ㄴ다는/다는 점에서 유리하다.
　　　❹ _____ 는다는/ㄴ다는/다는 점에서 유리하다.

2) 요즘 뮤지컬을 관람하는 사람들이 늘고 있다. 뮤지컬은 남녀노소가 함께 즐길 수 있는 가족용이 많고 실제 공연을 봄으로써 영화보다 더 큰 생동감을 느낄 수 있다. 또한 뮤지컬은 노래와 춤으로 감정을 극대화시켜 표현하기 때문에 관객이 몰입하기 더 쉽다. 이러한 이유로 사람들은 뮤지컬에 매료된다.

　뮤지컬은 ❶ _____ 는다는/ㄴ다는/다는 점에서 인기가 많다.
　　　　　❷ _____ 는다는/ㄴ다는/다는 점에서 인기가 많다.
　　　　　❸ _____ 는다는/ㄴ다는/다는 점에서 인기가 많다.

**6.** '–는다는/ㄴ다는/다는 점에서'를 사용해서 다음 대화를 완성하십시오.

1) 가: 웨이 씨는 한국말을 공부할 때 어떤 점이 특히 어려워요?

　　나: 발음과 문장구조가 중국어와 매우 다르다는 ~~는다는/ㄴ다는~~/다는 점에서 학습에
　　　　어려움이 많아요.

2) 가: 회사 다니기가 어때요? 업무량이 만만치 않을 텐데요.

　　나: 일은 힘들지만 _____ 는다는/ㄴ다는/다는 점에서 위안을
　　　　얻고 있어요.

3) 가: 선생님, '안락사'와 '존엄사'는 무슨 차이가 있어요?

　　나: _____ 는다는/ㄴ다는/다는 점에서는 근본적으로
　　　　같다고 할 수 있지요.

4) 가: 고객님, 이 모델은 어떻습니까? 승차감도 뛰어나고 내부 공간도 상당히
　　　　넓은데요.

　　나: 글쎄요, _____ 는다는/ㄴ다는/다는 점에서 요즘 같은 고
　　　　유가 시대에는 좀 부담스러운데요.

5) 가: 로또 열풍이 대단하네요. 사람들이 왜 이렇게 로또에 열광할까요?

　　나: _____ 는다는/ㄴ다는/다는 점에서 로또는 매력적
　　　　이라고 할 수 있지요.

6) 가: 이번 여름방학에 봉사 활동을 다녀오셨다면서요?

　　나: 네, _____ 는다는/ㄴ다는/다는 점에서 의미가 있고
　　　　유익했어요.

## 어휘

**1.** [보기]에서 알맞은 단어를 골라 빈 칸에 쓰십시오.

> [보기]  밀림    동감    사원    장관    지반    전적으로    웅장하다
> 쓸쓸하다  소실되다  압도당하다  황폐화되다  어마어마하다  내친 김에

1) 나도 영어 공용화의 부작용을 우려하는 학자들의 의견에 ( 동감 )입니다.

2) 친구를 만나러 시내에 나갔다가 (        ) 쇼핑까지 하고 돌아왔어.

3) 야당후보의 선거 유세에는 (          )는/은/ㄴ 인파가 몰려들어 인산인해를
   이루었대요.

4) 아무리 화려하고 (        )는/은/ㄴ 궁궐도 주인을 잃으면 폐허처럼 쓸쓸해진단다.

5) 아마존의 (        )이/가 방목지를 확보하려는 목장주들 때문에 불타고 있습니다.

6) 이번 사고의 책임은 (        ) 직원 관리를 소홀히 한 저에게 있으므로 제가 책임지고
   물러 나겠습니다.

7) 약한 (        )을/를 고려하지 않고 공사를 무리하게 감행한 것이 붕괴사고의 원인인
   것 같아요.

8) 국정감사에서 실제적인 내용보다는 정치적인 논쟁만을 벌이는 장관과 국회의원들을
   보면서 내 기분은 (        )기 짝이 없었다.

9) 청와대 본관 앞에 서면 15만 장의 청기와가 얹혀 있는 거대한 궁궐식 지붕과 엄숙한
   분위기에 (        )게 돼요.

10) 해마다 이맘때면 해돋이의 (          )을/를 보기 위해 사람들이 동해 바닷가
    정동진으로 몰려 가요.

11) 바다의 신들을 위해 지어진 이 (          )은/는 절벽 끝에 세워져 있어 아름다운
    경치를 보기 위해서라도 한 번 방문해 볼 만해요.

12) 2005년 산불로 (          )는/은/ㄴ 천년고찰 낙산사의 일부가 화마의 상처를 씻고
    원형 그대로 복원되었다.

13) 어민들의 생계터전인 서해바다 황금어장이 해파리떼의 습격으로 (        )고 있지만
    마땅한 해결책은 나오지 않고 있어 갈수록 어민들의 피해만 커져가고 있습니다.

**2.** [보기]에서 알맞은 단어를 골라 대화를 완성하십시오.

> [보기]  전쟁    도굴    관광산업    지반 약화    지구온난화    산성비
> 자연재해    훼손되다    복구하다    복원하다    보수공사를 하다

가: 자네, 우주에서 바라본 지구의 모습을 본 적이 있나?

나: 물론, 봤지요. 깊은 어둠의 공간에서 마치 하나의 보석처럼 푸르게 빛나는 지구의 모습이 얼마나 아름다웠던지……

가: 그렇게 아름다운 우리 지구에 지금까지 일어난 일들을 생각하면 참으로 마음이 아파. 온실가스 대량 배출로 인한 1) ( 지구온난화 ), 그로 인해 발생하는 지진·쓰나미·해일과 같은 2) (          ), '녹색페스트'·'죽음의 비'라 불리는 3) (          ), 해수면 상승과 증가된 빙하담수 때문에 붕괴사고의 원인이 된 4) (          ), 국가 간의 이해관계 충돌로 일어나는 5) (          ) 등이 지구 파괴의 주범들이지.

나: 그러한 원인들로 인해 생기는 피해는 해당 국가의 6) (          )에도 큰 영향을 미쳐 경제 상황을 악화시키기도 해요. 피해지역을 7) (          )으려면/려면 상당한 비용과 시간과 노력이 필요하거든요.

가: 그래, 맞아. 그런데 더 큰 문제는 이러한 피해가 단지 자연과 인간에게만 국한된 것이 아니라는 점이야. 우리의 소중한 문화유산도 예외는 아니지.

나: 그렇지 않아도 불법적인 8) (          )으로/로 소실되거나 무분별한 개발과 환경오염 등으로 유물과 유적들이 9) (          )고 있는 마당에 큰일이 아닐 수 없어요. 피해를 입었을 경우 그때 그때 부분적으로나, 전체적으로 10) (          )고, 장기적인 계획을 세워 원래 상태로 11) (          )는/은/ㄴ 데에는 엄청난 비용과 노력이 요구되니까요.

가: 맞아. 그러니까 우리는 파괴된 뒤 뒷수습에만 매달리지 말고 우리의 삶의 터전인 이 지구와 소중한 유산들을 잘 관리해서 원래대로의 모습을 유지하도록 해야 해. 그리고 이 지구는 우리가 잠시 머무는 곳이 아니고 대대손손 영원히 살아갈 우리의 생활공간이라는 점도 잊지 말아야 해.

## -는/은/ㄴ인 반면

**3.** 다음을 연결하고 '-는/은/ㄴ인 반면'을 사용해서 문장을 만드십시오.

1) 신애 씨는 업무능력은 우수하다 •     • 동생은 사고뭉치이다

2) 우리 회사의 매출은 급성장하고 있다 •     • 야근이 잦고 업무 부담이 크다

3) 형은 우등생이다 •     • 인간관계에는 문제가 많다

4) 우리 회사는 급여 수준은 매력적이다 •     • 가격대가 너무 높다

5) 공공장소 금연 규정에 대해 대부분의 사람들이 환영하다 •     • 원자재 값의 상승으로 수익성은 더 낮아지고 있다

6) 새로 문을 연 식당은 음식 맛과 분위기는 좋다 •     • 일부에서는 지나친 규제라며 반발하고 있다

1) 신애 씨는 업무능력은 우수한 반면 동료들과의 인간관계에는 문제가 많아서 때로는 왕따를 당하기도 해요.

2) _____

3) _____

4) _____

5) _____

6) _____

**4.** '-는/은/ㄴ인 반면'을 사용해서 다음 대화를 완성하십시오.

1) 가: 요즘 아이들이 예전에 비해 참 덩치들이 좋지요?
   나: 네, 그런데 요즘 10대들은 신체 발달은 좋아지는/은/ㄴ 반면에 체력은 예전보다 떨어졌어요.

2) 가: 이런 저런 이유로 시골을 떠나 도시로 가는 젊은이들이 많아요.
   나: 그러니 _____ 는/은/ㄴ 반면 도시 인구는 과잉이 될 수밖에 없지요.

3) 가: 높은 경쟁률을 뚫고 입사해서 그런지 신입사원들이 참 똑똑한 것 같아요.
   나: 음, 그런데 요즘 신입사원들은 _____ 는/은/ㄴ 반면 문제 해결 능력은 좀 부족한 것 같아요.

4) 가: 이번에 새로 출시된 자동차는 반응이 어때요?
   나: _____ 는/은/ㄴ 반면 연비가 낮아서 소비자들이 외면하고 있어요.

5) 가: 대학생들에게서 인기 있는 직업이 공무원이라는 얘기를 들었어요.
   나: 맞아요. 공무원은 _____ 는/은/ㄴ 반면 정년이 보장된다는 점에서 요즘 같이 고용이 불안정한 시기에 선호하는 직업이에요.

6) 가: 요즘 많은 사람들이 은행에 가지 않고 인터넷뱅킹으로 은행 업무를 본대요.
   나: _____ 는/은/ㄴ 반면 개인정보 유출로 인한 사고가 가끔 생겨 새로운 골칫거리가 되고 있어요.

## -으로/로 말미암아

**5.** 다음은 뉴스의 머리기사들입니다. '-으로/로 말미암아'를 사용해서 한 문장으로 만드십시오.

1) [ 잦은 내전    국토 황폐화 가속 ]

→ 잦은 내전으로 말미암아 국토가 빠른 속도로 황폐화되고 있습니다.


2) [ 정치 불안    외국인 투자 감소 ]

→ ..........................................................................................................................


3) [ 남부지방을 강타한 태풍 '매미'    가옥 수백 채 피해 ]

→ ..........................................................................................................................


4) [ 사교육 열풍    부모들 허리 휘어 ]

→ ..........................................................................................................................


5) [ 경기 침체    취업은 하늘의 별따기 ]

→ ..........................................................................................................................


6) [ 짙은 안개    고속도로 마비 ]

→ ..........................................................................................................................

**6.** [보기]에서 알맞은 표현을 골라 빈 칸에 쓰십시오.

| [보기] | 근육 파열 | 측근들의 비리 | 고교 평준화 | 폭력적인 성향 |
|---|---|---|---|---|
| | 국지성 호우 | 지구 온난화 | | |

1) 가: 최근에 지구 곳곳에서 이상 기후 현상들이 나타나고 있다지요?

　　나: 네, 지구 온난화~~으로~~/로 말미암아 기상이변이 급증하고 있어요.

2) 가: ＿＿＿＿＿＿＿＿＿＿＿ 으로/로 말미암아 상위권 학생들의 학업 성취도가
　　　낮아졌다면서?

　　나: 네, 그렇지만 지역 간 학교 간 격차가 많이 줄어들었대요.

3) 가: 어제 인터넷 검색 1순위가 '박지선 선수'였다는데 무슨 일이 있었나요?

　　나: ＿＿＿＿＿＿＿＿＿＿ 으로/로 말미암아 올림픽 출전이 불투명해졌대요.

4) 가: '부모는 아이들의 거울'이라는 말이 있지요? 부모의 행동과 말은 아이들의
　　　성격 형 성에 중요한 요소로 작용하는 것 같아요.

　　나: 맞아요. 부모의 ＿＿＿＿＿＿＿＿＿＿ 으로/로 말미암아 아이들의 성격이
　　　비뚤어지는 경우를 많이 봤어요.

5) 가: 한강 다리 여러 개가 통행금지되었대요.

　　나: 큰일 났네요. 비가 빨리 그쳐야 할 텐데요. 이번 ＿＿＿＿＿＿＿ 으로/로
　　　말미암아 발생한 이재민 수만 해도 2천 명을 넘는대요.

6) 가: 요즘 대통령이 고민이 많겠어요.

　　나: 그러게요. ＿＿＿＿＿＿＿＿ 으로/로 말미암아 집권당의 인기가 급속하게
　　　추락하고 있으니 뜻한 대로 정책을 펴기가 힘들지 않겠어요?

## 읽고 말하기

**1.** 다음 글을 읽고 질문에 답하십시오.

한글은 한국인이 가장 자랑스러워하는 문화유산이다. 한글은 세종대왕이 우리 민족 구성원의 다양한 언어생활을 깊이 있게 관찰하고 전문적인 언어학 지식을 바탕으로 과학적으로 새롭게 만들어 낸 글자이다. 그러나 소중한 문화유산인 한글이 PC통신이나 인터넷 상에서의 채팅 문화, 휴대폰으로 문자 주고받기가 확산되면서 심각하게 파괴되고 있다.

요즘 휴대전화 문자나 인터넷 상에서는 [뷁, 꼰대, 디비, 그렇삼?, ㄱㅅ, 킹왕짱, 하이^^ ] 등등과 같은 정체불명, 국적불명의 ＿＿＿＿＿들이 누리꾼들 사이에서 습관적으로 쓰인다. 이들 사이버 ＿＿＿＿＿들은 주로 인터넷과 휴대전화를 통해 만들어진다. 휴대전화의 경우는 한 번에 문자를 보낼 수 있는 양이 한정되어 있고 PC방 같은 곳에서는 사용하는 시간에 비례해서 돈을 내야 한다. 그렇기 때문에 빠른 시간에 많은 내용을 보내기 위해서는 길고 격식을 따지는 표현보다는 짧고 간결한 자신들만의 언어가 더 효율적이므로 이 같은 ＿＿＿＿＿이/가 유행처럼 퍼지고 있는 것이다. 게다가 이들 언어는 거친 소리와 된소리가 뒤섞여, 갈수록 거칠어지고 있으며 맞춤법이나 띄어쓰기를 무시하는 등 언어 파괴 현상도 심각해지고 있다.

더욱이 이 같은 ＿＿＿＿＿이/가 많아지면서 통신 세대와 비 통신 세대·신세대와 구세대 간의 대화 단절을 가져 와, 서로 간의 원활한 대화를 위해서는 ＿＿＿＿＿공부를 따로 해야 할 지경에까지 이르렀다. 또한 이러한 한글 파괴 현상은 컴퓨터 통신과 같은 사이버 공간이나 휴대전화에 그치지 않고 친구들끼리 편지를 주고받으면서 ＿＿＿＿＿으로/로 표기하거나 전화나 대화를 하면서도 ＿＿＿＿＿을/를 주고 받아 생활 용어까지 오염시키고 있어 언어순화에 대한 노력이 절실히 요구된다.

한글날이 국경일에서 제외된 이후 한글에 대한 존엄성이 잊혀져 가고 있는 데다가, 한자 병용 표기나 영어 공용화 등에 대한 정부 시책이 일관성 없이 추진되다 보니, 위대한 한글이 설 자리를 잃어가고 있다. 특히 컴퓨터와 휴대전화 사용이 일상화되면서 맞춤법과 한글 표기에도 없는 ＿＿＿＿＿들이 난무하는 등 한글 파괴 현상이 두드러져 언어 순화와 정부 당국의 일관된 정책이 아쉽다. 세종대왕이 지금 우리가 사용하는 한글을 보신다면 뭐라고 말씀하실까?

1) 위 글의 제목으로 가장 알맞은 것은 무엇입니까? (      )

❶ '세종대왕과 한글'                    ❷ '심각해져 가는 한글 파괴 현상'

❸ '한글, 소중한 문화유산'              ❹ '한글과 컴퓨터 통신'


2) 밑줄 친 빈 칸에 공통으로 들어갈 단어를 고르십시오. (      )

❶ 표준어          ❷ 비속어          ❸ 외계어          ❹ 은어


3) 한글 파괴 현상이 불러온 문제점이 <u>아닌</u> 것은 무엇입니까? (      )

❶ 격식을 따지면서 짧고 간결하게 말하게 된다.

❷ 전화나 편지에도 정체불명의 표현들이 등장하게 된다.

❸ 부모님들이 자식들이 하는 말들을 알아듣지 못하게 만든다.

❹ 인터넷을 할 수 있는 세대와 할 줄 모르는 세대 간의 대화가 통하지 않게 된다.


4) 여러분들 나라에서도 언어 파괴 현상이 일어나고 있습니까?

사람들은 이러한 현상을 어떻게 생각합니까?

채팅할 때나 문자를 보낼 때 여러분들이 사용하는 재미있는 표현에 대해서 이야기해 봅시다.

**2.** 다음을 듣고 질문에 답하십시오.

1) 무엇에 대한 이야기입니까? (　　　)

　❶ 한국의 세계문화유산

　❷ 미국 한의과대학의 교재

　❸ 세계기록유산으로 등재된 동의보감

　❹ 세계 의학계에 소개될 동아시아의 전통의학

2) 들은 내용과 맞으면 ○, 틀리면 × 하십시오.

　❶ 동의보감은 조선시대에 만들어진 의학 서적이다.　　　　　　　　　(　　)

　❷ 한국은 모두 6건의 세계기록유산을 보유하고 있다.　　　　　　　　(　　)

　❸ 한국의 한의사들이 미국 대학에 파견되어 직접 강의할 것이다.　　　(　　)

　❹ 동의보감은 영어로 번역돼 미국 한의과대학의 교재로 쓰일 것이다.　(　　)

3) 자랑하고 싶은 여러분 나라의 문화유산에 대해서 외국인들에게 소개하는 글을 써
　보십시오.

**읽기 활용연습**  교재 읽고 질문을 대답하십시오.

 **어휘 연습**

**1.** 다음에서 관련이 있는 단어들을 찾아 알맞게 연결해 보십시오.

1) 갈등 •              • 가상 •              • 대중의 환대
2) 허구 •              • 특징 •              • 대치
3) 색채 •              • 대립 •              • 가공
4) 시각 •              • 인기 •              • 시점
5) 흥행 •              • 관점 •              • 양상

**2.** 빈 칸에 공통으로 들어갈 단어를 골라 쓰십시오.

> 배제하다    초래하다    왜곡하다    복원하다    상충하다

1) ㄱ. 방화로 인해 불타버린 숭례문을 _____ 기 위한 공사가 한창 진행 중이다.
   ㄴ. 유물로 남겨진 활의 원형을 _____ 는 것은 여간 어려운 일이 아니다.

2) ㄱ. 검찰이 진실을 _____ 었다는/았다는/였다는 비난의 소리가 높다.
   ㄴ. 식민지 통치는 민족적 전통을 파괴하고 _____ 는 갖가지 정책을 내놓았다.

3) ㄱ. 돈에 대한 지나친 욕심은 자칫 불행을 _____ 기 쉽다.
   ㄴ. 이런 결과를 _____ 은/ㄴ 이유를 함께 찾아 보기로 하자.

4) ㄱ. 기자는 모든 가능성을 _____ 지 않고 조사에 착수했다.
   ㄴ. 철학은 모든 감정을 _____ 은/ㄴ 이성 중심의 학문이다.

5) ㄱ. 개발과 보존이 .......................는 예가 늘고 있다.

ㄴ. 종업원과 경영자의 기대가 .......................으면/면 갈등이 생기기 마련이다.


**3.** 다음 문제를 보고 답을 쓰십시오.

1) 다음 중 성격이 다른 단어를 고르십시오.

(          ) ❶ 우회적이다    ❷ 간접적이다        ❸ 직선적이다        ❹ 비유적이다

(          ) ❶ 외면하다    ❷ 반감을 드러내다    ❸ 환대하다        ❹ 배척하다

(          ) ❶ 상충하다    ❷ 대립되다        ❸ 수용하다        ❹ 대결하다


2) 다음 단어들이 반의어가 되도록 올바르게 연결하십시오.

무 •                              • 폭력, 무장

비 •                              • 책임, 질서

반 •                              • 국가, 정부 시위

불 •                              • 안정, 분명


3) 아래 문장에 적절한 단어를 골라 쓰십시오.

허구적    이념적    주관적    비극적    이상적    극적    현실적

• 사랑으로 결실을 맺은 결혼만이 (          )인 결혼이라 믿는다.

• 그들은 모였다 하면 정치에 관한 (          )인 논쟁을 벌이곤 했다.

• 이틀간 폭설에 묻혀 고립된 이들이 지나가는 행인에 의해 (          )으로/로 구조되었다.

• 그들의 사랑은 결국 이루어지지 못하고 (          )인 종말을 가져왔다.

• 비평이란 작품에 대한 글을 쓰는 이의 (          )인 견해가 실린 글이다.

**내용 이해**

**1.** 「웰컴 투 동막골」이 기존의 분단 영화와 **다른 점**은 무엇입니까? (　　)

❶ 영화를 통해 역사를 반성하고자 했다.

❷ 영화를 통해 남북한 갈등을 풀어 보고자 했다.

❸ 판타지 형식을 통해 분단 문제를 다루고자 했다.

❹ 이념과 갈등의 구조를 직접적으로 다루고자 했다.

**2.** 다음은 이 글의 짜임을 정리한 것입니다. 빈 칸에 알맞은 말을 넣으십시오.

> **처음** ●이슈의 배경
> 　「동막골」이 기존 분단 영화와 다른 점은 무엇이고 그 의미는 무엇인가?
>
> **중간** ●분단 영화의 진화
> 　1990년대 초반까지의 분단 영화: 역사에 대한 반성적 되돌아보기
> 　2000년대 분단 영화: ......................................................
> 　.....................................................................
>
> ●「동막골」과 기존 분단 영화의 차이
>
> | 「쉬리」, 「JSA」, 「태극기」 | 「동막골」 |
> |---|---|
> | 무겁고 진지한 톤 |  |
> | 분단이라는 주제가 갈등의 중심 | 이야기가 진행될수록 분단이라는 갈등이 해소 |
>
> 　따라서, 동막골은 ...............................................
> ●흥행 코드에 담긴 대중적 무의식
> 　분단영화의 흥행 성공 이유
> 　.....................................................................
>
> **끝** ●휴머니즘은 이념의 골을 메우는가?
> 　인간 사이에서 일어날 수 있는 문제를 분단이라는 한국의 특수한 상황을 통해 보여 줌.

**3.** 다음을 읽고 맞으면 O표, 틀리면 X표 하십시오.

1) 「동막골」은 전쟁을 다룬 영화들 중 처음으로 흥행에 성공했다.     (     )

2) 「동막골」의 성공 요인 중 하나는 사회적 금기를 다룬 것이다.     (     )

3) 「동막골」의 주요 관객은 전쟁을 경험한 세대였다.     (     )

써 봅시다

○ 다음은 이 영화의 앞부분에 해당되는 줄거리입니다. 읽은 후에 그 다음은
어떤 이야기가 전개될지 써 보십시오.

> 1950년 11월, 한국 전쟁이 한창일 때 산골마을인 동막골에 미 전투기 한
> 대가 추락한다. 동막골에 살고 있는 소녀는 이 광경을 목격하고 소식을 전하러
> 가던 중 인민군 일행을 만나게 되고 그들을 동막골로 데리고 온다. 바로 그
> 때, 군대에서 이탈해 길을 잃은 국군 일행이 동막골 촌장의 집까지 찾아오게
> 되면서 국군, 인민군, 연합군이 동막골에 모이게 된다.....

이후 이야기...

..............................................................................................................

..............................................................................................................

..............................................................................................................

..............................................................................................................

..............................................................................................................

..............................................................................................................

..............................................................................................................

..............................................................................................................

..............................................................................................................

..............................................................................................................

..............................................................................................................

## 더 읽어보기

**1.** 개그우먼 이영자와 「엽기적인 그녀」의 여주인공은 각각 무엇으로 인기를 누릴 수 있었 습니까?

**2.** 글쓴이에 의하면 영화 「엽기적인 그녀」의 그녀는 현대 여성들에게는 어떤 여성 상이라고 합니까?

**1.** 왈가왈부 (曰可曰否)

어떤 일에 대하여 옳거니 옳지 않거니 하고 말함.

- 이번 구조조정에 대해서는 이미 결정된 사안이니 더 이상 왈가왈부하지 맙시다.

**2.** 무궁무진 (無窮無盡)

끝이 보이지 않을 만큼 많음.

- 대통령은 양국 간 협력 가능성은 무궁무진하다며 에너지, 정보통신, 첨단 기술 분야 등에서의 협력 증진을 거듭 강조했습니다.

**3.** 자급자족 (自給自足)

필요한 물자를 스스로 생산하여 충당함.

- 농경 사회는 필요한 대부분의 것을 자급자족하는 사회였다.

**4.** 자화자찬 (自畫自讚)

자기가 그린 그림을 스스로 칭찬한다는 뜻으로, 자기가 한 일을 스스로 자랑함.

- 자화자찬으로 들리겠지만 이 작품은 내가 심혈을 기울인 것으로 비평가들도 한국 현대 미술을 대표할 만한 작품이라고 극찬을 한 바 있다.

**5.** 전무후무 (前無後無)

이전에도 없었고 앞으로도 없음.

- 장수미 선수는 역도에서 올림픽 5연패라는 전무후무의 대기록을 세웠다.

**6.** 전전긍긍(戰戰兢兢)

몹시 두려워서 벌벌 떨며 조심함.

- 세계 금융 업계는 미국의 유명 투자 회사의 파산으로 겪을 후폭풍에 전전긍긍하고 있다.

**7.** 주객전도(主客顚倒)

주인과 손님의 위치가 서로 뒤바뀐다는 뜻으로, 사물의 경중·선후 등이 서로 뒤바뀜.

- 공교육과 사교육의 주객전도 현상이 일어나서 학생들이 밤늦게까지 학원을 전전하는 일이 벌어지고 있다.

**8.** 죽마고우(竹馬故友)

대나무로 만든 말을 타고 놀던 벗이라는 뜻으로, 어릴 때부터 같이 놀며 자란 벗.

- 오늘 처음 만난 두 사람은 술이 들어가자 마치 죽마고우처럼 흉금을 터놓고 이야기하기 시작했다.

**9.** 차일피일(此日彼日)

이 날 저 날 하고 자꾸 기한을 미루는 모양.

- 영수는 돈을 빌려간 지 벌써 2년이나 지났는데도 갚겠다고 얘기만 하고 차일피일 미루고 있다.

**10.** 학수고대(鶴首苦待)

학의 목처럼 목을 길게 빼고 간절히 기다림.

- 전쟁터에서 실종된 아들이 무사히 돌아오기를 어머니는 학수고대하고 있다.

## 한자성어(漢字成語) 연습 2

다음을 읽고 알맞은 한자성어를 넣어 대화를 완성하십시오.

**1.** 가: 오늘도 정희는 하루 종일 휴대전화만 바라보고 있니?
　　나: 응, 일주일 전에 만난 남자가 자기 이상형이라나?
　　　　그래서 전화가 오기만 ......................................... 하고 있어.

**2.** 가: 왜 그 사람과 동업을 하세요? 좀 더 경험도 많고 능력 있는 사람도 많을 텐데요.
　　나: 그 친구는 어린 시절부터 한동네에서 친형제처럼 지내온 ..................... 이어서/
　　　　여서 믿을 수 있거든.

**3.** 가: 요즘 뉴스에서 보험회사 직원들의 비리 사건들이 연일 크게 보도되고 있던데
　　　　보셨어요?
　　나: 네, 보험회사의 얼굴인 보험설계사들의 비리가 속속 드러나면서 보험사들은
　　　　회사의 이미지가 실추될까 봐 ......................... 하고 있대요.

**4.** 가: 와, 정말 맛있다! 이거 도대체 누가 만든 거야?
　　　　둘이 먹다가 하나가 죽어도 모르겠네. 누구 솜씨인지 대단하다!
　　나: 너, ......................... 이/가 너무 심한 거 아니야? 칭찬이란 원래 다른 사람이
　　　　해줘야 빛나는 거야.

**5.** 가: 박사님, 요즘 집중적으로 연구하시는 분야는 무엇입니까?

나: 우리 연구소는 요즘 대체 에너지 개발 작업이 한창인데 그 중에서도 가장 많은 공을 들이고 있는 분야가 바로 2차 전지입니다.

가: 2차 전지란 새로운 형태의 건전지인가요?

나: 음, 2차 전지는 쉽게 말해 한 번 쓰고 버리는 건전지와 달리 재충전해서 쓸 수 있는 건전지를 말합니다. 그 활용 분야가 _____ 하고 경제성도 높기 때문에 세계 여러 나라들이 이 연구에 큰 관심을 보이고 있습니다.

**6.** 가: 우리가 보기에는 분명히 상대팀이 먼저 반칙을 한 것 같으니 다시 한 번 항의해 봅시다.

나: 이미 심판의 결정이 난 이상 _____ 해 봐야 소용없잖아요.

**7.** 가: 요즘 전기요금, 가스요금이 너무 올라서 부담이 돼요.

나: 그래요? 우리 집은 에너지 절약형 아파트여서 생활비가 훨씬 적게 들어요. 태양광 발전 시설이 갖추어져 있어 전기를 자체 생산할 수 있기 때문에 난방과 샤워용 온수에 쓰이는 에너지의 100% _____ 이/가 가능해요.

**8.** 가: 철재야, 개학이 얼마 남지 않았는데 숙제는 언제 하려고 그렇게 놀러만 다니니? 너 그렇게 숙제를 _____ 미루다가는 나중에 크게 후회한다.

나: 내일부터 할 거예요, 내일부터.

**9.** 가: 포도주의 인기가 식을 줄 모른다지요?

나: 네, 아마 도수가 높지 않고 향도 좋고 또 건강을 중요하게 생각하는 요즘의 분위기와 잘 맞아서 그런가 봐요.

가: 포도주 같은 술은 어디까지나 음식에 곁들여 마시는 것이기 때문에 음식이 더 중요해요. 그런데 지금은 _____ 되어서 음식을 포도주에 맞추려는 사람들까지 있어요.

**10.** 가: 드디어 일일 연속극 '한국어학당'이 평균 시청률 1위를 기록했어요.

나: 그래요? 저도 즐겨보는 드라마인데 소재가 참신하고 이야기가 흥미진진해요.

가: 외국인 배우들의 열연에 힘입어 방송 사상 _____ 한 시청률 59%를 기록했답니다.

## 8과 1항

### 어휘

**1.** [보기]에서 알맞은 단어를 골라 빈 칸에 쓰십시오.

> [보기]   체험   장치   소재   형태   처마
>
> 불을 때다   탁해지다   경이롭다   자연친화적이다

1) 방송국에서 추석을 맞아 외국인들의 한국 ( 체험 ) 수기를 모집하고 있다.

2) 요즘 중산층의 의식과 생활을 (         )으로/로 한 작품을 쓰는 소설가가 늘고 있어요.

3) 한국의 전통적인 가족 (         )은/는 대가족이었으나 요즘은 점점 핵가족화되어 가고 있습니다.

4) 에어컨을 장시간 틀면 실내의 공기가 금방 (         )고 건조해지니까 자주 환기시켜야 해요.

5) 근로자들은 직업병과 안전사고에 대한 보호 (       ) 없이 생산현장에 투입돼서는 안 됩니다.

6) 기름으로 새까맣게 뒤덮였던 해수욕장을 수만 명이 발 벗고 나서 불과 일주일 만에 이전 수준으로 복구했다는 사실이 매우 (       )습니다/ㅂ니다.

7) 화랑고등학교는 텃밭 가꾸기나 지리산 종주와 같은 체험 위주의 (         )는/은/ㄴ 교육을 전문적으로 실시하는 특성화 고등학교입니다.

8) 방에 (       )으니/니 구들과 방바닥에 있던 습기가 빠져나가고 싸늘하던 공기도 금방 따뜻해졌어요.

9) (         )은/는 지붕을 밖으로 내밀어서 비나 눈이 내부로 바로 떨어지지 않도록 하고, 밑의 공간은 추위와 더위를 완화시켜 주는 역할을 합니다.

**2.** 주거 환경에 대한 여러 사람들의 의견입니다. [보기]에서 알맞은 단어를 골라 빈 칸에 쓰십시오.

> [보기]  난방시설    냉방시설    방음시설    방수시설    정수시설
>         윗목  아랫목  아궁이  굴뚝  마루  온돌  기와집  초가집

1) 이원일: 회사를 그만두고 몇몇 지인들과 함께 컴퓨터게임 개발 사업을 하려고 합니다. 자금이 넉넉하지 않아 낮에는 사무실로 쓰고 밤에는 숙식을 해결할 수 있는 오피스텔을 얻으려고 합니다. 여러 대의 컴퓨터에서 뿜어져 나오는 열기도 식혀주고 요즘 같은 찜통더위도 피할 수 있도록 ( 냉방시설 )이/~가~ 잘 되어 있는 곳이어야 합니다.

2) 박경해: 어떤 사람은 아파트가 성냥갑 같아서 싫다고 하지만 안전하고 편리해서 저 같은 주부에겐 안성맞춤인 것 같아요. 탁 트인 전망을 좋아해서 꼭대기 층에 살면 좋겠는데 주변 사람들이 최상층은 비가 새기 쉽다고 하네요. 그래서 누전도 잘 된대요. 그런데 요즘 세상에 (          )이/가 제대로 안 된 아파트도 있나요?

3) 조승빈: 이웃들과 부대끼지 않고 조용히 살고 싶어요. 나만의 정원이 있어서 아이들이 마음껏 뛰어노는 것도 보고 싶고 좋아하는 개도 몇 마리 기르고 싶으니까 단독주택이 좋겠네요. 추위를 많이 타는 편인데 전에 살던 집은 외풍이 세서 겨울나기가 참 힘들었어요. 집을 계약하기 전에 (          )을/를 철저히 점검할 거예요.

4) 장우영: 저는 시립합창단 소속 성악가입니다. 아직 미혼이어서 살림도 별로 없습니다. 출퇴근 하기 편하고 가격도 저렴하고, 작은 공간이지만 효율적으로 쓸 수 있는 원룸을 얻으려고 합니다. 물론 직업이 직업이니 만큼 이웃들 신경쓰지 않고 연습할 수 있는 (          ) 이/가 완비되어야겠지요?

5) 서필립: 요즘 벌여 놓은 일이 많아서 몸이 두 개라도 모자랄 지경입니다. 저같이 바쁜 사람에게는 한 건물에 슈퍼마켓이나 병원, 상점 등이 함께 있어 건물 밖에 나가지 않아도 볼일을 다 볼 수 있게 주거의 편리함을 극대화시켜 놓은 주상복합아파트가 어울릴 것 같습니다. 그리고 무엇보다도 중요한 것은 식수원이 되는 하천의 오염이 우려되고 있는 요즘 제가 사는 집에서만은 안전하고 깨끗한 물을 마실 수 있게 (          )이/가 잘 갖춰져 있어야 한다는 것이지요.

6) 한사랑: 아토피염과 알러지성 비염으로 고생하는 저는 자연친화적인 전통가옥을 지어서 살고 싶습니다. 새집증후군 때문에 여러 질병을 유발하는 아파트나 조립식 건물과는 달리 한옥은 흙, 돌, 나무 등 자연 재료로만 만들어 건강에 좋을 테니까요. 그런데 일 년에 한 번씩 다시 볏짚으로 지붕을 이어야 해서 번거로운 (            )보다는 하늘을 날아갈 듯한 처마곡선이 아름다운 (            )이/가 살기에 편할 것 같습니다. 한옥에는 무더운 여름이나 추운 겨울을 이길 수 있도록 시원한 (            )과/와 따뜻한 (            )이/가 함께 갖추어져 있어서 모든 것이 부족하던 시절, 자연에 순응하며 알뜰하게 살아가던 우리 조상들의 소박한 삶도 느낄 수 있습니다. 서늘한 (            )에 자리끼를 두고, (            )에 불을 때서 따뜻한 (            )에 온 가족이 모두 모여 도란도란 이야기를 나누며 잠을 청하던 어린 시절 겨울밤이 생각납니다. 집집마다 밥 짓는 연기가 (            )으로/로 솟아오르던 그 옛날 고향 풍경도 그립고요.

## 문법

### -다 못해

**3.** 다음은 '오늘의 주요 뉴스'입니다. 기사 제목을 보고 '-다 못해'를 사용해서 문장을 완성하십시오.

1) 계속된 가뭄에 굶주린 주민들 불법으로 국경 넘어

2) 그림같이 아름다운 설악산 눈이 부실 지경

3) 헌신적인 것이 지나쳐 오히려 섬뜩한 모정을 그린 영화 '엄마' 1,000만 넘어

4) 인정사정없는 매질을 참을 수 없어 남편을 칼로 살해한 부인 체포

5) 정부와 노동계의 오래된 반목을 지켜보다 지친 시민단체 직접 중재에 나서

6) 낯이 뜨거워 손발이 오그라들기까지 하는 막장 드라마 인기몰이 중

1) 수년간 계속된 가뭄으로 주민들은 굶주리다 못해 먹을거리를 찾아 불법으로 국경을 넘고 있다.

2) ................................................................................................

3) ................................................................................................

4) ................................................................................................

5) ................................................................................................

6) ................................................................................................

**4.** [보기 1]과 [보기 2]에서 어울리는 것을 골라 '-다 못해'를 사용해서 대화를 완성하십시오.

> [보기 1]  • 직장 동료들의 노골적인 따돌림을 참다   • 독재정치와 부정부패를 보다
> • 위층의 소음을 참다                           • 하도 연락이 없어서 기다리다
> • 부당한 대우를 견디다
> • 출근길에 세 번이나 갈아타야 하는 불편함을 견디다

> [보기 2]  • 집단 소송을 제기했다          • 큰마음 먹고 사 버렸다
> • 이별을 통보했다                • 일부 군부 세력과 시민들이 일으켰다
> • 사표를 냈다                    • 이사하기로 했다

1) 가: 아드님이 남들은 못 가서 난리인 그 회사를 왜 그만두었나요?
   나: 직장 동료들의 노골적인 따돌림을 참다 못해 사표를 냈답니다.

2) 가: 날마다 돈 없다고 노래를 부르면서 차를 사셨군요.
   나: ............................................. 다 못해 .............................................

3) 가: 아파트가 좋다고 하시더니 웬일로 단독주택으로 이사하세요?
   나: ............................................. 다 못해 .............................................

4) 가: 해외뉴스를 보니 지난 번 출장갔던 지역에서 쿠데타가 일어났던데요.
   나: ............................................. 다 못해 .............................................

5) 가: 미선 씨가 오랫동안 고민하더니 결국 유학 간 남자친구와 헤어지기로 했나 봐요.
   나: ............................................. 다 못해 .............................................

6) 가: 요즘 회사 분위기가 살벌하다면서요?
   나: 네, 계약직 직원들이 ............................. 다 못해 .............................

## -기에 망정이지

**5.** 다음을 읽고 '-기에 망정이지'를 사용해서 한 문장으로 만드십시오.

1) 예상치 못한 많은 비가 내렸다. 다행히 우산을 미리 준비했기 때문에 소나기를 맞지 않았다.

   ➔ 우산을 미리 준비해 왔기에 망정이지 하마터면 비를 몽땅 맞을 뻔했어요.

2) 한턱낸답시고 후배들을 데리고 술집에 갔다. 술값이 많이 모자랐지만 다행히 신용카드가 있어서 후배들 앞에서 창피를 면했다.

   ➔ ......................................................................................................

3) 앞 차와 추돌 사고가 났다. 천만다행으로 서행 운전을 했기 때문에 가벼운 부상에 그쳤다.

   ➔ ......................................................................................................

4) 물건대금이 두 번이나 청구되었다. 다행히 영수증을 챙겨 놓았기 때문에 두 번씩 대금을 치를 필요가 없었다.

   ➔ ......................................................................................................

5) 회사에 불이 났다. 소화기가 비치되어 있었기 때문에 큰 화재로 번지는 것을 막을 수 있었다.

   ➔ ......................................................................................................

6) 폭설이 내려 주민들이 보름 동안 고립되었다. 비상식량을 항상 준비해 놓고 있었기 때문에 굶어죽지 않고 버틸 수 있었다.

   ➔ ......................................................................................................

**6.** '−기에 망정이지'를 사용해서 다음 대화를 완성하십시오.

1) 가: 자전거를 타고 가다가 자동차와 부딪쳤다면서 괜찮아요?

　　나: <u>안전모를 쓰고 있었</u>기에 망정이지 그냥 바닥에 떨어졌다면 머리가 깨질 뻔했어요.

2) 가: 주말 산행은 어땠어요?

　　나: ＿＿＿＿＿＿＿＿＿＿＿＿＿＿기에 망정이지 산에 약수터가 없어서 하마터면 갈증으로 큰 고생을 할 뻔했어요.

3) 가: 이번 홍수에 큰 피해는 없었대요?

　　나: ＿＿＿＿＿＿＿＿＿＿＿＿기에 망정이지 불어난 강물로 인해 강가에 살던 주민들이 자칫 급류에 떠내려갈 뻔했대요.

4) 가: 조류독감 사태에 정부가 신속하게 잘 대처했다면서요?

　　나: ＿＿＿＿＿＿＿＿＿＿＿＿＿＿기에 망정이지 그렇게 하지 않았더라면 조류독감이 전국적으로 확산될 뻔했어요.

5) 가: 내가 도움이 되었다니 정말 기쁘구나.

　　나: ＿＿＿＿＿＿＿＿＿＿＿＿기에 망정이지 네가 없었더라면 이 일을 혼자 다 하느라고 밤을 하얗게 새웠을 거다.

6) 가: 이번 재즈 콘서트에는 인기 가수들이 대거 출연한다면서요? 입장권 사기가 하늘의 별따기였다던데 운 좋게 구하셨군요.

　　나: ＿＿＿＿＿＿＿＿＿＿＿기에 망정이지 콘서트에 못 갈 뻔했어요.

# 8과 2항

## 어휘

**1.** [보기]에서 알맞은 단어를 골라 빈 칸에 쓰십시오.

| [보기] | 그야말로 | 한사코 | 온갖 | 신장 | 거동 | 덕목 | 과찬이다 |
| | 수발하다 | 흔하다 | 안쓰럽다 | 마다하다 | 으뜸가다 | | |

1) 가을 경치가 수려하기로 ( 으뜸가는 ) 는/은/ㄴ 곳을 꼽으라면 역시 설악산이지.

2) 한밤중 병원의 응급실은 (           ) 무기 없는 전쟁터예요.

3) 진수는 친구 일이라면 궂은 일도 (           )지 않고 앞장서서 도와준다.

4) 대통령을 개그나 코메디 영화의 소재로 삼는 것은 요즘 (           )는/은/ㄴ 일이야.

5) 실직하여 형편이 어려운데도 불구하고 (           ) 우리의 도움을 거절하더라.

6) '열정'은 학벌, 문벌, 연령, 과거를 극복할 수 있게 하는 최고의 (           )이다/다.

7) 우리 아이가 지능이 높을 뿐더러 집중력까지 좋다는 선생님의 말씀에 너무 부끄러워서
(           ) 이시라고/시라고 말씀드렸어요.

8) 내 병간호를 하느라 고생에 찌든 아내의 얼굴과 거친 손을 보니 (           )어/아/여 눈물이 나.

9) 이번 일을 성사시키기 위해서 (           ) 수단과 방법을 가리지 않았지만 결국 실패하고 말았습니다.

10) 치매에 걸린 할머니를 (           )고 어린 손자들까지 돌보느라고 우리 어머니는 1년만에 몸무게가 10킬로나 빠져버렸어요.

11) 사후 장기 기증 서약에 따라 사망 직후 김성수 씨의 (           )은/는 한 만성신부전증환자에게 전해져서 새로운 삶을 선물했습니다.

12) 맞춤형 방문건강관리는 장애인, 독거노인 및 산모 등 (           )이/가 불편한 주민을 상대로 의료진이 직접 가정을 방문해 의료 서비스를 제공하는 사업입니다.

**2.** [보기]에서 다음의 단어와 관계있는 것을 찾고, 그 밖에 무엇이 있는지 써 보십시오.

> **[보기]**
>
> ❶ 부모님께 저녁마다 안부전화를 드린다.       ❷ 무료급식소에서 자원봉사를 한다.
>
> ❸ 할아버지 기일에 제사를 지낸다.             ❹ 매달 불우이웃돕기 성금을 낸다.
>
> ❺ 대중교통을 이용할 때 노인들께 자리를 양보한다.  ❻ 석가탄신일마다 절에 간다.
>
> ❼ 군복무는 선택이 아니라 의무사항이다.        ❽ 명절에 차례를 지내고 성묘한다.
>
> ❾ 부모님이 살아계실 때 잘 해 드려야 한다.      ❿ 찬 물도 위아래가 있다.
>
> ⓫ 작은 벌레도 함부로 죽이지 않는다.          ⓬ 나라를 위해 전쟁터에 나가 싸운다.

1) 홍익인간: ❷ 무료급식소에서 자원봉사를 한다. / ❹ 매달 불우이웃돕기 성금을 낸다.

 • 유익한 컴퓨터 프로그램을 개발하여 무료로 공유 또는 배포한다.


2) 장유유서: ......................................................................................................................

 ......................................................................................................................

3) 조상 숭배: ......................................................................................................................

 ......................................................................................................................

4) 불교: ......................................................................................................................

 ......................................................................................................................

5) 충: ......................................................................................................................

 ......................................................................................................................

6) 효: ......................................................................................................................

 ......................................................................................................................

## -는 둥 마는 둥 하다

**3.** 다음을 읽고 밑줄 친 내용에 맞게 '–는 둥 마는 둥 하다'를 사용해서 문장을 만드십시오.

> 일어나니 벌써 8시였다. 자명종 시계를 6시에 맞춰 놓고 잤는데 소용이 없었다. 1) <u>**어젯밤에 옆집에서 들리는 음악 소리 때문에 하도 시끄러워서 자다가 깼다가를 반복했더니**</u> 제시간에 일어나지 못했다. 서둘러 씻고 식사를 하는데 잠을 잘 못 자서 그런지 2) <u>**식욕이 없어서 자꾸 헛숟가락질만 해댔다.**</u> 아내가 서재에 들어갔다가 나온 뒤 3) <u>**정리를 꼼꼼하게 하지 않고 대충대충 해서 돼지우리 같다고**</u> 아침부터 식탁 앞에서 잔소리를 했다. 밥 먹을 때는 개도 안 건드린다는데…… 울컥했지만 애들이 보고 있어서 참았다. 나도 할 말은 있다. 4) <u>**맞벌이하는 아내는 회사일이 많아지면서 집안일을 그때그때 잘 하지 못하고 거의 신경을 못 쓴다.**</u> 아내를 위해 나도 나름대로 한다고 하는데도 아내는 만족스럽지 않은가 보다. 5) <u>**시계를 보니 늦어서 애들에게 인사도 제대로 못하고 밖으로 뛰어나갔다.**</u> 스트레스 때문인지 먹자마자 뛰어서 그런지 운전 중에 배가 너무 아파서 길에다 차를 세워놓고 병원으로 뛰어 들어갔다. 배를 움켜잡고 의사에게 겨우 겨우 증상을 설명하고 있는데 6) <u>**그 의사는 간호사와 이야기를 하느라고 내 말을 잘 듣지 않는 것 같았다.**</u> 나는 화가 머리끝까지 나서 진료실을 박차고 나와 버렸다. 약국을 찾아 약을 사 먹고 속을 달랜 다음 공사현장을 감독하러 갔더니 내가 자리에 없다고 작업자들은 일을 하는 건지 잡담을 하는 건지 삼삼오오 모여 있었다. 마음에 안 들어서 야단을 좀 심하게 쳤더니 작업자들은 장비를 챙겨 집으로 가버렸다. 이 사태를 어떻게 수습해야 할지…….

1) 어젯밤에 옆집에서 들리는 음악 소리 때문에 하도 시끄러워서 잠을 자는 둥 마는 둥 했다.

2) .................................................................................................................

3) .................................................................................................................

4) .................................................................................................................

5) .................................................................................................................

6) .................................................................................................................

**4.** '-는 둥 마는 둥 하다'를 사용해서 다음 대화를 완성하십시오.

1) 가: 아직 점심때도 아닌데 벌써 식사를 하세요?

　　나: 어제 밤늦게까지 게임을 하느라고 늦잠을 자는 바람에 <u>아침을 먹</u>는 둥 마는
　　　　둥 했더니 배가 고파서요.

2) 가: 아이들이 엄마, 아빠 없이도 자기 할 일을 알아서 잘 하지요?

　　나: 웬걸요. 부모님이 외출하시자마자 ＿＿＿＿＿＿＿＿＿＿＿＿＿＿＿는 둥 마는 둥
　　　　하고 컴퓨터 앞에만 앉아 있는 걸요.

3) 가: 요즘 정호 씨한테 무슨 걱정거리가 있는 것 같지 않아요?

　　나: 수희 씨 눈에도 그렇게 보여요? 회사에서도 땅이 꺼져라 한숨만 쉬고 ＿＿＿＿＿
　　　　＿＿＿＿＿＿＿＿＿＿＿는 둥 마는 둥 하더니 오늘도 일찍 퇴근해 버렸어요.

4) 가: 얼굴이 푸석푸석해 보이네요. 눈도 빨갛고요.

　　나: 오늘 볼 면접시험 때문에 긴장을 해서 어젯밤에 ＿＿＿＿＿＿＿＿＿＿＿＿＿는
　　　　둥 마는 둥 했더니 몸이 좀 안 좋아요.

5) 가: 저기 뉴스 좀 보세요. 동작도 절도가 없고 저렇게 어슬렁어슬렁거리는 것이
　　　　군기가 좀 빠져 보여요.

　　나: 식량보급이 불규칙해지고 그나마 그 양마저 줄어들자 군인들이 ＿＿＿＿＿＿＿
　　　　＿＿＿＿＿＿＿＿＿＿는 둥 마는 둥 하는 모양이에요.

6) 가: 아드님 때문에 마음고생이 심하시더니 요즘은 좀 어떠신가요?

　　나: 공부에 흥미를 잃고 ＿＿＿＿＿＿＿＿＿＿＿＿는 둥 마는 둥 했던 아이가 학교
　　　　태권도 동아리에 가입한 뒤부터 학교생활을 즐기게 되었어요.

YONSEI KOREAN WORKBOOK 6

## -던 차이다

**5.** 다음은 서희 씨가 선배 언니에게 보내는 이메일입니다. '-던 차이다'를 사용해서 문장을 완성하십시오.

보고 싶은 수진 언니에게

언니, 서희예요. 그동안 잘 지내셨지요? 가족들도 건강하시고요? 지난번 놀러갔을 때 언니가 너무 과로하시는 것 같아 걱정스러웠는데 요즘은 어떠세요? 저는 언니 덕분에 잘 지내고 있어요.

그런데 언니, 제 초등학교 동창 민수 아시지요? 오늘 어학당 앞에서 민수를 만났어요. 너무 반가워서 한참을 서서 얘기하다가, 한잔하면서 이야기를 나누자는 민수의 제안을 흔쾌히 받아들여 술집에 갔어요. 그렇지 않아도 1) 술 생각이 간절하던 차였거든요. 민수가 아르바이트를 해보지 않겠냐고 하데요. 요즘 2) _____ 던 차였기에 일자리 제안에 귀가 솔깃해졌어요. 그래서 민수랑 같이 그 회사 사무실로 갔는데 거긴 글쎄 다단계 회사였어요. 정말 믿을 사람 없다고 죽마고우인 민수가 어떻게 저를 그런 데에 끌고 갈 수 있지요? 내 눈치를 보는 민수와 어색하게 인사를 나누고 헤어져서 집에 오는데 내내 찜찜했어요.

참, 언니, 오늘 저는 새 이웃이 생겼어요. 옆집에 새로 이사 온 사람이 우리 집에 이사 떡을 돌리러 왔는데 3) _____ 던 차여서 이사 떡이 그렇게 반가울 수가 없더라고요. 민수에 대해 섭섭했던 마음이 눈 녹듯이 사라지는 것 같았어요. 이사 떡을 먹고 내일 문화체험을 갈 때 뭘 입고 갈까 4) _____ 던 차에 마침 언니가 보내 준 생일 선물이 도착해서 열어봤더니 멋진 티셔츠와 모자여서 얼마나 기뻤는지 몰라요. 역시 언니랑 저는 이심전심인가 봐요. 언니도 일하면서 공부하느라고 생활비가 빠듯할 텐데 무리하지는 않으셨는지 모르겠어요. 정말 고마워요. 언니, 열심히 공부할게요. 다시 뵐 때까지 건강하게 지내세요.

서울에서 서희가

추신 : 1. 며칠 전에 기숙사로 이사했어요. 하숙집이 너무 시끄럽고 하숙비도 부담스러워서
5) _____ 던 차에 기숙사에 자리가 나서 신청하게 되었어요.
2. 허락도 받지 않고 언니가 주고 간 오토바이를 팔아 버렸어요.
6) _____ 던 차였는데 마침 집이 먼 친구가 괜찮은 값에 사겠다고 해서 팔았어요.

**6.** '–던 차이다'를 사용해서 다음 대화를 완성하십시오.

1) 가: 어제 중국에 간 영미 씨한테서 이메일을 받았어요.

　　나: 그래요? 그렇지 않아도 <u>소식이 궁금하</u>던 차였는데 요즘 뭐하고 산대요?

2) 가: 요즘 같은 어려운 때에 빨리 취직이 되어서 정말 잘 됐다. 축하해.

　　나: ＿＿＿＿＿＿＿＿＿＿＿＿＿＿＿던 차에 마침 선생님께서 좋은 자리를 소개해

　　　　주셨어.

3) 가: 어떻게 그렇게 싼 값에 집을 장만하셨어요?

　　나: ＿＿＿＿＿＿＿＿＿＿＿＿던 차였는데 마침 친구네가 급하게 외국에 나가게

　　　　되어서 싸게 살 수 있었어요.

4) 가: 어디 아파요? 얼굴이 빨개요.

　　나: 아니에요. ＿＿＿＿＿＿＿＿＿＿＿던 차에 생수병을 주길래 아무 생각 없이

　　　　마셨는데 마시고 보니 술이었어요.

5) 가: 힘드실 텐데 녹차 한 잔 드시면서 기분전환 좀 하시지요.

　　나: 고마워요. 일이 마음 같이 잘 되지 않아서 안 그래도 ＿＿＿＿＿＿＿＿＿던

　　　　차였는데 마침 잘 됐군요. 같이 마십시다.

6) 가: 청소년 문제 상담사로 일을 하시게 된 계기가 뭐예요?

　　나: ＿＿＿＿＿＿＿＿＿＿＿＿던 차에 청소년문제 연구소에서 근무하는 친구가

　　　　이 일을 해 보라고 권했어요.

## 읽고 말하기

**1.** 다음은 코니 씨가 한국을 방문하고 느낀 점을 쓴 글입니다. 읽고 질문에 답하십시오.

> 저의 첫 한국 방문은 1992년이었습니다. 한국에 대해서 많이 알지는 못했지만 어머니께서 한국 분이시라서 항상 한국에 관심이 있었기 때문에 아주 뜻 깊은 방문이었습니다. 한 번도 만나본 적이 없었던 친척들은 저를 아주 따뜻하게 맞아주었고 그래서 저는 한국의 정을 느낄 수 있었습니다.
>
> 친척집에서 지내면서 가장 좋았던 점은 온돌 생활이었습니다. 의자에 앉는 서양 문화에서는 느낄 수 없었던 친밀감을 느낄 수 있었습니다. 서양식으로 의자에 앉으면 그 자리는 '내 자리'라는 '소유'의 의미가 생깁니다. 반면에 따뜻한 방바닥에 둥그렇게 앉는 온돌 문화는 '개인적인 나'보다는 '우리'라는 느낌을 받을 수 있습니다. 또 온돌은 천천히 데워져 그 따뜻함이 오래 지속되기에 마음의 여유를 가지고 정을 나눌 수 있었습니다. 그래서 한국어에 서툰 저는 온돌 생활 덕분에 조금 더 쉽게 친척들과 가까워질 수 있었습니다.
>
> 2010년의 한국은 저의 첫 방문 때에 비하면 더욱 현대화되어 있었습니다. 짧은 시간 동안 이루어낸 급속한 경제 성장과 더불어 세계화가 온 국민의 관심거리가 되었기 때문이라고 합니다. 하지만 현대화되었다는 것은 저에게는 1992년이 그리워진다는 의미이기도 합니다. 1992년에 서울에 왔을 때는 '여기가 독일이 아닌 한국이구나!' 하는 느낌을 받았지만 2010년의 서울은 한국이라는 느낌보다는 세계 어디에서나 볼 수 있는 여느 대도시와 다를 바가 없다는 느낌을 주었습니다.
>
> 물론 이러한 빠른 변화와 빠른 타 문화의 흡수가 한국전쟁으로 세계에서 두 번째로 가난했던 나라를 현재 아시아를 넘어 세계 여러 나라들과 어깨를 겨룰 수 있는 나라로 만들어 준 힘이 되었겠지요. 하지만 이런 '빨리 빨리' 문화는 부정적인 면도 없지 않습니다. 무서운 속도로 변하는 사회에서 지나치게 빠른 것을 선호하다 보니 경쟁이 심해지고 경쟁에서 낙오한 사람들은 무시되는 것 같습니다. 그래서 날이 갈수록 개인주의가 만연되어 '우리 함께'가 아니라 '나 먼저'가 중요한 사회가 되어 버린 것 같아 안타깝습니다.

어느 책에선가 한국인들의 민족정서를 '은근과 끈기'로 표현한 글을 본 적이 있습니다. '은근'은 '경박하지 않아 쉽게 끓어오르지 않고 진득함'을 의미하고, '끈기'는 '오래 갈고 닦고 정성을 다함'을 말합니다. 그러므로 '은근'은 '한국의 미'요, '끈기'는 '한국의 힘'이라고 했습니다. 그런데 이 '은근과 끈기'는 '빨리 빨리'를 외치는 요즘의 한국인과는 어울리지 않는 것 같습니다. 아궁이에 정성을 다해 불을 때면 서서히 달구어져 오랫동안 따뜻함을 품고 있는 온돌이야말로 '은근과 끈기'라는 말에 적합한 것 같습니다. 한국인들이 온돌에서 느껴지는 '느림'의 아름다움을 잊지 말았으면 좋겠습니다. 저는 오늘도 제가 사랑하는 사람들과 따뜻한 온돌 바닥에 옹기종기 둘러 앉아 느긋한 마음으로 '우리'를 느껴 보고 싶습니다.

1) 이야기의 중심 내용은 무엇입니까? (          )

❶ 한국인의 정  　　　　　　　❷ 한국발전의 원동력

❸ 한국의 전통 난방법 소개  　❹ 온돌과 한국인의 정서

2) 코니 씨가 생각하는 '온돌'과 **관계없는** 것을 고르십시오. (          )

❶ '빨리 빨리' 문화와 상통한다.

❷ '은근과 끈기'라는 말이 잘 어울린다.

❸ 따뜻함에 마음의 여유가 생겨 정을 나누기 쉽다.

❹ 바닥에 같이 앉으면 '우리'라는 느낌을 공유할 수 있다.

3) 코니 씨가 말한 '빨리 빨리' 문화의 부정적인 면은 무엇입니까?

4) 한국인의 생활(의생활, 주생활, 식생활……) 속에서 찾아볼 수 있는 한국인의 정서에 대해 이야기해 봅시다. 여러분들 나라에 대해서도 이야기해 봅시다.

**2.** 다음 대화를 듣고 질문에 답하십시오.

1) 위 글의 중심 내용으로 알맞은 것을 고르십시오. (　　　)

　❶ 유교 망국론
　❷ 공자의 업적
　❸ 국가발전과 유교와의 상관관계
　❹ 유교사상의 긍정적·부정적 측면

2) 유교사상이 한국 사회에 끼친 부정적인 영향이 <u>아닌</u> 것을 고르십시오. (　　　)

　❶ 권위주의　　　　　　　　　　❷ 경로사상
　❸ 서열중심주의　　　　　　　　❹ 남아선호사상

3) 유교사상에 대한 철수의 입장과 어울리는 속담을 고르십시오. (　　　)
　❶ 구관이 명관이다
　❷ 새 술은 새 부대에
　❸ 달면 삼키고 쓰면 뱉는다
　❹ 송충이는 솔잎을 먹어야 산다

4) 여러분은 유교사상이 현대인의 생활에 적합한 가치관이라고 생각하십니까? 여러분의
　생각을 간단하게 써 보십시오.

--------------------------------------------------------------

--------------------------------------------------------------

--------------------------------------------------------------

--------------------------------------------------------------

--------------------------------------------------------------

--------------------------------------------------------------

## 읽기 활용연습

교재 읽고 질문을 대답하십시오.

 **내용 이해**

**1.** 이 시에서 '우물'이 의미하는 것은 무엇일까요?

**2.** 이 사람이 우물 속에서 본 사나이는 누구일까요? 왜 그 사나이가 미워졌을까요?

**3.** 우물 속의 사나이에 대한 이 사람의 감정은 어떻게 변하고 있습니까? 빈 칸에 쓰십시오.

| 가엾음 | 그리움 | 미움 |
| --- | --- | --- |

우물을 찾아 간다 → 우물 속을 들여다 본다 → 돌아가다 생각한다
( **미움** )　　　　( 　　　　　 )

→ 도로 가 들여다 본다　→ 돌아가다 생각한다
( 　　　　 )　　　( 　　　　　 )

**4.** 이 시를 읽을 때 느껴지는 분위기는 어떻습니까? ( 　 )
❶ 우울하다　　　❷ 활기차다　　　❸ 고요하다　　　❹ 소란스럽다

**5.** '자화상'이라는 제목으로 시를 써 봅시다.

........................................................................................

........................................................................................

........................................................................................

........................................................................................

........................................................................................

........................................................................................

........................................................................................

## 내용 이해

**1.** 시인이 시의 주인공을 '죽음' 으로 표현한 이유는 무엇이라고 생각합니까?

**2.** 이 시에서 주인공의 습관적인 생활이 표현된 부분을 찾아 보십시오.

- 택시를 탄다.

- ........................................................

- ........................................................

- ........................................................

**3.** 시의 8연에서 주인공이 '신문에도 그렇게 났었지' 라고 생각한 이유는 무엇일까요?
(     )

❶ 신문에 난 것은 모두 진실이므로 믿어야 한다.

❷ 신문에서는 항상 건강이 중요하다고 말하고 있다.

❸ 신문에 나지 않은 사실에 더 관심을 가져야 한다.

❹ 요즘 사람들은 신문을 보고 건강의 중요성을 깨닫는다.

**4.** 시인이 위의 표현을 통해서 이야기하고 싶은 것은 무엇이라고 생각합니까?



**5.** 이 시에 나타난 주인공(죽음)의 생활과 관계 있는 것을 고르십시오.

- 현실에 대해서 비판적이다.　　□
- 건강이 중요하다고 생각한다.　　□
- 보람 있는 삶을 추구하고 있다.　　□
- 자기 일에 대한 책임감이 강하다.　□


## 내용 이해

**1.** 여러분은 '돌'에서 어떤 이미지가 떠오릅니까? 다음에서 찾아 보십시오.

| 단단하다 □ | 변하지 않는다 □ | 아늑하다 □ |
|---|---|---|
| 고립적이다 □ | 차갑다 □ | 어둡다 □ |

**2.** 다음의 단어를 사용하여 주인공과 '여자'의 만남과 헤어짐의 과정에서 나타는 정서를 이야기해 봅시다.

| 외로움 | 슬픔 | 이별 | 만남 |
|---|---|---|---|

```
                              비        해와 달         하늘가
                              ↓          ↓            바닷가
                                                        ↓
돌 ────── 돌 속으로 들어가다 ────── 여자가 떠나다 ────── 나 혼자 남다

(     ) (                )        (     )         (     )
```

**3.** '그 여자 해와 달이 끌어 주었네' 가 의미하는 것은 무엇이라고 생각합니까? (   )

   ❶ 여자와 영원한 이별을 하였다.

   ❷ 해와 달을 보면 여자가 생각난다.

   ❸ 여자는 해와 달처럼 변하지 않았다.

   ❹ 여자는 해와 달이 있는 방향으로 떠났다.

**4.** 이 시에서 '물' 의 이미지가 나타나는 어휘를 찾아보고, 그 의미를 이야기해 보십시오.

**5.** 여러분 나라에서 '이별' 을 노래한 시로는 어떤 것이 있습니까?

## 내용 이해

**1.** 이 시에서 자연과 인간의 관계는 어떻게 나타나고 있습니까? (   )

   ❶ 인간과 자연은 공존하고 있다.

   ❷ 인간의 욕심이 자연을 괴롭히고 있다.

   ❸ 인간은 자연과 관계 없이 살아갈 수 있다.

   ❹ 인간이 자연을 보호하기 위해 노력하고 있다.

**2.** 시인은 다람쥐가 줄어드는 이유를 무엇이라고 생각합니까? (   )

   ❶ 도토리가 풍부하기 때문에

   ❷ 인간들이 다람쥐를 잡아가기 때문에

   ❸ 인간들이 도토리를 다 가져가기 때문에

   ❹ 다람쥐가 살아가는 환경이 오염되었기 때문에

**3.** 이 시에서 '인간의 손'과 '다람쥐의 손'은 어떻게 다르게 표현되고 있습니까? 알맞은 것을 찾아 연결하십시오.

　　　　　　　　　　　　　• 도토리를 오물오물 먹는다

　　　　　　　　　　　　　• 나무를 장대로 내리친다

인간들의 손　•　　　　　　• 아름답다

　　　　　　　　　　　　　• 도토리를 깡그리 주워 간다

다람쥐의 손　•　　　　　　• 욕심이 없다

　　　　　　　　　　　　　• 싹쓸이한다

**4.** 자연과 인간이 조화롭게 살기 위해서 어떻게 해야 할지 이야기해 보십시오.

 　내용 이해

**1.** 이 노랫말에서 느껴지는 분위기는 어떻습니까? (　　)

❶ 어둡고 절망적이다.

❷ 역동적이고 힘차다.

❸ 수동적이고 조용하다.

❹ 시끄럽고 정신이 없다.

**2.** 이 노랫말에서 '연어'는 어떤 길을 가고 있습니까? 그 길이 의미하는 것은 무엇입니까?

**3.** 다음 어휘 중에서 의미가 다른 하나를 고르고, 그 뜻을 설명해 봅시다.

> 딱딱해지는 발바닥        꼬부라진 길        어깨를 떨구다
>
> 막막한 어둠               넓은 꽃밭

**4.** 다음의 어휘를 사용하여, 오규원의 시 「이 시대의 죽음 또는 우화」와 이 노랫말에 나타난 삶의 태도를 비교해서 이야기해 보십시오.

> 비판적이다       순응한다       적극적이다       의지가 강하다
>
> 수동적이다       창조적이다       무감각하다       능동적이다

**1.** 군-: 군말, 군소리, 군침, 군식구, 군살

'쓸데없는', '덧붙은'의 의미

- 군말하지 말고 제발 시키는 대로 해라.

**2.** 날-: 날고기, 날생선, 날고구마, 날계란

'음식이나 열매가 익지 않음'의 의미

- 여름에는 날생선을 먹으면 탈이 날 수도 있으니 반드시 조리해서 드세요.

**3.** 덧-: 덧니, 덧저고리, 덧나다, 덧붙이다, 덧입다

'거듭', '본래 있는 위에 더'의 의미

- 지금까지 논의한 내용에 덧붙일 것이 있으면 말씀해 주시기 바랍니다.

**4.** 되-: 되찾다, 되돌아가다, 되묻다, 되풀이되다

'도로', '다시'의 의미

- 실패가 되풀이되어서는 안 되니까 이번에 확실하게 그 원인을 밝히고 대책을
세웁시다.

**5.** 맨-: 맨손, 맨입, 맨다리, 맨바닥, 맨주먹, 맨얼굴

'다른 것을 더하지 않고 그것만'의 의미

- 맨바닥에 앉으면 옷이 더러워지니까 의자에 앉으세요.

**6.** 외-: 외나무다리, 외길, 외톨이, 외아들, 외며느리

'오직 하나', '홀로'의 의미

- 원수는 외나무다리에서 만난다더니 거래처 대표로 나온 사람이 주차문제로
크게 싸웠던 사람이었다.

**7.** 풋-: 풋사과, 풋고추, 풋사랑, 풋내기

'과일이나 야채가 덜 익음', '무엇에 익숙하지 않아 미숙함'의 의미

- 영수는 이쪽 방면에 아직 풋내기이니 자네가 잘 가르쳐 주게.

**8.** 한-: 한복판, 한낮, 한여름, 한겨울, 한밤중

공간적으로 '바로', 시간적으로 '가운데'의 의미

- 한여름에는 너무 더워서 아무 것도 할 수가 없다.

**9.** 헛-: 헛기침, 헛걸음, 헛소리, 헛소문, 헛수고
'속이 비다', '소용이 없다', '보람이 없다'의 의미
- 어차피 이 일은 성사되지 않을 테니 준비하느라고 괜히 헛수고할 필요없네.

**10.** 휘-: 휘갈기다, 휘감다, 휘날리다, 휘몰아치다, 휘젓다
'마구', '매우 심하게'의 의미
- 글씨를 휘갈겨 쓰면 알아 볼 수가 없어요.

## 접두사 연습

다음을 읽고 알맞은 단어를 넣어 대화를 완성하십시오.

**1.** 가: 미선 씨가 영수 씨하고 보통 사이가 아니라던데 사실이에요?
나: 아, 그거요? 모두 _____ 이에요/예요. 프로젝트 때문에 두 사람이
함께 있는 걸 보고 누가 만들어 낸 이야기예요.

**2.** 가: 어떻게 오셨습니까?
나: 약을 발랐는데도 상처가 낫기는커녕 오히려 _____ 어서/아서/여서
왔어요.
가: 이 약을 바르고 절대로 손을 대지 마세요.

**3.** 가: 교통경찰까지 온 걸 보니 큰 사고라도 났나 봐요?
나: 아니요, 가벼운 접촉사고가 난 것 같은데 다투느라고 길 _____ 에서 10분
째 저러고 있어요.

**4.** 가: 왜 이렇게 늦었어? 30분이나 기다렸잖아.
나: 미안해. 네게 줄 책을 깜박 잊고 안 가져와서 집에 다시 _____
어서/아서/여서 가져 오느라고 늦었어.

**5.** 가: 와! 많이 잡으셨네요. 아무 도구도 없이 이걸 모두 _____ 으로/로 잡으셨어요?

　　나: 요령만 좀 배우면 누구나 할 수 있어요.


**6.** 가: 아니 이렇게 늦은 시간에 웬 운동이에요?

　　나: 요즘 바쁘다고 운동을 통 안 했더니 _____ 이/가 많이 붙어서 몸이 둔해요.


**7.** 가: 이 영화는 예매를 하지 않으면 볼 수 없을 정도라면서요?

　　나: 네, 요즘 10대 소년 소녀의 상큼발랄한 모험담과 어설픈 _____ 이/가 많은 사람 들의 공감을 얻고 있대요.


**8.** 가: 이번 올림픽에서 우리 선수들이 최선을 다해 역대 최고의 성적을 올렸다지요?

　　나: 네, 현지 교민들도 태극기를 _____ 으며/며 우리 선수들을 열렬히 응원을 해서 그곳 사람들의 부러움을 사기도 했답니다.


**9.** 가: 내성적인 데다가 결벽증이 심해서 항상 _____ 으로/로 지내던 영수가 텔레비전 에 나오더라.

　　나: 나도 그 소식 들었어. 그 녀석, 학교 다닐 땐 친구도 한 명 없었는데 말이야.


**10.** 가: 소시지는 어떻게 만드는지 알아요?

　　나: _____ 을/를 갈아서 양념을 한 후에 동물의 창자 속에 넣어 여러 가지 방법으로 가공해서 만드는 거예요.

## 9과 1항

### 어휘

**1.** [보기]에서 알맞은 단어를 골라 빈 칸에 쓰십시오.

> **[보기]** 위협  반응  용도  절개  원격  봉합  보조  입체영상
> 한정되다  집도하다  미세하다  거치다  공존하다  구현하다  친화적이다

1) 토론과 설득의 과정은 민주 정치를 ( 구현하 )기 위한 전제 조건이다.

2) 진공청소기의 필터 성능이 떨어지면 (              )는/은/ㄴ 먼지가 걸러지지
   않는대요.

3) 공공장소에서 연인들끼리 애정행각을 벌이면 사람들은 어떤 (          )을/를
   보일까?

4) 정치, 경제 체제를 근본적으로 달리하는 국가들도 얼마든지 평화적으로
   (      )을/ㄹ 수 있습니다.

5) 사람들이 선호하는 주거지역이 (        )다 보니 이들 지역의 아파트 가격은 계속
   상승할 것으로 보입니다.

6) 청각장애인 후원단체가 저소득층 난청인들을 위해 수술비를 지원하고 세브란스
   병원의 의사들이 그 수술을 (        )기로 했습니다.

7) 각종 질병의 원인이 되는 스트레스가 너무 오래 지속되거나 혹은 그 강도가 너무
   지나칠 때는 생명에 (        )이/가 될 수도 있습니다.

8) 건물 일부의 (        )을/를 변경하여 세를 놓으려고 하는데 구청에 신고를 해야
   하나요?

9) 다가오는 미래는 종이 지도의 이용이 줄고 (          )을/를 활용한 3차원 지도
   이용이 일상화된 시대가 될 거예요.

10) 독사에 물렸을 경우 독을 빨아내려고 물린 부위를 칼로 (        )하는 것은 감염
    등의 합병증이 생길 수 있기 때문에 삼가야 한다.

11) 정보통신기술을 활용한 (      ) 교육은 사이버공간을 주 학습장으로 하기 때문에
    시간적·공간적 제약을 받지 않는다는 장점이 있습니다.

12) 두 살된 딸아이가 자전거에 부딪쳐 코를 7바늘 정도 (          )했는데 어제서야 실밥을 뽑았습니다.

13) 제가 예전부터 궁금했던 것은 한약을 복용하면서 건강(          )식품을 같이 먹어도 상관 없는지 여부예요.

14) 천연가스버스나 재활용 종이로 만들어진 공책은 환경(          )는/은/ㄴ 발명품이라고 할 수 있다.

15) 신종독감은 통상 감염 뒤 48시간 이내에 치료제를 복용해야 효과가 큰데, 병명을 몰라 병원을 전전하면서 여러 검사들을 (          )다 보면 투약 시기가 늦어져 자칫 치료 시기를 놓칠 수도 있다.


**2.** [보기]에서 밑줄 친 내용과 관계있는 단어를 찾아 쓰십시오.


| [보기] | 전자결제 | 원격제어 | 자동감지 | 전자상거래 | 경비절감 |
| --- | --- | --- | --- | --- | --- |
| | 능률향상 | 문서처리 | 정보공유 | 품질향상 | |


과학기술의 발달로 우리 사회는 많은 부분이 자동화되어 과거에 비해 살기가 매우 편리해졌다. 초고속통신망의 확대는 1) **과거에는 특정계층만이 알 수 있었던 귀중한 고급정보들을 일반 서민들도 쉽게 접할 수 있게 해 주었다.** 시장에 가지 않아도 2) **인터넷 사이트에 만들어진 가상의 가게에서 상품과 서비스를 사고 팔 수 있다.** 수중에 돈이 없으면 3) **신용카드나 휴대전화로 물품구입 대금을 내기도 한다.** 4) **직장에서 휴대전화로 집에 있는 보일러를 가동시켜** 퇴근하기 전에 따뜻하게 해 놓는다. 집에 아무도 없을 때 5) **가스가 새거나 불이 나면 전자 센서가 스스로 인식하여** 아파트 경비실이나 119에 연락을 한다. 학교숙제나 업무를 볼 때도 6) **컴퓨터를 이용해 보고서를 작성하고 결과물을 이메일로 보낸다.** 컴퓨터를 이용하면 7) **작업이 용이하므로 시간 절약**은 물론 8) **사무기기나 사무용품을 사는 데 드는 비용도 절약**된다. 공장에서도 9) **시설 자동화와 로봇의 발달로 불량품은 거의0%를 기록하고 있다.**


1) ( 정보공유 )  2) (          )  3) (          )  4) (          )  5) (          )

6) (          )  7) (          )  8) (          )  9) (          )

## -다손/ㄴ다손/다손 치더라도

**3.** 다음 중 맞는 것을 골라 '-다손/ㄴ다손/다손 치더라도'를 사용해서 문장을 완성하십시오.

1) 여유가 없다  ❶ 전화 한 통화할 시간쯤이야 있겠죠.  ( ✔ )

　　　　　　 ❷ 전화 한 통화할 시간도 없어요.  (　 )

　여유가 없다손 치더라도 전화 한 통화할 시간쯤이야 있겠죠.


2) 아무리 배가 고프다  ❶ 수업시간에 김밥을 먹어도 돼요.  (　 )

　　　　　　　　 ❷ 수업시간에 김밥을 먹으면 안 돼요.  (　 )


3) 지금 좀 고생이 되다  ❶ 미래를 위해서 열심히 일해야 해요.  (　 )

　　　　　　　　 ❷ 미래에는 더 고생스러울 거예요.  (　 )


4) 아무리 건강하다  ❶ 날마다 밤늦게까지 일하면 몸이 어디 견뎌내겠어요?  (　 )

　　　　　　　 ❷ 조금씩 쉬어가면서 하면 괜찮을 거예요.  (　 )


5) 실수로 회사에 손해를 입혔다

　　　　 ❶ 그동안의 실적에도 불구하고 해고 당할 거예요.  (　 )

　　　　 ❷ 그동안의 실적이 있으니 해고 당하지는 않을 거예요.  (　 )


6) 자신들의 주장이 옳다

　　　　 ❶ 도로를 점거해서 시위하는 것은 시민들의 지지를 얻기가 어렵겠지요.  (　 )

　　　　 ❷ 시민들의 지지를 얻기 위해서는 도로를 점거해서 시위를 해야 해요.  (　 )

**4.** '-다손/ㄴ다손/다손 치더라도'를 사용해서 다음 대화를 완성하십시오.

1) 가: 어제는 너무 지쳐서 화장도 못 지우고 그냥 곯아 떨어졌어요.

　　나: <u>아무리 피곤하다손</u> ~~는다손/ㄴ다손~~/다손 치더라도 세수는 하고 자야지요.

2) 가: 집 보러 오는 사람은 많은데 자꾸 값을 깎아달라고 해서 못 팔고 있어요.

　　나: _____ 는다손/ㄴ다손/다손 치더라도 사겠다는 사람이 있을 때 빨리 집을 파는 것이 나아요.

3) 가: 부인이 낭비가 심하다고 폭력을 휘두른 남편이 구속되었다는 뉴스를 보셨어요?

　　나: _____ 는다손/ㄴ다손/다손 치더라도 폭력을 휘두르는 것은 용납될 수 없습니다.

4) 가: 평소에 꾸준히 공부했으니까 시험공부는 따로 안 할래요.

　　나: _____ 는다손/ㄴ다손/다손 치더라도 한 번쯤 복습은 하도록 하세요.

5) 가: 어떤 10대 소년이 용돈이 부족해서 친구 집을 털었대요.

　　나: _____ 는다손/ㄴ다손/다손 치더라도 세상에 그럴 수가……. 친구 집을 털다니요.

6) 가: 정부가 국민들이 낸 세금으로 부실은행에 구제 금융을 제공하기로 결정했대요.

　　나: _____ 는다손/ㄴ다손/다손 치더라도 국민의 세금으로 구제 금융을 제공하는 것에 대다수 국민들은 찬성하지 않을 거예요.

## -기 나름이다

**5.** '-기 나름이다'를 사용해서 다음 문장을 완성하십시오.

1) 나라가 흥하고 망하는 것은 <u>국민들이 지도자를 잘 뽑</u>기 나름이에요.

2) 가전제품의 수명은 _____ 기 나름이지요.

3) 아이들에게 어떤 습관을 갖게 하냐는 _____ 기 나름이에요.

4) 재래시장 물건 값은 _____ 기 나름입니다.

5) 최근 이야깃거리가 되고 있는 사진작가 이영호 씨의 작품이 예술이냐 외설이냐는
_____ 기 나름인 것 같아요.

6) 세계 여러 나라들이 기후 변화와 자원 고갈로 인한 대재앙을 염려하지만 그것은 모두
_____ 기 나름이다.

**6.** '-기 나름이다'를 사용해서 다음 대화를 완성하십시오.

1) 가: 남편은 집에 오면 꼼짝도 안 하려고 해요. 집안일 좀 도와주면 좋을 텐데⋯⋯.
　　나: 남자는 <u>여자가 길들이</u>기 나름이야. 웃는 얼굴로 여러 번 부탁하고 남편이
　　　　집안일을 하면 칭찬을 많이 해 줘.

2) 가: 선생님, 제 실력으로 좋은 학교에 입학할 수 있을까요?
　　나: _____ 기 나름이지. 아직 1년이나 남아 있으니까 최선을
　　　　다해 봐.

3) 가: 이 리모컨 건전지는 얼마나 오래 사용할 수 있나요?
　　나: _____ 기 나름이지요. 하루에 2~3시간 TV를 보면 1년쯤,
　　　　그 이상이면 6개월쯤 갈 거예요.

4) 가: 제 친구는 어제 본 영화가 작품성이 뛰어나다는데 제가 보기에는 쓸데없이 난해하기만 하던데요.

   나: ........................................ 기 나름인 것 같아요. 모든 사람이 똑같이 느껴야 하는 건 아니잖아요. 사람마다 취향과 시각에 차이가 있으니까요.

5) 가: 엄마, 친구들도 선생님도 다 나만 미워하는 것 같아요. 난 사랑받고 싶은데…….

   나: ........................................ 기 나름이야. 네 말과 행동에 문제는 없었는지 한 번 되돌아보고 호감을 얻을 수 있게 더 노력해 보도록 하렴.

6) 가: 영수 씨가 이번 국비장학생 선발시험에 합격해서 유학을 가게 되었대요.

   나: 잘 됐네요. 그 동안 어려운 가정형편 때문에 고생을 많이 했잖아요. 다들 여건을 탓하지만 영수 씨를 보면 ........................................ 기 나름이라는 생각이 들어요.

# 9과 2항

## 어휘

**1.** [보기]에서 알맞은 단어를 골라 빈 칸에 쓰십시오.

| [보기] | 억지로 | 묵묵히 | 회계사 | 도태되다 | 대비하다 |
|---|---|---|---|---|---|
| | 벅차다 | 요구하다 | 안주하다 | 충실하다 | |

1) 시차 적응을 위해 ( 억지로 ) 자려니 정말 고역이야.

2) 치열한 경쟁사회에서 (          )지 않기 위해 모두들 열심히 살고 있습니다.

3) 살인적인 물가 때문에 적은 월급으로 생활해 나가기가 매우 (          )어/아/여.

4) 국민들은 실업자들을 위한 대책을 빨리 세울 것을 정부에 (          )었다/았다/였다.

5) 경찰은 행여 발생할지도 모를 폭력사태에 (          )어/아/여 검문검색을 강화하고 있습니다.

6) 김 군은 사교육의 힘을 빌리지 않고 학교수업에 (          )었던/았던/였던 것이 수석합격의 비결이라고 했어요.

7) 취임식에서 구청장은 지금까지 지켜온 목표와 원칙을 고수하며 (          ) 전진해 나가겠다고 말했다.

8) 전기 자동차를 개발한 연구팀은 현재까지의 결과에 (          )지 않고 에너지를 절약할 수 있는 차세대 자동차 개발에 착수했다.

9) (          )이/가 되려면 국가 자격시험에 합격한 후 일정 기간 동안 교육 및 실무 경력을 쌓아야만 정식으로 등록돼 활동이 가능합니다.

**2.** 다음 추천서의 밑줄 친 내용과 관계있는 단어를 [보기]에서 찾아 쓰십시오.

[보기]

| 전문지식 | 폭 넓은 교양 | 국제 감각 | 외국어 구사능력 | 인간미 |
|---|---|---|---|---|
| 진취적이며 긍정적인 사고 | | 유연성 | 창의력 | 올바른 가치관 |

## 추천서

이름 : 서진영
소속 : ○○기획

　서진영은 2002년 3월에 본교 독어독문학과에 입학하여 2006년 8월에 졸업한 학생으로 재학 중 학교생활에 모범적이었으며 1) **옳고 그름을 바르게 판단할 수 있는 학생이었던 것으로** 기억합니다. 2) **무슨 일이든 긍정적으로 생각하며** 학과 및 동아리 생활에서도 끊임없이 새로운 변화를 모색했습니다. 자신의 3) **전공분야에 대한 지식**은 물론이고 4) **다양한 분야의 소양과 지식을** 쌓기 위해 많은 노력을 기울였으며, 5) **부전공으로 중국어와 영어를 공부하여** 해당 국가로 어학연수도 다녀왔습니다. 또한 서진영은 중국대사관에서 주최한 중국어 말하기 대회에서 수상한 적도 있으며, 6개월의 휴학기간 동안 미국의 다국적기업에서 인턴사원으로 일하면서 6) **세계를 보는 시야를 넓히고** 급변하는 사회에 7) **융통성 있게 대처할 수 있는 능력**도 키웠습니다.
　대학을 졸업하고 직장생활을 하면서도 8) **원만한 성격과 남을 먼저 배려하는 행동**으로 동료들의 신망이 두터웠으며 9) **자신만의 새로운 아이디어로 여러 참신한 광고를 기획**한 바 있습니다. 전공지식뿐만 아니라 다양한 경험과 직장에서의 실적으로 보아 서진영이 귀교의 광고 전문 대학원에서 좀 더 깊이 있고 실용적인 지식을 습득한다면 이 분야의 뛰어난 인재가 되리라 믿어 의심치 않습니다. 서진영이 이 사회에서 더욱 전문적인 역량을 발휘할 수 있도록 귀교의 입학을 허락해 주시길 바랍니다.

2009년 10월 20일
○○대학교 문과대학 독어독문학과장
양정우

1) ( 올바른 가치관 )　2) (　　　　)　3) (　　　　)　4) (　　　　)　5) (　　　　)

6) (　　　　)　　7) (　　　　)　8) (　　　　)　9) (　　　　)

## -는 한이 있더라도

**3.** 다음을 읽고 사람들의 강한 의지를 '-는 한이 있더라도'를 사용해서 한 문장으로 쓰십시오.

> 1) **이수환 (디자인 회사 직원)**: "부장님이 다른 회사의 디자인을 베껴서라도 판매량을 늘리라고 하는데 절대로 그렇게는 할 수 없습니다. 차라리 사표를 쓰라면 쓰겠습니다."
>
> 2) **장세희 (고3 수험생)**: "재수, 삼수를 해도 좋아요. 무슨 일이 있어도 꼭 연세대학교에 가고 말 거예요."
>
> 3) **박명식 (회사 대표)**: "손해를 볼 수도 있겠지요. 하지만 지금 상황으로는 경쟁사와 손을 잡을 수밖에 없습니다. 회사 문을 닫는 것보다는 나을 테니까요."
>
> 4) **자비에 (전쟁 난민)**: "자유를 찾아 국경을 넘을 거예요. 국경을 넘다가 목숨을 잃는 사람도 많이 봤어요. 하지만 포기하지 않고 시도해 볼 거예요. 자유는 그만한 가치가 있으니까요."
>
> 5) **고성진 (생산직 근로자)**: "노조가 파업을 결정했지만 저는 그 결정에 반대하는 입장입니다. 파업은 노사 어느 쪽에도 도움이 안 된다고 그렇게 동료들을 설득했건만 마이동풍이었습니다. 배신자라고 동료들로부터 손가락질을 당하는 일이 생길지도 모릅니다. 그러나 저는 제 주장을 굽히지 않겠습니다."
>
> 6) **김선화 (마라톤 선수)**: "이번 마라톤 경기는 제게 큰 의미가 있어요. 부상 때문에 3년 동안 쉬었거든요. 아직도 완전히 회복되지 않았기 때문에 경기 도중에 쓰러질까 봐 주변에서 걱정들을 해요. 사실은 저도 두려워요. 하지만 꼭 출전할 거예요."

1) 사표를 쓰는 한이 있더라도 다른 회사의 디자인을 베끼는 일은 절대로 할 수 없습니다.

2) .................................................................................................................................

3) .................................................................................................................................

4) .................................................................................................................................

5) .................................................................................................................................

6) .................................................................................................................................

**4.** '-는 한이 있더라도'를 사용해서 다음 대화를 완성하십시오.

1) 가: 몸 상태가 좋지 않은데 아쉽지만 수학여행은 포기하는 게 어때?

　　나: <u>비록 가다가 다시 집에 돌아오는</u> 한이 있더라도 가고 싶어요.

2) 가: 시간이 늦었으니 남은 일은 내일 마저 하고 그만 퇴근합시다.

　　나: ＿＿＿＿＿＿＿＿＿＿＿＿ 는 한이 있더라도 그날 업무는 그날 반드시 끝내야 해요.

3) 가: 엄마, 우리 집 형편상 무리인 것 같으니 대학은 포기할래요.

　　나: ＿＿＿＿＿＿＿＿＿＿＿ 는 한이 있더라도 보내줄 테니까 걱정하지 마라.

4) 가: 영수야, 떡이 먹음직스러워 보이는데 나도 좀 줘. 너 혼자 먹기엔 너무 많잖아.

　　나: ＿＿＿＿＿＿＿＿＿ 는 한이 있더라도 나 혼자 다 먹을 거야.

5) 가: 이 부장의 회식비 유용 건은 조용히 넘어가는 게 좋겠어.

　　나: ＿＿＿＿＿＿＿＿＿＿＿ 는 한이 있더라도 이 부장의 비리를 더 이상 덮어두지 않기로 결심했어요.

6) 가: 요즘 젊은 사람들은 꼭 누려야 할 권리인 양 휴가에 큰 의미를 두는 것 같아요.

　　나: ＿＿＿＿＿＿＿＿＿＿＿＿ 는 한이 있더라도 휴가비용만은 아끼지 않겠다는 사람들도 있어요.

## -은/는 고사하고

**5.** 다음은 소비자 보호원 홈페이지에 올라 온 과대광고 제품들에 대한 고발 내용입니다.
'-은/는 고사하고'를 사용해서 문장을 완성하십시오.

1) 일주일만 바르면 머리가 난다는 발모제

2) 주름을 없애 주는 화장품

3) 일주일에 7킬로그램을 뺄 수 있다는 다이어트 식품

4) 하루에 한 시간씩 끼고 있으면 시력이 좋아진다는 콘택트렌즈

5) 잘 때 착용하면 코가 높아진다는 코 집게

6) 여드름을 없애준다는 비누

1) ID 623ahha: 제가 이 화장품을 한 병에 50만원이나 주고 큰 마음먹고 샀어요. 판매원 말로는 이 약을 하루에 두 번 바르기만 하면 일주일 후부터 효과를 볼 거라고 했는데, <u>머리가 나는 것</u> 은/는 고사하고 점점 더 빠지는 것 같아요. 속았어요.

2) ID 1004yi: ○○회사 주름 방지 화장품은 절대 사지 마세요. 자기 직전에 바르면 3개월 후에는 입가의 팔자 주름이 자취를 감출 거라는 말에 혹해서 샀건만 _____ 은/는 고사하고 가장 기본적인 보습효과도 없어요. 하루 종일 얼굴이 푸석푸석해요.

3) ID kjh051: 뚱뚱한 엄마가 부끄럽다고 학교에 오지 말라는 아들놈의 말에 충격을 받고 거금을 들여 다이어트 식품을 구입했습니다. 1주일 치만 먹으면 최소한 7킬로그램이 빠진다고 했는데 _____ 은/는 고사하고 오히려 2킬로그램이나 더 쪘답니다. 이거 광고 내용과 달라도 너무 다르지 않습니까?

4) ID baby70: 안경을 끼면 안경이 닿는 부분이 자꾸 짓무르고 두통이 심해서 콘택트렌즈를 사러 갔었습니다. 하루에 한 시간씩 열흘만 끼면 시력이 좋아진다는 콘택트렌즈가 있길래 일석이조겠다 싶어 사서 착용해 봤는데 아니 이게 웬일입니까? _____ 은/는 고사하고 눈에 염증이 생겨 사흘째 병원에 다니고 있어요.

5) ID yjj0925: 홈쇼핑에서 코높이 집게를 하나 구입했는데요. 이 회사, 경찰에 고발해서 피해보상을 청구할까 생각중이에요. 잘 때만 하고 있어도 확실히 효과를 볼 수 있다고 장담하는 쇼호스트의 말만 믿고 구입했는데 ＿＿＿＿＿＿＿＿ 은/는 고사하고 코 부위 피부가 벗겨져 괴물이 따로 없습니다. 제 코 사진을 함께 올렸으니까 보세요.

6) ID ohlala8: 결혼식 날 세상에서 가장 아름다운 신부가 되고 싶어했던 죄밖에 없는 예비신부 입니다. 콧등에 살짝 난 여드름을 없애려고 1개에 3만 원이나 하는, 여드름 제거에 탁월한 효과를 발휘한다는 비누를 사서 사용했는데 ＿＿＿＿＿＿＿＿＿ 은/는 고사하고 여드름이 얼굴 전체로 다 번져버렸어요. 1주일 후면 결혼식인데……. 흑흑.

**6.** '-은/는 고사하고' 를 사용해서 다음 대화를 완성하십시오.

1) 가: 생일 축하해! 오늘 아침은 진수성찬이었겠다. 많이 먹었어?
   나: 웬걸. 목감기가 심해서 식사<u>은/는 고사하고 물 마시기도 힘들어.</u>

2) 가: 요즘 경기는 좋지 않지만 '위기가 곧 기회'라고 하니 사업을 확장해 보는 게 어떻습니까?
   나: 무슨 말씀을요. ＿＿＿＿＿＿＿＿ 은/는 고사하고 ＿＿＿＿＿＿＿＿

3) 가: 직장 생활을 오래하셨으니 이제 곧 집 장만을 하실 수 있겠네요.
   나: 천만에요. ＿＿＿＿＿＿＿＿ 은/는 고사하고 ＿＿＿＿＿＿＿＿

4) 가: 이번에 이사를 가면 마당에 감나무와 사과나무를 심고 싶어요.
   나: 무슨 소리야, ＿＿＿＿＿＿＿＿ 은/는 고사하고 ＿＿＿＿＿＿＿＿

5) 가: 경희 씨 아버님께서 막대한 유산을 남기고 돌아가셨다는데 그 소문 들었어요?
   나: 그럴 리가요. ＿＿＿＿＿＿＿＿ 은/는 고사하고 ＿＿＿＿＿＿＿＿

6) 가: 자살하려고 강물로 뛰어든 사람을 구했다면서요? 큰일하셨네요.
   나: 얼떨결에 구하기는 했는데 ＿＿＿＿＿＿＿＿ 은/는 고사하고 ＿＿＿＿＿＿＿＿

# 9과 3항

**1.** 다음을 읽고 질문에 답하십시오.

> 미래학자들이 입을 모아 외치는 것 중 하나는 앞으로 개인이 권력을 쥐게 된다는 것이다. 과거 농경시대에 종교가 쥐고 있던 권력은 산업화가 되면서 국가로, 정보화 사회에서는 기업으로 옮겨갔다. 앞으로 우리가 맞이할 후기 정보화 사회에는 이것이 개인으로 옮겨간다는 것이 미래학자들의 전망이다. 그런 의미에서 한국의 촛불시위는 미래학자들이 공식처럼 얘기하는 권력의 전이를 예고한 실감나는 사례라는 점에서 주목을 받고 있다. 이 촛불시위에서 등장한 '똑똑한 군중'은 의식이 있고 권력화된 개인의 출현을 보여줬다는 게 대부분 전문가들의 의견이다.
>
> 광역통신망이 더 많이 퍼질수록 대중적 지도력은 줄어들게 된다. 즉 세계적 초고속통신망은 권력을 쥔 개인을 양산해 내며 우리 사회에 엄청난 변화를 몰고 올 전망이다. 그 예로 최근의 사건에서 보듯 정보를 공유하는 권력화된 개인들이 모여 특정인을 죽음으로 몰아가기도 했고, 초고속통신망으로 엮인 무명인들이 촛불시위에 참여하여 대통령을 향해 퇴진을 외치기도 했다.
>
> 더욱 더 발전된 정보화 사회가 되면 본격적으로 정부의 영향력이 약해지게 될 것이다. 정부는 앞으로 예상되는 이러한 변화의 물결에 대해 능동적으로 대비하고 대처해야 한다. 정부는 국민이 점점 더 똑똑해진다는 것을 인식하고 정책 홍보와 국민 설득에 힘을 쓰고 똑똑한 군중을 어떻게 다뤄야 할지를 고민해야 한다.
>
> 미래학은 지적 유희가 아니라 국가의 생존전략 중 하나이다. 선진국을 중심으로 세계 50여 개국이 의회나 정부 안에 미래위원회를 두고 있는 것이 이를 증명한다. 한국도 현 정부 들어 대통령 직속 미래기획위원회를 출범시켰다. 하지만 아직 '미래'가 아닌 '행정'에 치중하는 인상이다. 진정한 미래위원회는 대중이 지배하게 되는 정보화 사회에서 똑똑한 서민들이 충분히 납득하고 따를 만한 정책과 비전을 제시해야 한다. 그러므로 미래기획위원회는 미래학 전문가, 각 부처 관계자들과 함께 주요 미래 추세를 정확히 예측, 분석하여 그에 대한 대응전략과 정책 대안을 수립하여 선진화를 향한 길라잡이의 역할을 해야 한다.
>
> 무지몽매한 국민들을 정부가 가르치고 이끌어가야 했던 시대는 벌써 끝났다. 똑똑해진 국민들은 정부의 머리꼭대기에 앉아 있다. 앞으로 정부는 정신 바짝 차리고 국민들의 목소리에 귀를 기울이며 정책홍보와 국민설득에 역량을 발휘해야 할 것이다.

1) 위 글의 제목으로 가장 알맞은 것을 고르십시오. (        )

   ❶ '국민이 똑똑해야 정부가 산다'

   ❷ '미래학에서 바라본 미래사회의 모습'

   ❸ '미래기획위원회, 그 역할은 무엇인가?'

   ❹ '미래는 똑똑한 개인들이 권력을 차지하는 세상'

2) 위 글의 내용과 **다른** 것을 고르십시오. (        )

   ❶ 농경시대에는 종교인들이 권력을 잡았었다.

   ❷ 정보화 사회가 발전할수록 정부의 힘은 약화된다.

   ❸ 서로 모르는 사람들도 초고속통신망을 통해 하나로 뭉칠 수 있다.

   ❹ 현 정부는 점점 똑똑해지는 개인들을 어떻게 다루어야할지 파악하고 있다.

3) 다음 단어들을 사용해서 위 글을 요약하십시오.

| | | | | |
|---|---|---|---|---|
| 미래 | 정보화 사회 | 초고속통신망 | 개인 | 권력 정부 |
| 영향력 | 역할 | 국민 | 정책 | 설득 |

**2.** 다음 대화를 듣고 질문에 답하십시오.

1) 위 글의 중심 내용으로 알맞은 것은? (       )

   ❶ 사생활 침해를 막기 위한 방법

   ❷ 현대사회에서 일상화된 유비쿼터스 기술

   ❸ 유비쿼터스 기술과 그 부작용에 대한 우려

   ❹ 전파인식(Radio Frequency Identification) 기술의 대중화

2) 다음 중 **맞지 않는** 것을 모두 고르십시오. (       )

   ❶ 한국에서는 누구나 쉽게 정보통신 기술을 접할 수 있다.

   ❷ 유비쿼터스 기술이 발전할수록 빈부의 격차가 줄어든다.

   ❸ 우리는 평소에도 유비쿼터스 기술을 자연스럽게 의식하면서 살고 있다.

   ❹ 전파인식칩이 내장된 신용카드를 사용하면 개인의 사생활 추적이 가능하다.

3) 개발 취지와는 상관없이 인간에게 해를 끼치는 방향으로 악용되는 과학기술에는 어떤
   것들이 있을까요? 이야기해 봅시다.

읽기 활용연습　　교재 읽고 질문을 대답하십시오.

 어휘 연습

**1.** 다음을 관계 있는 것끼리 연결하십시오.

1) 태연하다　　•　　　　　　　　•마음에 걸려 언짢은 느낌이 있다.

2) 허탈하다　　•　　　　　　　　•태도나 기색이 아무렇지도 않은 듯이
　　　　　　　　　　　　　　　　　예사롭다.

3) 꾀죄죄하다　•　　　　　　　　•가엾고 불쌍하다.

4) 측은하다　　•　　　　　　　　•옷차림이나 모양새가 매우 지저분하고
　　　　　　　　　　　　　　　　　궁상스럽다.

5) 찜찜하다　　•　　　　　　　　•몸에 기운이 빠지고 정신이 멍하다.

**2.** 다음 단어를 넣어 문장을 완성해 보십시오.

> 말쑥하다　　갈등하다　　시답잖다　　기가 차다　　힐끔거리다　　돌진하다

1) ㄱ. 그 친구는 면접시험에 가기 위해서 옷을 ＿＿＿＿＿＿＿＿＿＿ 게 차려 입었다.

　　ㄴ. ＿＿＿＿＿＿＿＿＿＿ 은/ㄴ 정장 차림으로 친구의 결혼식에 참석하였다.

2) ㄱ. 나는 회사를 옮겨야 할지 계속 다녀야 할지 ＿＿＿＿＿＿＿＿＿＿ 고 있다.

　　ㄴ. 회사 안에서 동료와의 인간관계 때문에 ＿＿＿＿＿＿＿＿＿＿ 은/ㄴ/는 직장인들
　　　　이 많다고 한다.

3) ㄱ. 그런 ＿＿＿＿＿＿＿＿＿＿ 은/ㄴ 말에는 귀를 기울일 필요가 없다.

　　ㄴ. 많은 사람들은 그의 말을 ＿＿＿＿＿＿＿＿＿＿ 은/ㄴ 듯 무시했다.

4) ㄱ. 다른 사람을 똑바로 보지 않고 ＿＿＿＿＿＿＿＿＿＿ 는 것은 실례입니다.

　　ㄴ. 지나가는 사람들이 동물 복장을 한 사람을 ＿＿＿＿＿＿＿＿＿＿ 고 있었다.

5) ㄱ. 뉴스에 의하면 자동차가 횡단보도로 ＿＿＿＿＿＿＿＿＿＿ 어서/아서/여서 많은
　　　　사람들이 다쳤다고 한다.

　　ㄴ. 그 사람은 한 번 목표를 정하면 그것을 향해서 ＿＿＿＿＿＿＿＿＿＿ 는 사람이다.

**3.** 다음 문제를 보고 답을 쓰십시오.

1) 다음의 단어들을 관계있는 것끼리 연결하고 문장을 만드십시오.

오한 •                     • 부리다

울화통 •                    • 벌이다

신경질 •                    • 나다

실랑이 •                    • 터지다

• 영수는 요즘 스트레스가 많이 쌓이는지 작은 일에도 (          )을/를 부린다.

• 그 사람이 내 말을 들어주지 않아서 (          )이/가 터졌지만 참았다.

• 비를 맞아서 그런지 (          )이/가 나서 몸이 떨리고 기침도 심하다.


2) 뜻이 같은 것끼리 연결하십시오.

머리를 굴리다 •              • 생각하다

쏘아붙이다 •                • 말을 내뱉다

회사에서 잘리다 •           • 해고를 당하다

• 그는 어떻게 하면 문을 열 수 있을까 (          )어/아/여 보았다.

• 요즘 경제 사정이 어려워져서 (          )은/ㄴ 사람들이 많다.

• 여자는 화가 나서 남자 친구에게 거짓말을 하지 말라고 (          )었다/았다/였다.

3) (          )안에 적당한 단어를 찾아 쓰십시오.

| 화살 | 썰물 | 꿀 |
| --- | --- | --- |

• 그 일이 실패하자 동료들은 영수에게 비난의 (          )을/를 퍼부었다.

• 퇴근시간이 되자 사원들이 (          )처럼 빠져나갔다.

• 어머니께 꾸중을 들을 때 아이는 (          ) 먹은 벙어리처럼 아무 말도 못했다.

**내용 이해**

**1.** 이 소설에서 작가가 말하고자 하는 주제는 무엇입니까?

- 자신의 일에 최선을 다하는 것은 중요한 일이다. ☐
- 이웃의 어려움을 도와주는 것이 미덕이다. ☐
- 타인의 일에 무관심한 현대인의 모습을 비판한다. ☐
- 첨단 기기는 우리의 삶을 편리하게 해 준다. ☐

**2.** 주인공에게 일어난 일을 순서대로 정리해 보십시오.

| 아파트에서 | • 면도기가 부러졌다.<br>• |

↓

| 회사에 가는 길 | • 공중전화가 고장이었다.<br>• |

↓

| 회사에서 | • 엘리베이터가 고장 나서 그 안에 갇혔다.<br>• |

↓

| 집에 오는 길 | • 엘리베이터에서 만난 이웃들이 그를 피했다.<br>• |

**3.** 다음을 읽고 맞으면 O표, 틀리면 X표 하십시오.

1) 주인공은 휴대폰을 빌려 엘리베이터 사고를 신고했다. ( )

2) 주인공은 미스 정을 엘리베이터 안에서 처음 만났다. ( )

3) 119 안내원은 이 사람의 말을 믿어 주지 않았다. ( )

4) 회사의 경비원은 이 사람의 얼굴을 기억하고 있었다. ( )

 **이야기해 봅시다**

**1.** 다음의 어휘를 사용하여, 사진에 나타난 현대인의 삶에 대해서 이야기해 봅시다.

| 열중하다 | 무관심 | 소외 | 타인 | 이기적이다 |

**2.** 현대사회에서 인간소외가 심화되는 이유는 무엇이라고 생각합니까?

**3.** 첨단 기술의 발달이 인간의 삶을 더 행복하게 만들 수 있다고 생각합니까?

# 접미사

**1.** **-거리다**: 반짝거리다, 방실거리다, 출렁거리다, 비틀거리다, 울렁거리다
'그런 상태가 잇따라 계속됨'의 의미
- 그는 술에 취했는지 몸을 비틀거리며 걷는다.

**2.** **-나다**: 별나다, 맛나다, 엄청나다
'그런 성질이 있음'의 의미
- 우리 아이는 하는 짓이 별나서 다음에 어떤 사람이 될지 몹시 궁금하다.

**3.** **-답다**: 남자답다, 사람답다, 학생답다, 정답다, 참답다
'성질이나 특성이 있음'의 의미
- 이제는 저도 사람답게 살고 싶어요.

**4.** **-롭다**: 명예롭다, 신비롭다, 자유롭다, 풍요롭다, 향기롭다
'그러함', '그럴 만함'의 의미
- 부정을 저질러 부자가 되기보다는 정직하고 명예롭게 살고 싶어요.

**5.** **-스럽다**: 복스럽다, 걱정스럽다, 자랑스럽다, 자연스럽다
'그러한 성질이 있음'의 의미
- 아이들이 어른들의 행동을 흉내내는 것은 자연스러운 일이니 걱정하지 마세요.

**6.** **-꾸러기**: 장난꾸러기, 욕심꾸러기, 잠꾸러기, 말썽꾸러기, 심술꾸러기
'그것이 심하거나 많은 사람'을 귀엽게 표현
- 너 같은 잠꾸러기가 이렇게 일찍 일어나다니 해가 서쪽에서 뜨겠다.

**7.** **-꾼**: 나무꾼, 노름꾼, 사기꾼, 사냥꾼, 구경꾼, 일꾼, 누리꾼
'어떤 일을 전문적으로 하는 사람', '어떤 일을 습관적으로 하는 사람', '어떤 일 때문에 모인 사람'의 의미
- 그는 사기꾼에게 걸려들어 재산을 다 날렸다.

**8.** **-뱅이**: 가난뱅이, 게으름뱅이, 주정뱅이
'그것을 특성으로 가진 사람'의 의미
- 워낙 가진 것 없이 시작해서 언제 이런 가난뱅이 신세를 면할 수 있을지 막막하기만 하네요.

**9.** −쟁이: 겁쟁이, 고집쟁이, 멋쟁이, 무식쟁이, 욕심쟁이, 심술쟁이
　　　'그것이 나타내는 속성을 많이 가진 사람'의 의미
　　　● 옷도 세련되게 입고 어디를 가도 꼭 분위기를 따져보는 그는 멋쟁이로 소문나 있다.

**10.** −투성이: 흙투성이, 피투성이, 먼지투성이, 거짓말투성이
　　　'그것이 너무 많은 상태', '그런 상태의 사물, 사람'의 의미
　　　● 청소를 끝내고 나니 옷이 온통 먼지투성이였다.

## 접미사 연습

다음을 읽고 알맞은 단어를 넣어 대화를 완성하십시오.

**1.** 가: 학교에 가는데 옷차림이 그게 뭐니? .......................................... 지 못하게.
　　나: 다들 이렇게 입고 다니는데…….

**2.** 가: 아직도 잘잘못이 밝혀지지 않은 거야?
　　나: 말도 마. 다들 하는 말마다 .......................................... 이야/야. 이야기를 듣다보면
　　　　도무지 앞뒤가 안 맞아.

**3.** 가: 기사님, 죄송한데요. 차 좀 잠깐만 세워주세요. 속이 ..........................................
　　　　어서/아서/여서 토할 것 같아요.
　　나: 네, 잠깐만 기다리세요.

**4.** 가: 선생님, 이번 토론은 주제를 정하지 말고 .......................................... 게 하면 어떨까요?
　　나: 그러면 진행이 너무 산만해지지 않을까요?

**5.** 가: 우리 선수가 이번 대회에서 세계 신기록을 세웠다면서요?
　　나: 네, 대한민국 국민으로서 정말 가슴 뿌듯하고 .......................................... 어요/아요/
　　　　여요.

**6.** 가: 지난 주말에 민속촌에 가서 외줄타기를 봤어요.

　　 나: 어땠어요?

　　 가: 저 뿐만 아니라 모든 ........................................ 이/가 환호를 지르기도 하고
　　 가슴을 졸이기도 하면서 재미있게 봤어요.

**7.** 가: 형제가 어떻게 돼요?

　　 나: 잠시도 가만히 있지 않고 사고를 치는 ........................................ 남동생하고
　　 저 이렇게 둘이에요.

**8.** 가: 이제 좀 일어나지? 그러다가 소가 되겠다.

　　 나: 소가 되다니, 그게 무슨 말이에요?

　　 가: 옛날에 꼼짝도 하기 싫어하는 ........................................ 이/가 소가 되었다는
　　 얘기가 있지. 한번 들어볼래?

**9.** 가: 와! 드디어 완성했다.

　　 나: 뭔데?

　　 가: 비가 올 때 쓰는 모자 우산인데 너도 한번 써 봐.

　　 나: 넌 언제나 기발하고 ........................................ 는/은/ㄴ 물건들을 만들어
　　 내는구나.

**10.** 가: 이 책은 어떤 책이에요?

　　 나: 이 책은 상식과 불가능을 과감하게 뒤집으며 무농약 사과 재배에 최초로
　　 성공한 ........................................ 농부의 도전과 끈기, 눈물과 성취의 감동
　　 실화예요.

# 제10과 진로와 취업

## 10과 1항

### 어휘

**1.** [보기]에서 알맞은 단어를 골라 빈 칸에 쓰십시오.

> [보기] 조직      까닭      복리후생     벤처기업    중소기업
> 눈을 돌리다    만만치 않다    도전적이다    손꼽히다

1) 김영수 교수는 국제 금융 사정에 정통한 전문가로 ( 손꼽히 )고 있습니다.

2) 학생회에서는 학생들을 위한 학내 (       ) 시설의 대폭적인 확충을 요구했다.

3) 여러 기업들이 세계 경기 침체에 대응하기 위해 대대적인 (     ) 개편을 추진하고 있습니다.

4) 인기정상의 가수 박하늘 씨가 스스로 목숨을 끊은 (      )은/는 아직도 밝혀지지 않았대요.

5) 오 감독은 어느 팀도 (      )기 때문에 마지막 경기까지 긴장의 끈을 놓을 수 없다고 말했어요.

6) 치열한 경쟁사회에서 살아남기 위해서는 (      )는/은/ㄴ 목표를 수립하고 그에 대한 과제를 성실히 이행하여 자신의 능력을 한 단계씩 향상시켜 나가야 합니다.

7) (      )은/는 성장속도가 빠른 반면 창업자의 일인체제, 마케팅과 재무의 취약성, 과대설비 투자 등등으로 도산할 위험도 크다고 합니다.

8) 국내에서는 게임 출시를 위해 거쳐야 하는 심의 과정이 번거롭기 때문에 국내시장을 포기 하고 해외로 (      )는/은/ㄴ 게임업체가 적지 않다.

9) 정부의 대기업 편애와 대기업의 불공정 거래 강요로 (      )이/가 생존의 위기에 처해 있습니다.

**2.** 다음은 취업지원자를 위한 '취업특강' 안내문입니다. 빈 칸에 어울리는 단어를 [보기]에서 찾아 쓰십시오

> **[보기]** 구직자  구직난  구인난  단순직  전문직
> 종사자  진로정보센터  직업적성검사  취업정보사이트

## 취업 특강

취업을 원하는 취업준비생들이 심각한 1) (　　　　　)을/를 겪고 있는 반면 많은 사업체들은 적당한 사람을 찾지 못해 2) (　　　　)에 시달리고 있습니다. 노동부는 문제 해결에 도움을 주려고, 취업을 앞두고 있는 3) (　　　　　)들을 위해 취업에 필요한 구직 기술 향상 및 취업활동을 지원하는 프로그램을 마련했습니다.

■ 지원 대상: ● 구직을 희망하는 자
　　　　　 ● 회계사, 변호사, 펀드매니저 등과 같은 4) (　　　　　)과/와 식당 종업원, 청소부 등과 같은 5) (　　　)도 포함
　　　　　 ● 자영업 6) (　　　)은/는 제외

■ 지원 내용: ● 취업에 성공하는 이력서와 자기소개서 작성법 안내
　　　　　 ● 취업에 성공하는 면접 요령과 유의사항 소개
　　　　　 ● 취업정보 수집 방법 안내−접속 가능한 인터넷 7) (　　　　)과/와 각 구청 8) (　　　)에서 진로상담 받는 방법 안내
　　　　　 ● 9) (　　　　　) 실시−신체검사, 일반지능검사, 특수능력검사, 성격 검사 포함
　　　　　 ● 창업 준비 시 필요한 사항 소개
　　　　　 ● 근로기준법 해설−임금, 퇴직금, 휴가, 근로시간, 해고 등에 대해서 상세히 안내

■ 행사기간: 연중
■ 문　의: 전국 고용지원센터 1588−1919
　　　　　 노동부 고용서비스 지원과 02−2110−7134

1) ( 구직난 )   2) (　　　　)   3) (　　　　)   4) (　　　　)   5) (　　　　)

6) (　　　　)   7) (　　　　)   8) (　　　　)   9) (　　　　)

## 문법

### -으려고/려고 들다

**3.** '-으려고/려고 들다'를 사용해서 다음 문장을 완성하십시오.

1) 정부가 사실을 정확하게 밝히지 않고 자꾸 숨기려고 ~~으려고~~/려고 드니까 더 의심이 가요.

2) 영수 씨는 공부를 하다가 모르는 게 있어도 ................................ 으려고/려고 들지
   않아요.

3) 동생이 ................................ 으려고/려고 들면 방에서 쫓아내 버려라.

4) 어린 새끼 코끼리가 행렬에서 뒤처지자 주변을 어슬렁거리던 사자 무리들이
   ................................ 으려고/려고 들었다.

5) 완전히 고장날 수도 있으니까 ................................ 으려고/려고 들지 말고 수리공이 올
   때까지 기다리세요.

6) 여당과 야당이 ................................ 으려고/려고 드니 문제 해결의 실마리를 찾지
   못하는 거예요.

**4.** '–으려고/려고 들다'를 사용해서 다음 대화를 완성하십시오.

1) 가: 직원들을 좀 다그쳐야겠는데요. 일의 진척이 이렇게 더뎌서야……

    나: <u>빨리 하려고</u>~~으려고~~/려고 들면 얼마든지 빨리 할 수 있겠지만 서두른다고 해서 좋은 결과가 나오는 것은 아니잖아요.

2) 가: 이 장난감은 다 내 거예요. 언니, 오빠에게 주지 마세요.

    나: 넌 ＿＿＿＿＿＿＿＿＿＿＿ 으려고/려고 드는데 그러면 못 써.

3) 가: 우리 아이가 요즘은 말도 잘 듣지 않고 ＿＿＿＿＿＿＿＿＿＿＿ 으려고/려고 들어서 걱정이에요.

    나: 사춘기라서 그럴 거예요. 시간이 지나면 괜찮아질 테니까 너무 염려하지 마세요.

4) 가: 아이가 귀국한 지 얼마 되지 않았으니 학교생활에 적응하기 힘들어하지요?

    나: 아이고, 말도 마세요. ＿＿＿＿＿＿＿＿＿＿＿ 으려고/려고 들어서 고심 끝에 다시 유학을 보내기로 결정했어요.

5) 가: 어느 나라나 자기 민족의 문화적 순수성을 지나치게 고집하는 사람들이 있게 마련 이에요.

    나: 요즘 같은 세계화 시대에 ＿＿＿＿＿＿＿＿＿＿＿ 으려고/려고 들면 고립되기 십상이지요.

6) 가: 안 그래도 막히는 퇴근길에 도로를 점거하고 시위를 하는 사람들을 보면 이기적인 것 같아 화가 나요.

    나: 책임과 질서는 도외시하고 ＿＿＿＿＿＿＿＿＿＿＿ 으려고/려고 들면 공동체의 안정과 평화는 유지되기 어렵다는 걸 왜 모를까요?

## -노라면

**5.** 일간지 연예부 기자가 인기배우 정영애 씨를 인터뷰합니다. '-노라면'을 사용해서 다음 문장을 완성하십시오.

기자    : 정영애 씨, 안녕하십니까? 연예부의 김재석입니다. 인터뷰에 응해 주셔서 감사합니다.

정영애 : 네, 안녕하세요? 반갑습니다.

기자    : 드라마 '열정'의 마지막 촬영을 막 끝내신 걸로 아는데요. 빡빡한 촬영 일정을 소화해 내시려면 많이 힘드셨을 텐데 전혀 피곤해 보이지 않네요. 특별한 비결이라도 있으십니까?

정영애 : 비결이랄 것까지야……. 하하. 1) <u>자기 전에 따뜻한 물에 30분쯤 몸을 담그고 있</u>노라면 피로가 눈 녹듯이 사라져요.

기자    : 정영애 씨가 출연한 작품마다 연기력 논란이 일고 있는데요. 그 점에 대해서 어떻게 생각하십니까?

정영애 : 지금은 비록 제 연기력이 인정받지 못하고 있지만 2) ＿＿＿＿＿＿＿＿노라면 언젠간 알아줄 날이 있겠지요.

기자    : 비난을 받으실 때마다 심란하실 텐데 어떻게 마음을 달래십니까?

정영애 : 3) ＿＿＿＿＿＿＿＿노라면 마음이 평온해진답니다.

기자    : 일이 하기 싫어지거나 일이 없어 무료하실 때는 어떻게 하십니까?

정영애 : 4) ＿＿＿＿＿＿＿＿＿＿노라면 활력이 절로 샘솟아서 다시 시작할 힘을 얻어요.

기자    : 부모님께서 미국에 계시다고 들었습니다. 많이 그리우시겠습니다.

정영애 : 네, 5) ＿＿＿＿＿＿＿＿＿＿노라면 그리움이 파도처럼 몰려와요. 그럴 때면 전화를 드리지요.

기자    : 결혼을 하셔서 나중에 아이가 연예인이 된다고 하면 적극 밀어주실 생각이 있으십니까?

정영애 : 글쎄요. 뭐라 말씀드리기가 어렵네요. 6) ＿＿＿＿＿＿＿＿＿＿노라면 사생활 노출과 도를 넘어선 악플에 가끔 제 자신이 측은하게 느껴지거든요.

기자    : 무슨 말씀인지 잘 알겠습니다. 오늘 바쁘실 텐데 이렇게 시간을 내 주셔서 감사합니다.

**6.** 다음 고민이나 문제를 읽고 그에 대한 조언을 '-노라면'을 사용해서 쓰십시오.

1) "지금 제가 처해 있는 현실이 너무 암담해서 미래는 꿈조차 꿀 수 없어요."

→ 현실이 힘들지라도 희망을 가지고 열심히 사노라면 밝은 미래가 기다리고 있을 거예요.

2) "시험에 또 떨어졌어요. 똑같은 실수를 또 했네요. 저는 정말 바보예요."

→ _____

3) "한 번 읽어봤는데 책 내용이 너무 난해해서 도무지 저자의 집필 의도를 알 수가 없어요."

→ _____

4) "달리기가 건강에 좋다고 해서 시작했는데 숨도 차고 머리도 아파서 그만두고 싶어요."

→ _____

5) "OO은행 파산으로 인한 주가하락으로 이번에 큰 손실을 봤어요. 괜히 주식에 투자 했어요."

→ _____

6) "결혼하면서 인생 계획을 세울 때는 이런 일이 내게 일어나리라고는 상상조차 못했습니다. 제 아내가 암이라니요. 정말 절망스럽습니다."

→ _____

# 10과 2항

## 어휘

**1.** [보기]에서 알맞은 단어를 골라 빈 칸에 쓰십시오.

| [보기] | 연수 | 패기 | 실업자 | 입상 |
|---|---|---|---|---|
| | 철인 3종 경기 | 완주하다 | 틀에 박히다 | 수행하다 |

1) 다니던 회사가 망해서 졸지에 ( 실업자 )어/가 되었습니다.

2) 주어진 자리에서 주어진 업무나 해야 하는 (            )는/은/ㄴ 직장 생활은 내 체질에 맞지 않아.

3) 미국이나 영국 쪽으로 유학을 가고 싶은데, 교환학생으로 갈 지 어학(           )만 하고 올 지 아직 결정하지 못했어요.

4) 체력의 한계에 도전하는 마라톤을 세 번 도전한 끝에 드디어 (            )었다/았다/였다.

5) 군사 작전을 (             )던 중 전사한 아버지의 대를 이어 민수는 사관학교에 지원했습니다.

6) 대회 참가자들의 실력이 우위를 가리기가 힘든 상황에서 (           ) 여부는 정신력에 달려 있다고 봐.

7) 저희 서울항공은 2010년 하반기를 맞이하여 넘치는 (        )과/와 뜨거운 열정을 가진 신입사원을 모집합니다.

8) (            )은/는 장거리 유산소운동인 바다수영, 도로자전거타기, 달리기를 차례대로 수행하는 스포츠이기 때문에 도중에 옷을 갈아입을 수가 없으므로 특별히 제작된 경기복을 입어야 합니다.

**2.** 다음 중 표현이 **틀린** 것을 고르십시오.

1) 책임감 ( ❹ ) ❶ 책임감이 강하다 ❷ 책임감이 투철하다
　　　　　　　 ❸ 책임감이 희박하다 ❹ 책임감이 크다

2) 창의성 ( ) ❶ 창의성이 풍부하다 ❷ 창의성을 익히다
　　　　　　　 ❸ 창의성을 발휘하다 ❹ 창의성이 부족하다

3) 전공 ( ) ❶ 전공을 살리다 ❷ 전공을 바꾸다
　　　　　　 ❸ 전공을 죽이다 ❹ 전공을 정하다

4) 일익 ( ) ❶ 일익을 하다 ❷ 일익을 맡다
　　　　　　 ❸ 일익이 되다 ❹ 일익을 담당하다

5) 능력 ( ) ❶ 능력을 펼치다 ❷ 능력을 발휘하다
　　　　　　 ❸ 능력이 뛰어나다 ❹ 능력을 수립하다

6) 포부 ( ) ❶ 포부가 크다 ❷ 포부를 꾸다
　　　　　　 ❸ 포부를 키우다 ❹ 포부가 없다

7) 직업관 ( ) ❶ 직업관이 투철하다 ❷ 직업관이 뚜렷하다
　　　　　　　 ❸ 직업관을 세우다 ❹ 직업관을 쌓다

8) 지원동기 ( ) ❶ 지원동기가 뚜렷하다 ❷ 지원동기를 밝히다
　　　　　　　 ❸ 지원동기를 확립하다 ❹ 지원동기가 특이하다

9) 협동심 ( ) ❶ 협동심을 발휘하다 ❷ 협동심을 펼치다
　　　　　　　 ❸ 협동심을 높이다 ❹ 협동심이 강하다

10) 실무경험 ( ) ❶ 실무경험을 쌓다 ❷ 실무경험을 살리다
　　　　　　　 ❸ 실무경험이 풍부하다 ❹ 실무경험을 담당하다

11) 리더십 ( ) ❶ 리더십이 있다 ❷ 리더십을 키우다
　　　　　　　 ❸ 리더십이 크다 ❹ 리더십을 기르다

12) 자격증 ( ) ❶ 자격증이 풍부하다 ❷ 자격증을 따다
　　　　　　　 ❸ 자격증을 보유하다 ❹ 자격증을 요구하다

## -는/은/ㄴ 바

**3.** 다음을 연결하고 [보기] 중 알맞은 것을 사용해서 문장을 만드십시오.

> **[보기]**　–는/은/ㄴ 바 있어서　　–는/은/ㄴ 바로는　　　–는/은/ㄴ 바를
> 　　　　　–는/은/ㄴ 바와 같이　　–는/은/ㄴ 바에 의하면　　–는/은/ㄴ 바가

1) 각자 나름대로 생각한다 ● 　　　● 전혀 없습니다

2) 조세정책을 조사했다 ● 　　　● 이야기해 봅시다

3) 교내 절도사건에 대해서 안다 ● 　　　● 불합격자들의 심정에 충분히 공감해요

4) 낙방의 슬픔을 경험했다 ● 　　　● 계약금은 은행으로 입금시켜 주세요

5) 민수는 내가 만나 봤다 ● 　　　● 재산세가 대폭 인상될 거라고 합니다

6) 지난번에 전화상으로 말씀드렸다 ● 　　　● 믿을 만한 사람인 것 같아요

1) 각자 나름대로 생각하는 바를 이야기해 봅시다.

2) _____

3) _____

4) _____

5) _____

6) _____

**4.** '–는/은/ㄴ 바' 를 사용해서 다음 대화를 완성하십시오.

1) 가: 유권자들이 왜 박 후보를 대통령으로 뽑았을까요?

　　나: 박 후보는 기업 사장과 서울 시장을 역임한~~는/은~~/ㄴ 바 있어서 경제를 살리는 일을 잘 해낼 거라고 믿었기 때문이에요.

2) 가: 10년 전에 비해 고혈압 같은 성인병이 많이 늘었다지?

　　나: ＿＿＿＿＿＿＿＿＿＿＿＿＿ 는/은/ㄴ 바에 따르면 식습관의 서구화가 주요 원인이라고 합니다.

3) 가: 한국에서 여행을 해 보시니까 어디가 제일 좋던가요?

　　나: ＿＿＿＿＿＿＿＿＿＿＿＿＿ 는/은/ㄴ 바로는 안동 하회마을이 제일 인상에 남더군요.

4) 가: 정희 씨가 영국대사관에 취직이 되어서 다음 주부터 출근한다면서요?

　　나: ＿＿＿＿＿＿＿＿＿＿＿＿＿ 는/은/ㄴ 바 있기 때문에 영어로 의사소통하는 데 불편함이 없어서 쉽게 일자리를 얻을 수 있었대요.

5) 가: 겨울이 겨울 같지가 않아. 예전에 비해 눈도 많이 오지 않고 그리 춥지도 않아.

　　나: ＿＿＿＿＿＿＿＿＿＿＿＿＿ 는/은/ㄴ 바에 의하면 적설량 감소와 이상기온 현상이 모두 지구온난화 때문이래.

6) 가: 창립기념 등반대회 때 점심은 어떻게 하나요?

　　나: ＿＿＿＿＿＿＿＿＿＿＿＿＿ 는/은/ㄴ 바와 같이 산에서는 취사가 금지되어 있으므로 모두 도시락을 준비하시기 바랍니다.

## -을/ㄹ 바에야

**5.** 여러분이라면 어떻게 하시겠습니까? '-을/ㄹ 바에야'를 사용해서 상황에 맞는 문장을 만드십시오.

1)

| 임금<br>인상 | 회사 | 점점 투쟁적으로 변모하는 노조를 달래려면 무리를 하더라도 임금을 인상하는 게 좋겠습니다. |
|---|---|---|
| | 나 | 무리한 임금인상을 할 바에야 정년연장이나 청년구직자에 대한 고용확대를 하는 것이 노사 양측에 모두 유리합니다. |

2)

| 결혼 | 영미 | 비록 책임과 의무는 많아지겠지만 사랑하는 사람과 함께라면 혼자일 때 보다 두 배로 행복하지 않을까요? |
|---|---|---|
| | 나 | |

3)

| 진로 | 철희 | 인지도도 낮고 취업률도 형편없는 학교지만 그래도 4년제 대학이니까 지원해 보려고요. |
|---|---|---|
| | 나 | |

4)

| 농산물<br>가격 | 농민 | 채소값이 떨어져서 내다 팔아봤자 인건비도 못 건지겠지만 어렵게 농사지은 것들이니 시장에 가지고 나가 볼까 해요. |
|---|---|---|
| | 나 | |

5)

| 영화<br>수입 | 수입<br>회사 | 판권 경쟁이 심해서 많은 돈이 들겠지만 관객 동원력이 뛰어나니까 영화수입을 포기할 수 없어요. |
|---|---|---|
| | 나 | |

6)

| 해외<br>매각 | 은행 | 불황으로 경영이 어려워진 은행을 외국의 투자전문 회사에 싸게 매각하기로 결정했습니다. |
|---|---|---|
| | 나 | |

**6.** '-을/ㄹ 바에야'를 사용해서 다음 대화를 완성하십시오.

1) 가: 컴퓨터가 손 볼 데가 많아서 수리하는 데 30만 원쯤 든대요.

   나: 아이고, 30만원 주고 고칠 <u>을/ㄹ</u> 바에야 새로 사는 게 낫겠다.

2) 가: 대학원 진학률이 높아졌다는데 원인이 뭘까요?

   나: ................................................ 을/ㄹ 바에야 대학원에 입학해서 자신의 역량을
   높이려는 학생들이 많은 것 같아요.

3) 가: 전세금이 집값의 70%까지 올라서 상당히 부담스럽습니다.

   나: ................................................ 을/ㄹ 바에야 조금 무리해서라도 대출받아 집을
   사버릴 거예요.

4) 가: 옆집 영미가 호주로 조기 유학을 간다는데 소식 들으셨어요?

   나: 네. ................................................ 을/ㄹ 바에야 차라리 유학을 보내는 게 낫다고
   판단하는 부모들이 많아지고 있어요.

5) 가: 부모님의 권유로 마지못해 의과대학에 들어갔지만 공부가 제 적성에 맞지
   않아서 하루하루가 지옥이에요.

   나: ................................................ 을/ㄹ 바에야 지금 당장이라도 전공을 바꾸는
   게 낫지 않을까요?

6) 가: 연예인들의 자살 소식이 올해 몇 번이나 대서특필되었는데요, 사람들은 왜
   자살을 할까요?

   나: ................................................ 을/ㄹ 바에야 차라리 목숨을 버리는 게 낫다는
   판단이 들면 자살을 선택합니다.

**1.** 다음을 읽고 질문에 답하십시오.

## '나의 길' 찾기 교실

많은 부모님들은 자녀들이 공부를 열심히 하기를 기대하며, 특히 '자기 주도적 학습'을 하기를 바랍니다. 아이들이 어렸을 때는 칭찬이나 벌 등 외적인 자극에 의해서 어느 정도 학습동기가 형성되지만 그것은 한계가 있습니다. 공부하려는 마음, 즉 내적 동기가 자연스럽게 형성되어야 부모가 공부하라고 잔소리하지 않아도 스스로 꾸준히 공부하게 됩니다. 특히 청소년기가 되면 내적인 동기가 학습 의욕에 중요하게 작용합니다. 이러한 내적인 학습 동기를 유발하기 위해서는 장래 직업이나 전공, 즉 진로의 결정이 큰 역할을 하게 됩니다. 어려서는 막연했던 미래의 꿈이 구체적으로 보이면 그 꿈을 이루기 위해서 저절로 노력하게 되는 것입니다.

아이들은 자신에 대한 이해가 아직 불분명하기 때문에 진로 결정도 쉽지 않습니다. 따라서 본 프로그램에서는 우선 객관화된 여러 가지 검사를 통하여 의사결정 유형, 성격, 적성, 흥미, 가치관을 탐색합니다. 그 다음에 합리적이고 효과적인 의사결정 방법을 습득하도록 하고, '문제 해결적 사고'에 접근하도록 합니다. 이러한 준비 단계를 거친 후에 자신의 가치관에 부합되는 전공과 직업에 대해서 명료하게 정리하고, 구체적으로 그 직업 세계를 탐색합니다. 마지막으로 진로 목표 달성을 위한 실행 계획표를 작성함으로써 합리적인 중·장기 인생 진로계획을 수립하도록 돕습니다. 물론 이런 과정에서 희망 직업에 대한 성취동기도 함께 고취됩니다. 이와 같이 아이들의 미래 희망이 구체화되면 정서적, 학습적으로 아이들에게 많은 도움이 될 것입니다.

- ■대　상 : 중·고등학생 (1그룹 당 6명)
- ■일　시 : 10월 28일(토)~12월 2일(토)까지 매주 토요일 (총 6회)
　　　　　중학생 : 오후 4시-5시 30분 (90분간)
　　　　　고등학생 : 오후 6시-7시 30분 (90분간)
- ■담　당 : 정형수 상담연구원
- ■참가비 : 총 30만원, 기본 검사비 포함
- ■신　청 : 전화 (☎ 02-702-1234), 선착순 접수

1) 무엇에 대한 이야기입니까? (        )
   ❶ 청소년의 학습동기 유발 방법          ❷ 청소년 진로 탐색 프로그램 소개
   ❸ 청소년의 진로고민과 직업적성검사 안내   ❹ 청소년의 진로와 성격유형검사 안내

2) 위 글에서 알 수 있는 것은 무엇입니까? (        )
   ❶ 구체적인 직업의 세계                ❷ 학습부진 청소년의 유형
   ❸ 자기 주도적 학습의 장단점            ❹ 진로결정과 학습동기의 관계

3) 소질과 흥미가 일치하지 않아 진로문제로 고민하고 있는 중학교 2학년 동생이
   있다고 가정해 봅시다. 동생이 괴로운 마음을 담아 보낸 편지를 읽고 조언을 하는
   답장을 써 보십시오.

> 형, 잘 지내지?
> 끼니도 거르지 않고? 여기 가족들은 다 건강하게 잘 지내고 있어.
> 사실은 하도 답답해서 이렇게 형한테 편지를 써. 형도 알다시피 어려서부터 뱀을 무척 좋아해 파충류 박사가 되는 게 내 꿈이었잖아. 그런데 학교와 학습연구원에서 실시한 적성검사에서 내가 어문 계열에 소질이 많다는 결론이 나왔어. 더욱 충격적인 것은 생물 쪽은 거의 소질이 없다고 나왔지 뭐야. 과학고 진학을 준비 중이었는데, 내가 좋아하는 일과 잘 할 수 있는 일이 이렇게 크게 다르다고 하니 어떻게 해야 할 지 당황스러워. 진로를 바꿔야 할까? 책도 손에 잡히지 않네……
>
>                                                            동생이

사랑하는 동생에게

_____

_____

_____

_____

_____

_____

_____

_____

_____

**2.** 다음을 듣고 질문에 답하십시오.

1) 무엇에 대한 이야기입니까? (          )

　❶ 소통의 중요성

　❷ 성공적인 취업과 창업 준비

　❸ 취업관문을 통과하기 위한 면접 전략

　❹ 심각한 취업난으로 인한 청년 실업자 증가

2) 이야기에서 **언급되지 않은** 것은 무엇입니까? (          )

　❶ 안나영 씨의 경력

　❷ 이력서 쓰는 법

　❸ 신입사원의 소통문제

　❹ 취업 준비에 필요한 것

3) 기업이 구직자에게 원하는 5종 세트가 **아닌** 것은 무엇입니까? (          )

　❶ 소통 능력

　❷ 학점과 자격증

　❸ 회사업무 관련지식

　❹ 대인관계와 비즈니스 예절

4) 여러분은 취업을 위해서 무엇을 갖추어야 한다고 생각합니까? 그리고 성공적인 직장생활을 위해서는 어떤 노력을 기울여야 할까요? 이야기해 봅시다.

읽기 활용연습　　교재 읽고 질문을 대답하십시오.

 어휘 연습

**1.** 다음 중 관계있는 어휘끼리 연결해 보십시오.

1) 비웃다 •　　　• 날카롭다 •　　　• 반성하다

2) 예민하다 •　　　• 애원하다 •　　　• 야비하다

3) 비열하다 •　　　• 조소하다 •　　　• 민감하다

4) 참회하다 •　　　• 뉘우치다 •　　　• 냉소하다

5) 호소하다 •　　　• 악랄하다 •　　　• 간청하다

**2.** 다음 단어를 넣어 문장을 완성해 보십시오.

| 섬뜩하다　　거북하다　　단호하다　　어루만지다　　진부하다 |
| --- |

1) ㄱ. 그 사람은 그 일을 ＿＿＿＿＿＿＿ 게 거절하였다.
　　ㄴ. 그의 목소리는 ＿＿＿＿＿＿＿ 고 자신에 차 있었다.

2) ㄱ. 그 책의 내용은 이미 여러 번 다루어진 적이 있는 ＿＿＿＿＿ 은/ㄴ 이야기였다.
　　ㄴ. 그 소설은 남녀의 사랑이라는 ＿＿＿＿＿＿＿ 은/ㄴ 주제를 새로운 형식으로 쓴 작품이다.

3) ㄱ. 그 분은 어려운 사람들의 마음을 ＿＿＿＿＿＿＿ 는 좋은 글을 많이 쓴 작가이다.
　　ㄴ. 어머니는 슬픔에 젖은 딸의 얼굴을 ＿＿＿＿＿＿＿ 으면서/면서 위로하였다.

4) ㄱ. 사이가 안 좋은 동료와 같이 그 일을 하게 되어 ＿＿＿＿＿＿＿ 은/ㄴ 느낌이 든다.
　　ㄴ. 그 친구와 싸운 뒤 사이가 ＿＿＿＿＿＿＿ 어졌다/아졌다/여졌다.

5) ㄱ. 공포영화에는 ＿＿＿＿＿＿＿ 은/ㄴ 장면이 많이 나온다.
　　ㄴ. 무서운 이야기를 듣고 ＿＿＿＿＿＿＿ 은/ㄴ 느낌이 들었다.

**3.** 다음 문제를 보고 답을 쓰십시오.

1) 다음 ..........부분에 적당한 단어를 찾아 넣으세요.

| 이유 구실 토 조건 주석 |
| --- |

● 가 : 어머니, 제가 꼭 거기에 가야 돼요? 오늘은 일이 많이 바쁜데...

나 : ..............을/를 달지 말고 빨리 가려무나.

● 가 : 30% 싸게 해 준다면 그 물건을 사겠습니다.

나 : 다른 ..............을/를 달지 마시고 계약서에 서명하십시오.

● 가 : 학생들이 이렇게 어려운 단어를 모를 텐데...

나 : 본문의 어려운 내용은 ..............을/를 달아서 설명해 주면 됩니다.

2) 관계가 있는 것을 연결하고 문장을 만드십시오.

목에 걸리다          ●                    ● 마음에 남아 편안하지 않다

막을 내리다          ●                    ● 일이나 사건이 끝나다

가슴이 철렁하다      ●                    ● 깜짝 놀라다

● 영수는 집에 가서도 친구의 말이 (          )어서/아서/여서 마음이 편치 않았다.

● 그 일은 김 선생님의 도움으로 (          )었다/았다/였다

● 나는 어머니의 화난 목소리를 듣자 (          )었다/았다/였다.

3) (          )안에 적당한 단어를 찾아 쓰십시오.

| 새침하다 눈치가 빠르다 단호하다 둔하다 시원시원하다 |
| --- |

● 그 사람은 (          )어서/아서/여서 다른 사람의 기분을 빨리 알아 챈다.

● 그 여자는 (          )은/ㄴ 표정으로 낯선 사람을 쳐다 보았다

● 무슨 일이든지 금세 결정하는 (          ) 태도가 마음에 든다.

내용 이해

**1.** 다음 밑줄 친 문장은 모니카 수녀의 말입니다. 밑줄 친 부분이 의미하는 것은 무엇 일까요? (     )

> "난 저 애를 오늘 처음 만났다. 유정아, 저 애랑 난 오늘 처음 만난 거야. 그게 다야. 사람과 사람이 만나는데 너는 누구를 처음 만나서, 이제껏 무슨무슨 나쁜 짓을 하다가 여기서 이렇게 날 만나게 되었습니까? 하고 묻지는 않잖니. 자기 입으로 그 얘길하면 그냥 듣는 거지. <u>나에게는 오늘 본 저 애가 처음인 거다.</u> 오늘의 저 아이가 내게는 저 아이의 전부야."

❶ 모니카 수녀는 윤수를 처음 만난 것을 강조하고 싶어한다.

❷ 모니카 수녀는 사형수인 윤수를 선입견 없이 대하고 싶어한다.

❸ 문유정은 모니카 수녀가 윤수를 처음 만난 것이 아니라고 생각한다.

❹ 문유정은 사형수인 윤수를 처음 만나서 여러 가지를 물어보고 싶어한다.

**2.** 정윤수를 처음 만난 후, 그에 대한 문유정의 느낌은 어떻게 변화하고 있습니까?

| 동정 | 두려움 | 호기심 | 이해 |
|---|---|---|---|

| 윤수의 첫인상 | → | 빵을 먹는 모습 | → | 절망하는 모습 | → | 화를 내는 모습 |
|---|---|---|---|---|---|---|
|  |  |  |  |  |  |  |

**3.** 이 글에서 문유정은 어떤 인물입니까? 맞으면 O표, 틀리면 X표 하십시오.

1) 현재 삶에 만족한다.                                (     )

2) 구치소에 봉사활동을 하러 다닌 적이 있다.        (     )

3) 외국에 유학을 한 경험이 있다.                      (     )

4) 가수 생활을 한 적이 있다.                          (     )

5) 대학교에서 공부하는 학생이다.                      (     )

**4.** 문유정이 느낀 정윤수의 첫인상은 어땠습니까? ✔ 표 하십시오.

| | | |
|---|---|---|
| 험상궂다 ☐ | 날카롭다 ☐ | 따뜻하다 ☐ |
| 지적이다 ☐ | 차갑다 ☐ | 둔하다 ☐ |
| 쓸쓸하다 ☐ | 딱딱하다 ☐ | 냉정하다 ☐ |

❍전 세계적으로 사형이 폐지되고 있는 추세지만, 아직도 사형제도의 존속을 둘러싼 논쟁이 진행 중입니다. 다음 이야기를 읽고, 사형제도에 대해 찬성, 반대의 입장으로 나누어서 이야기해 봅시다.

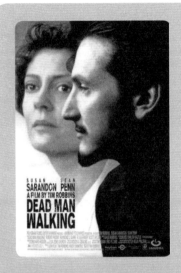

<데드맨 워킹>(1996)은 헬렌 프리진 수녀의 경험을 영화화한 것으로 개봉 당시 전 세계적으로 사형제도에 관한 논의를 일으켰던 화제작이다.

빈민을 위한 봉사활동을 하던 헬렌 수녀는 어느날 매튜라는 사형수로부터 한 통의 편지를 받는다. 그는 감옥 생활의 외로움과 고통을 달래줄 얘기 상대가 필요하다고 호소하며 면회가 불가능하다면 편지라도 써달라고 애원한다. 매튜는 두 여인을 살해하여 사형을 선고 받은 데다가 지독한 인종차별주의자였다. 헬렌 수녀는 매튜의 유죄를 확신하면서도 사형만은 면하게 하려고 애를 쓴다. 결국 그녀의 노력은 수포로 돌아가고 사형 집행일이 결정된다. 사형 집행 6일 전 다시 그를 만난 헬렌 수녀는 매튜로부터 사형장까지 함께 하는 영적 안내자가 되어 달라는 부탁을 받는다. 주위의 만류에도 불구하고 매튜의 청을 수락한 헬렌 수녀는 그로부터 사형 집행일까지 시간을 함께 보내게 된다. 이 영화에서는 사형수가 파렴치한 살해자이며 인종차별주의자임에도 불구하고, 법적으로 그의 생명을 빼앗을 권리가 인간에게 있는가 하는 문제를 던지고 있다.

| 찬성 | 반대 |
|---|---|
| • 범죄 억제 가능성 | • 오판의 가능성 |
| • 교화의 가능성 | • 인간성의 파괴 |
| • | • |
| • | • |

YONSEI KOREAN WORKBOOK 6

**1.** [보기]에서 알맞은 단어를 골라 빈 칸에 쓰십시오.

> [보기]  반응  보조  용도  위협  밀림  장관  연수  기증  완주하다
> 눈을 돌리다  흔하다  필연적이다  구태의연하다
> 건립하다  치명적이다  묵묵히  억지로  다방면

1) 우리 누나는 문학·예술·체육 등 (          )에 재능이 있어요.

2) 철수는 출신학교에 대한 이야기가 나오면 이상하리만치 민감한 (          )을/를 보여.

3) 마라톤 코스 전 구간을 (          )는/은/ㄴ 사람에게는 기념품을 준답니다.

4) 신입생 환영회에서 내가 싫다고 했는데도 선배는 (          ) 폭탄주를 마시게 했다.

5) 방학에는 방송국에서 촬영기사를 따라다니면서 (          )하는 아르바이트를 했어요.

6) 새 대통령이 선출되면 정치 노선이 다른 장관들이 바뀌는 것은 (          )는/은/ㄴ 일입니다.

7) 세상이 아무리 날 보고 이러쿵저러쿵 해도 내 일만 (          ) 하다 보면 알아줄 날이 있겠지.

8) 갈수록 심화되는 불황을 이겨내기 위하여 영화계는 합작이나 지분투자를 통해 해외로 (          )고 있습니다.

9) 전직 대통령을 위한 기념관을 (          )기 위한 기금 마련 음악회가 시청 앞 광장에서 열린다고 해요.

10) 학생과 학부모들의 기대 수준은 높아졌지만 십 년 전이나 지금이나 계속되고 있는 (          ) 는/은/ㄴ 주입식 교육 방식 때문에 불만의 소리가 높아지고 있어요.

11) 올림픽 공원은 체육 공간, 문화예술 공간, 역사와 교육의 장소, 휴식 공간 등 다양한 (          ) 을/를 갖춘 만능공원으로 자리매김하고 있습니다.

12) 보통 사회 환원이나 봉사에 남다른 관심을 가지고 계신 분들이 장기 (          ) 서약을 하는 것 같아요.

13) 운전면허를 따려면 필기시험, 실기시험 이외에 도로에서 실제로 (          )을/를 받아야 한다.

14) 아이들끼리 놀다 싸우는 일은 (          )는/은/ㄴ 일인데 어른들이 열을 내면 싸움이 커지지.

15) 회사가 파산을 하면 협력업체 직원들까지 적어도 8만 명이 생계에 (            )을/를
    받을 것으로 예상됩니다.

16) 공장의 화재는 회사에 (          )는/은/ㄴ 손실을 입혀 회사의 존폐가 위태로운 지경이
    되었습니다.

17) 이 지역은 높은 기온과 많은 강수량으로 식물의 성장이 왕성하여 열대 (          )이/가
    무성해요.

18) 절벽 위에서 수증기가 폭포수처럼 떨어지는 장면이 (              )이어서/여서
    관광객들의 발길이 끊이지 않고 있어요.


**2.** 다음 중 밑줄 친 단어의 쓰임이 **맞지 않는** 것을 고르십시오.

1) (        )
   ❶ 임대주택 법을 **개정하기** 위해서 임시 국회를 소집했습니다.
   ❷ 파업 사태에 대해서 모두 머리를 맞대고 대책을 **강구해** 봅시다.
   ❸ 정부는 다문화사회를 위한 사회통합 강화 정책을 **건립하기로** 했습니다.
   ❹ 서울시는 패션 및 디자인 산업을 **활성화시키는** 종합방안을 발표했다.

2) (        )
   ❶ 방문의 창호지는 구멍이 숭숭 **뚫리다** 못해 아예 문틀만 남았어요.
   ❷ 연세대학교와 해외 유명대학교와의 연계교육과정 협약이 **체결되었다.**
   ❸ 시위가 **격렬해짐에** 따라 경찰은 불가피하게 최루탄을 사용할 수밖에 없었다.
   ❹ 세계 최고 기업의 업무방식은 매우 **구태의연하여** 다른 기업의 귀감이 되고 있다.

3) (        )
   ❶ 자유무역협정에서 관세의 **철폐** 문제는 중요한 쟁점사항일 수밖에 없습니다.
   ❷ 사양산업이나 한계기업은 이 기회에 부실을 도려내고 새로운 진로를 **요구해야** 한다.
   ❸ 쌀 시장을 조기에 **개방할** 경우 이에 따른 부작용을 우려하는 시각도 만만치 않아요.
   ❹ 억울한 누명을 벗고 진실을 밝히기 위해서 모든 수단을 **동원할** 겁니다.

4) (        )
   ❶ 현재 국내에서 판매되는 하이브리드 차종은 6종에 **불과합니다.**
   ❷ 직장생활에 지나치게 **충실하면** 가정에 소홀해지게 되더라고요.
   ❸ 현실에 **안주하다** 보면 현실을 개선하려는 노력을 하지 못하게 마련이지요.
   ❹ 공항은 국제공항답지 않게 아담해서 이용객들은 크기에 **압도당할** 정도였어요.

5) (        )
   ❶ 저희 한의사회는 건강사회 **구현**을 위한 노력을 멈추지 않을 것입니다.
   ❷ 치열한 경쟁 시대에 필요한 것은 창의성과 **틀에 박히지** 않은 사고입니다.
   ❸ 우리 백화점이 국내 유통업계의 선도적인 역할을 **수행할** 것임을 믿어 의심치 않습니다.
   ❹ 요즘 젊은이들은 노래 실력보다 화려한 복장이나 외모에 반해 가수를 **섬기는** 경향이 있다.

**3.** 밑줄 친 단어와 **관계없는** 것을 고르십시오.

1) (      )
   **유적**
   ❶ 소실되다　　　❷ 발굴하다　　　❸ 훼손되다　　　❹ 수발하다

2) (      )
   **문화유산**
   ❶ 심의　　　　　❷ 선정　　　　　❸ 지정　　　　　❹ 입상

3) (      )
   **자유무역**
   ❶ 스크린쿼터제　❷ 세계화　　　　❸ 관세철폐　　　❹ 시장개방

4) (      )
   **취업**
   ❶ 지원동기　　　❷ 포부　　　　　❸ 자격증　　　　❹ 기금

5) (      )
   **자동화사회**
   ❶ 원격제어　　　❷ 전자결제　　　❸ 복리후생　　　❹ 자동감지

6) (      )
   **문화재 보호**
   ❶ 복구하다　　　❷ 복원하다　　　❸ 도굴하다　　　❹ 보수하다

7) (      )
   **수술**
   ❶ 절개　　　　　❷ 덕목　　　　　❸ 봉합　　　　　❹ 집도

8) (      )
   **진로**
   ❶ 직업적성검사　❷ 상담센터　　　❸ 인간 소외　　　❹ 취업정보사이트

9) (      )
   **환경 파괴**
   ❶ 산성비　　　　❷ 지구온난화　　❸ 성곽 보존　　　❹ 전쟁

10) (      )
   **미래형 인간**
   ❶ 유비쿼터스　　❷ 생명공학　　　❸ 대체에너지　　❹ 평생직장

11) (      )
   **직업의 종류**
   ❶ 종사자　　　　❷ 자영업자　　　❸ 전문직　　　　❹ 단순직

**4.** 다음 단어를 사용하여 문장을 만드십시오.

> 1) 훼손 / 복구 / 선정하다 / 보존하다

> 2) 손꼽아 기다리다 / 휴가 / 불과하다 / 씁쓸하다

> 3) 난방시설 / 온돌 / 자연친화적이다 / 주목을 받다

> 4) 리더십 / 창의성 / 중소기업 / 벤처기업

> 5) 도태되다 / 안주하다 / 요구하다 / 인재

**5.** 다음 대화를 완성하십시오.

1) 가: 영수는 운동한다고 큰소리치더니 잘 하고 있어?
   나: 웬걸요, ＿＿＿＿＿＿＿＿＿ 는/ㄴ답시고 ＿＿＿＿＿＿＿＿＿＿

2) 가: 죄송합니다. 앞으로 다시는 똑같은 실수를 저지르는 일이 없도록 하겠습니다.
   나: ＿＿＿＿＿＿＿＿＿＿ 는 날엔

3) 가: 이제 그만 영수 씨와 화해하세요. 언제까지 이렇게 말을 안 할 거예요?
   나: ＿＿＿＿＿＿＿＿＿＿ 은/는 이상 ＿＿＿＿＿＿＿＿＿＿

4) 가: 세금이 너무 많이 나왔다고 걱정하시더니 잘 해결되었어요?
   나: ＿＿＿＿＿＿＿＿＿＿ 건만

5) 가: 면접관이 영어를 잘 하냐고 물으면 어떡하지?

　　나: _____ 는다는/ㄴ다는/다는 듯이 _____

6) 가: 이번에 출시될 신제품의 특징에 대해서 간단하게 설명해 주십시오.

　　나: _____ 는다는/ㄴ다는/다는/라는 점에서 _____

7) 가: 김영수 씨는 세계신기록 보유자로 알고 있는데 이번 올림픽에 불참한
　　　　이유가 무엇입 니까?

　　나: _____ 으로/로 말미암아 _____

8) 가: 김 과장이 이번에 부장으로 승진했다면서? 입사 동기 중에 승진이 제일
　　　　빠르지?

　　나: _____ 는/은/ㄴ 반면 _____

9) 가: 어제 서울 시내 교통체증이 극심했다고 하던데 회의에 늦지 않았어?

　　나: _____ 기에 망정이지 _____

10) 가: 영수 씨와 무슨 일이 있었어요? 아침부터 두 분이 한 마디도 안 하시고…….

　　나: _____ 다 못해 _____

11) 가: 신문사는 경쟁률이 높아서 합격할 가능성이 낮을 텐데 다른 회사에 원서를
　　　　내는 게 어때?

　　나: _____ 다손 치더라도 _____

12) 가: 에리 씨, 우리 회사 자료실에서 일할 아르바이트생을 구하고 있는데 해 볼
　　　　마음 없어요?

　　나: _____ 던 차였는데 _____

13) 가: 직장생활 3년차이면 저축도 꽤 했지요?

　　나: 웬걸요. _____ 은/는 고사하고 _____

14) 가: 그렇게 혼자 끙끙 앓지 말고 고민이 있으면 나한테 털어놓아 봐.

　　나: _____ 을/ㄹ 바에야 _____

15) 가: 마이클 씨가 좌담회 사회를 보는 건 좀 무리가 아닐까요?

　　나: _____ 는/은/ㄴ 바가 있기 때문에 _____

**6.** 밑줄 친 문법의 쓰임이 **맞지 않는** 것을 고르십시오.

1) (　　　)

❶ 어머니를 **도와 드린답시고** 부엌을 난장판으로 만들었어요.

❷ 영미는 큰일이 생겨도 **별 일이 아니라는 듯이** 대범하게 행동한다.

❸ 입학시험에 **떨어졌건만** 하루에 세 시간도 못 자면서 열심히 했어요.

❹ 이번에도 또 **떨어지는 날엔** 다시는 기회가 없을 테니까 알아서 해라.

2) (　　　)

❶ 경찰의 **안이한 대응으로 말미암아** 다 잡은 범인을 놓쳤답니다.

❷ 새로 나온 제품은 **품질이 우수한 반면** 기능도 여러 가지예요.

❸ 사건 배후에 대통령이 있다는 건 **바보가 아닌 이상** 누구나 다 아는 사실이다.

❹ 연세백화점은 고객들의 불만에 대한 사후관리가 **철저하다는 점에서** 평판이 좋아요.

3) (　　　)

❶ 배가 **부르다 못해** 터질 것 같아요.

❷ 막 잠이 **들려던 차에** 전화가 왔습니다.

❸ 만화책을 덮고 어머니 말씀을 **듣는 둥 마는 둥 했어.**

❹ 비상열쇠가 **있었기에 망정이지** 집에 못 들어갈 뻔했어요.

4) (　　　)

❶ 목이 아파서 **물은 고사하고** 밥도 못 먹어요.

❷ 사표를 **내는 한이 있더라도** 할 말은 해야겠어요.

❸ 아무리 **힘이 세다손 치더라도** 그건 들 수 없을 거야.

❹ 사람들에게 사랑을 받고 못 받고는 다 **본인 하기 나름입니다.**

5) (　　　)

❶ 열심히 **사노라면** 고생스러운 날도 있겠지.

❷ 시작을 안 해서 그렇지 **배우려고 들면** 금방 배워요.

❸ **알려진 바와 같이** 다음 주 송년회 모임은 부부 동반입니다.

❹ 그렇게 잠 못 이루고 **뒤척일 바에야** 차라리 일어나서 책이라도 읽으세요.

**7.** [보기]에서 알맞은 것을 골라서 밑줄 친 부분을 다시 쓰십시오.

| [보기] | -노라면 | - 다 못해 | -는/ㄴ답시고 | -을/ㄹ 바에야 |
| --- | --- | --- | --- | --- |
| | -은/는 고사하고 | -기에 망정이지 | -는다손/ㄴ다손/다손 치더라도 | |
| | -는 한이 있더라도 | -는/은/ㄴ/인 반면 | -는/은/ㄴ 바 | |

1) 전세 값이 뛰고 있어요. 저희 집만 해도 지난달에 비해 20%나 올랐어요. **비싼 집세를 내는 것보다는 차라리** 조금 무리를 해서라도 집을 사는 게 낫겠다는 생각이 들어요.

2) 유명 화장품 회사가 20대 여성을 대상으로 **미인의 기준에 대해 조사했습니다. 조사내용을 보면** 서구적인 얼굴을 이상적이라고 생각하는 여성들이 많았습니다.

3) 오랜만에 돌쟁이 조카를 만났습니다. **너무 통통해서 터질 것 같은** 뺨이 매우 사랑스러웠습니다.

4) 박 부장이 까다롭기로 유명하지만 네가 **꾀부리지 말고 지금처럼 계속 열심히 일하다가 보면** 언젠가 인정받을 날이 있을 거야.

5) 우리가 간편하게 사용하고 있는 일회용품은 **썩지도 않고 심지어 많은 양의 오염물질을 발생시켜** 심각한 환경오염을 야기시킨다.

6) 이사를 온 지 얼마 되지 않아서 정리해야 할 것이 산더미예요. 내일 집들이를 하는데 **오늘 밤을 새운다고 해도** 다 끝내기는 어려울 것 같아 한숨만 나오네요.

7) 아이가 유학을 가고 싶다고 하는데 넉넉하지 않은 형편이라 마음이 착잡합니다. 유학을 간다면 **집을 팔아야 할지도 모릅니다. 하지만** 아이가 원하는 것을 할 수 있도록 뒷바라지할 겁니다.

8) 취직하기가 이렇게 어려울 줄 몰랐어요. 전공지식에다가 영어실력에다가 여러 자격증 등등 갖춰야 할 건 왜 그렇게 많은지……. 얼마 전 면접 때는 사회경험을 얘기하라고 하더라고요. **다행스럽게도 방학 때 자원봉사를 몇 번 한 적이 있는데** 그게 아니었으면 대답도 못 했을 거예요.

9) 사람마다 취향이 다르다. 어떤 사람들은 **여름은 덥고 습해서 싫다고 한다. 하지만** 뜨거운 햇볕이 정열적이라며 여름을 즐기는 사람도 있다 .

10) 요즘 나는 출근할 때 입을 깨끗한 셔츠나 양말을 찾기가 매우 힘들다. 아내가 **전기를 절약하려고** 빨래를 모았다가 일주일에 한 번씩 하고, 옷이나 양말도 이틀씩 입게 하기 때문이다. 절약도 좋지만 이건 아닌 것 같다.

듣기 지문
모범 답안

# 듣기 지문

## 1과 3항 🔊 01

　여러분, 성공하고 싶다면 크게 웃으십시오. 사람은 웃을 때 가장 아름답다고 합니다. 그렇다면 사람이 살면서 얼마나 많은 시간 동안 웃을까요? 어린아이들이 하루 평균 300~500번 정도를 웃는 데 비해서 성인들은 하루에 7~10번 정도 웃는다고 합니다. 성인이 되면서 웃음을 잃어가고 있다는 것이지요. 성인이 10번 정도 웃는 데 걸리는 시간이 채 5분도 되지 않는다고 하니까, 매일 5분 정도씩 웃는다고 가정할 때 70년을 산다고 하면 웃는 시간은 88일 정도밖에 되지 않는다는 계산이 나옵니다. 사람이 평균 TV를 보는 데 허비하는 시간이 7년, 잠자는 데 23년, 일하는 데 26년, 근심 걱정을 하는 데 7년 정도의 시간을 쓰는 것에 비하면 웃는 데 할애되는 시간은 의외로 너무나 적습니다.

　웃으면서 만남을 시작하는 사람들은 상대방의 마음을 열어 대화를 쉽게 이끌어 갈 수 있고 거부감 없이 자신의 주장을 관철시킬 수도 있습니다. 그래서 늘 웃는 습관을 갖는 것이 중요합니다. 웃음은 그 자체가 아주 좋은 대화이기 때문입니다.

　'웃으면 복이 온다'는 옛말은 잘 웃는 사람 주변에는 더 많은 사람들이 모이고 그 사람들 중에는 반드시 복을 가져다 주는 사람이 있기 때문에 생긴 말일 것입니다. 좋은 일이 있어서 웃기도 하지만 웃다 보면 좋은 일이 생길 수가 있는데요, 웃는 사람은 심리적으로 편안해지고 그러한 마음이 얼굴에 표출되어 상대방에게 좋은 인상을 주기 때문입니다. 많이 웃는 하루하루를 만들어 가면 복은 자연스럽게 찾아오는 것입니다. 더 큰 성공을 원한다면 지금부터라도 늘 긍정적인 마음을 가지고 크게 한 번 웃어보는 게 어떨까요?

## 2과 3항 🔊 02

　안녕하십니까? 오늘은 저희 회사의 사회공헌 활동에 대해 소개해 드리겠습니다.

　현대 전자의 사회공헌에 대한 기본적인 철학은 인간미와 도덕성을 바탕으로 사회 발전에 기여한다는 '상생의 정신'입니다. 현대 전자는 기업 가치와 함께 사회 가치를 소중히 하며 기업이익을 사회에 환원하고 있습니다. 그 뿐만 아니라 사회 구성원들에게 존경 받을 수 있는 기업이 되기 위해 자원봉사, 사회복지, 문화예술, 학술교육, 환경보전, 국제교류 등의 다양한 사회공헌활동을 통해 지역사회의 발전과 인류의 행복 증진에 기여하고 있습니다. 나아가 세계인들에게 꿈과 희망을 갖게 하는 등 글로벌 기업으로서의 책임도 다하고 있습니다.

　특히 임직원들의 자원봉사활동을 장려하기 위해 1998년 사회봉사단을 발족하였고, 2004년에는 나눔 경영 확대의 일환으로 본사에 전담 조직인 사회봉사단 사무국을 신설하였습니다. 사무국 산하에 모두 7개의 자원봉사센터를 두고 있으며, 각 자원봉사센터에는 전담사회복지사가 상주하여 임직원들의 자원봉사 프로그램 개발을 지원하고 있습니다.

　또한 사회봉사단 사무국은 봉사활동 시 상해에 대비하여 임직원의 자원봉사 보험 가입을 지원함은 물론 자원봉사인증관리시스템을 통해 개인의 봉사활동 실적을 관리하고 봉사시설 등에 대한 정보를 임직원에게 제공하기도 합니다. 그리고 매년 현대 전자 자원봉사 대축제를 통해 우수한 봉사팀 및 봉사지도자를 발굴, 시상하여 격려하는 등의 지원제도를 통해 임직원들의 봉사활동을 장려하고 있습니다.

이러한 지원 아래 저희 현대 전자 100여 개의 자원봉사팀에 소속된 임직원들은 지역사회와 소외된 이웃을 위해 다양한 봉사활동을 펼치고 있습니다.

앞으로도 현대 전자는 '좋은 기업'을 넘어서 '존경 받는 기업'이 되기 위해 적극적인 사회공헌활동을 펼침으로써 사회에 보탬이 되고자 노력할 것입니다.

## 3과 3항 🔊 03

**사회자** 지금까지 여성학자 박미옥 교수님께서 바람직한 성역할이란 무엇인가에 대해 견해를 밝혀 주셨습니다. 그렇다면 이제 바람직한 성역할을 확립할 수 있는 방법도 알아야 할 텐데요, 그 방법에는 어떤 것들이 있을까요?

**박교수** 크게 두 가지가 있습니다.

첫째, 편견을 버려야 합니다. 인간은 남성적 혹은 여성적이어야 한다는 이분법적인 사고는 남성과 여성을 동시에 억압하는 것입니다. '남자가 말이야 그것도 못하냐?' ' 아니, 여자가 어떻게 그것을 하냐?'가 아니라 개개인의 차이를 인정해 주어야 차별이 생기지 않는다는 것이지요.

**사회자** 남녀의 차이를 인정하고 남성과 여성에 대한 고정 관념을 깨는 것이 중요하다는 말씀이시지요?

**박교수** 네, 맞습니다.

**사회자** 또 다른 방법으로는 어떤 것이 있을까요?

**박교수** 바람직한 성역할을 확립하기 위해서는 양성성을 교육해야 합니다. 남자는 언제나 씩씩해야 하고 여자는 예뻐야 한다는 식의 사고에서 벗어나야 합니다. 유명한 패션 디자이너나 요리사의 경우 남성임에도 불구하고 여성적인 성향이 많이 나타나는 걸 볼 수 있습니다. 남성다움과 여성다움에서 벗어나 양성성을 교육하되 자기다움을 발견하고 계발할 수 있는 분위기를 만드는 데 교육의 초점을 두는 것이 중요합니다.

**사회자** 그렇군요. 남녀에 대한 사회적인 편견을 버리고 한 개인 속에는 남성과 여성이 공존할 수 있는 양성성이 있음을 교육해야만 바람직한 성역할을 확립할 수 있다는 말씀이셨습니다. 오늘 말씀 잘 들었습니다. 지금까지 여성학자 박미옥 교수님을 모시고 바람직한 성역할을 이루기 위한 두 가지 방법에 대해 얘기해 보았습니다.

마지막으로 남성과 여성에 대한 생각을 정리하는 의미에서 여성특별위원회가 발표한 '성차별 없는 미디어가 평등사회를 앞당긴다'의 내용 일부를 소개해 드리면서 이 시간을 마치겠습니다.

첫째, 미디어는 성역할 고정관념에 제한되지 않는 다양한 여성상을 제시해야 한다.
둘째, 여성을 남성과 동등한 가치를 지닌 존재로 묘사해야 한다.
셋째, 여성의 신체와 성을 상품화하지 않아야 한다.
넷째, 이야기 전개에 불필요하게 여성에 대한 폭력을 제시하지 않아야 한다. 등입니다. 그럼 다음 시간에 다시 찾아 뵙겠습니다.

# 듣기 지문

## 4과 3항　🔊04

**진행자** 총선이 일주일 앞으로 다가온 가운데, 수도권과 충청권을 중심으로 여당과 야당의 치열한 경쟁이 전개되고 있습니다. 특히 이번 총선은 여야 모두 후보 등록 직전까지 극심한 공천 파동을 겪은 데다가 공천 탈락자들의 무소속 출마가 많아, 그 어느 때보다 복잡한 구도의 경쟁이 이루어지고 있습니다.

또한 후보들의 공약이 2주 전에야 발표되었기 때문에 유권자들이 후보들의 정책이나 인물을 비교할 시간과 자료가 충분하지 않아 선택의 어려움을 느낀다고 합니다. 저희 방송에서는 유권자들의 판단과 선택을 돕기 위해 각 당의 정책과 비전을 비교 검증할 수 있는 장을 마련했습니다. 지금부터 각 당의 선거 대책 위원장을 모시고 이번 총선의 정책과 현안에 대한 입장을 들어보겠습니다.

안녕하십니까? 우선 두 당의 경제 정책부터 말씀해 주십시오.

**대한당** 안녕하십니까? 대한당의 조국입니다. 저희 당에서는 생활필수품 가격인상을 최대한 억제해 서민 경제에 도움을 주겠습니다.

**민국당** 안녕하십니까? 민국당의 한민입니다. 저희는 서민경제에 희망을 드리기 위해 부동산 규제를 완화하고, 세금을 인하하도록 노력하겠습니다.

**진행자** 교육 분야에서는 어떤 정책을 펼치시겠습니까?

**대한당** 저희 대한당에서는 양질의 공교육을 활성화시켜 사교육비를 줄이겠습니다. 각 학교에 원어민 강사를 집중 배치하고 다양한 방과 후 교육을 실시하도록 하겠습니다.

**민국당** 농어촌 교육을 살리기 위해서 저희 민국당에서는 우선 농어촌의 교육 환경을 개선하도록 하겠습니다. 그런 후에 외국 대학의 분교를 유치해 우수 인재를 양성하겠습니다.

**진행자** 다음은 사회 복지 분야인데요, 주요 이슈인 저소득층 빈곤 해소와 사회적 약자를 위한 정책을 각 당이 앞다퉈 내놓고 있습니다. 하지만 실행 가능성은 좀 더 꼼꼼히 따져봐야 한다는 지적입니다. 말씀해 주시지요.

**민국당** 저희 민국당에서는 가난의 대물림을 막기 위해 저소득층 자녀에게는 연령별로 단계적인 지원책을 마련하겠습니다. 그리고 장애인 가구 중 절대 빈곤가구를 대상으로 30만원 수준의 기초 장애연금을 도입하고 장애인 의무고용을 확대하겠습니다.

**대한당** 저희 대한당에서는 암과 뇌졸중 등 7개 주요 질환에 대한 무료 검진을 확대 실시하고 노인·여성·어린이·장애인 등 취약계층에 대한 건강관리를 강화하겠습니다.

**진행자** 지금까지 대한당과 민국당의 선거 대책 위원장을 모시고 이번 총선의 정책과 현안에 대한 입장을 들어보았습니다. 청취자 여러분께서도 두 정당의 정책 차이를 확인하셨을 것입니다. 아무쪼록 바른 선택을 하시길 바랍니다. 두 분 감사합니다.

김 기자 오늘은 이번 올림픽 국가 대표팀의 단장을 맡아 애쓰신 박미선 단장님을 모시고 얘기를 나눠 보겠습니다. 단장님, 안녕하십니까?

박 단장 네, 안녕하십니까?

김 기자 이번 올림픽에서 기대 이상의 성과를 올리셨는데요. 소감 한 말씀 해 주십시오.

박 단장 우선 성원해 주신 국민 여러분께 감사의 말씀을 드립니다.

이번 올림픽은 스포츠 과학의 실험 무대였다고 해도 과언이 아니었습니다. 한국 선수단도 스포츠 과학의 효과를 실감했지요. 개막과 함께 종목별로 세계신기록 갱신이 이어졌고 한국도 남자 양궁과 수영, 역도 등에서 올림픽의 역사를 새로 썼습니다.

김 기자 네, 정말 대단했습니다. 그렇다면 한국이 이번 올림픽에서 역대 최고의 성적을 거둘 수 있었던 것은 역시 스포츠 과학의 효과가 컸다는 말씀이신가요?

박 단장 네, 맞습니다. 수영에서는 여러 테스트 자료를 토대로 대표 선수의 일일훈련 프로그램을 짰습니다. 이동 속도 측정 장치를 만들어 '영법교정'에 접목한 것이 금메달의 원동력이었습니다.

역도에서도 마찬가지입니다. 과학적 분석을 통해 선수들에게 근육의 좌우 균형을 맞추는 트레이닝을 실시했습니다. 많은 선수들이 이런 훈련을 거쳤고, 이런 과학적 훈련이 새로운 메달밭을 일구는 밑거름이 되었던 셈이지요.

김 기자 다른 나라의 경우에는 스포츠 과학 분야에서 어떤 노력들을 하고 있습니까?

박 단장 우선 많은 나라에서는 과학적인 방법으로 선수 개개인의 신체적 조건을 분석해서 잠재력 있는 선수들을 발굴합니다. 그리고 서양 의학뿐만 아니라 한방의학을 통해 생리기능 활성물질 및 신속한 피로회복 방법을 개발하는 등 여러 분야에서 연구를 활발하게 진행하고 있습니다.

김 기자 그렇군요. 우리 대표팀의 앞으로의 계획은 어떻습니까?

박 단장 이번 올림픽을 통해 정부도 스포츠 과학이 경기력에 직결된다는 것을 인식하고 스포츠 과학 분야에 연구 인력과 예산을 늘리기로 했습니다. 그리고 향후 3년 간 연구 인력을 20% 늘려 육상, 수영, 사격 등 스포츠 과학의 비중이 높은 종목에 중점 배치하기로 했습니다.

김 기자 여러모로 바쁘실 텐데 좋은 말씀 감사합니다.

다음 올림픽에서도 좋은 성과 기대하겠습니다.

## 6과 3항  🔊 06

**기자**  안녕하세요, 월간 [경제] 기자 윤미나입니다. 우리나라 국제수지가 작년 12월부터 연속해서 적자라는 TV뉴스와 신문기사가 연일 나오고 있는데요, [경제발전연구소] 이승철 소장님께서는 이 사태를 어떻게 보십니까?

**소장**  예전의 외환위기가 다시 올지도 모르지요. 97년 외환위기 때보다 상황이 더 심각해질 수도 있고요. 그러니 신문이나 잡지에서도 경제위기가 왔다는 말이 자주 거론되잖습니까?

**기자**  국제수지 적자가 늘어난다는 것은 무엇을 의미합니까?

**소장**  국제수지 적자가 늘어난다는 것은 우리나라의 국가경쟁력이 그만큼 약해지고 있다는 의미입니다.

**기자**  우리나라의 국가경쟁력이 나빠져서 국제수지가 적자가 된다는 말씀인가요?

**소장**  그렇습니다. 왜냐하면 수출보다 수입이 더 많으면 국제수지가 나빠지지만, 다국적 기업이나 외국인의 우리나라에 대한 직접투자가 늘어나면 국제수지가 좋아지거든요.

**기자**  좀 더 구체적으로 설명해 주시겠습니까?

**소장**  수출이 수입보다 적다는 것은 우리나라에서 만든 제품의 경쟁력이 약해졌다는 것이고, 다국적기업이나 외국인 직접투자가 줄어든다는 것 역시 그만큼 우리나라에서 기업하기가 어려워지고 결과적으로 일자리가 줄어든다는 것을 의미합니다.

**기자**  그럼 원화환율도 떨어지겠네요?

**소장**  환율요? 그렇지요. 국제수지가 계속 적자상태로 유지되면, 그만큼 우리나라 원화의 가치는 떨어질 수밖에 없지요. 수출로 벌어들이는 외화보다 수입하는 데 지불해야 하는 외화가 더 많이 필요하니까요. 그렇게 되면 외화의 가치는 높아지고 상대적으로 원화의 가치는 떨어지게 됩니다.

**기자**  그렇군요. 그러면 만약 지난 97년 외환위기 때처럼 원화가치가 떨어지면 자식을 외국에 유학 보낸 부모들이 무척 힘들어하겠군요.

**소장**  맞습니다. 그때 갑자기 두 배 이상으로 비싸진 학비와 생활비를 부담하기가 벅차서 중간에 유학을 중단하고 귀국하거나, 아니면 힘들게 아르바이트하면서 공부하느라 고생한 학생들이 아주 많았지요.

**기자**  우리 국민이 그런 힘든 상황을 다시 겪지 않으려면 어떻게 해야 합니까?

**소장**  무엇보다도 국가경쟁력을 높이는 것이 급선무입니다. 국가의 주도 하에 경제전문가들이 모여 그 방안들을 시급히 논의해야겠지요.

**기자**  지금까지 말씀 잘 들었습니다. 바쁘실 텐데 이렇게 귀한 시간을 내주셔서 대단히 감사합니다.

조선시대 14대 왕인 선조의 주치의였던 허준이 1610년 집필한 의학서 동의보감(東醫寶鑑)이 7월 31일 유네스코의 세계기록유산(Memory of the World)으로 선정되었습니다. 이로써 우리나라는 훈민정음을 비롯해 모두 일곱 건의 세계기록유산을 보유하게 되었습니다. 이는 우리나라가 아시아에서 가장 많고 세계에서 여섯 번째로 많은 세계기록유산을 확보하게 된 것이어서 우리나라의 문화유산 수준을 세계에 널리 알리는 계기가 될 전망입니다.

이번에 세계기록유산으로 등재가 결정된 동의보감 판본은 국립중앙도서관과 한국학중앙연구원이 각각 소장하고 있으며 보물 제1085호로 지정돼 있기도 합니다.

동의보감은 당시 동아시아에서 간행된 어떤 의학서적보다 체계적으로 서술된 점과 그 독창성을 높게 평가받았습니다. 고대에서 17세기 초까지 아시아의 의학적 지식을 총정리하고 있으며 편찬된 이후 현재까지 한의학적 치료에서 기본적인 의서로 사용되어 왔고 동아시아 전통의학의 과거와 현재, 미래를 반영한다는 점에서도 그 의미가 큽니다.

더욱 더 반가운 것은 동의보감이 영어로 번역이 되어 미국 한의과대학에서 수업 교재로 사용될 거라는 소식입니다. 강의는 자애한방병원 미국 분원 원장들이 담당해 미국 내 한의학도들에게 동의보감에 담긴 우수한 한국 한의학 처방은 물론 한국식 한의학 교습법도 선보이게 됩니다.

동의보감 기념사업단 측은 영어번역 사업과 동반될 미국 내 동의보감 강의를 통해 번역본이 실제 영어 사용자들이 사용하기에 무리가 없는지 시험하고 부족한 점을 개선하는 동시에 세계 한의학계의 중요한 의학서적으로 활용될 수 있는 기반을 마련하겠다고 발표했습니다.

이번 작업의 총 책임연구원인 박명호 자애한방병원 뉴욕 분원장은 "지금까지 미국에서 한의학을 공부해 온 학생들 중 상당수는 동의보감을 구경도 못해 본 실정"이라며 "동의보감의 영문화와 미국 한의과대학에서의 강의를 통해 과학적이고도 우수한 한국 한의학을 세계 의학계에 널리 소개할 것"이라고 밝혔습니다. -YBS 특파원 박윤주였습니다.-

## 8과 3항 🔊 08

**에리** 철수 씨, 얼마 전 인터넷 서점에서 '공자가 죽어야 나라가 산다'라는 책 광고를 본 적이 있어요. 혹시 철수 씨는 그 책 읽어 봤어요?

**철수** 네, 베스트셀러여서 저도 읽어봤습니다.

**에리** 그런데 '공자가 죽어야 나라가 산다'는 것이 무슨 뜻인가요?

**철수** 아, 그건 유교가 우리나라의 발전을 저해한다는 '유교 망국론'을 이야기하는 겁니다.

**에리** 아니, 한국에서 어떻게 그런 내용의 책이 나올 수 있나요? 제가 알기로는 유교를 학문적으로 완성시킨 사람이 바로 '공자'이고, 한국은 그 유교의 전통이 아직까지도 많이 남아 있잖아요.

**철수** 음……. 유교는 우리 한국인의 생활 속에 뿌리 내리면서 긍정적인 영향도 많이 끼쳤지만 부정적인 영향도 그에 못지 않았기 때문에 그런 책이 나온 것 같습니다.

**에리** 어떤 측면에서 유교사상이 부정적인 영향을 끼쳤나요?

**철수** 여러 가지가 있지만 먼저 유교의 권위주의적이고 서열중심적인 면을 들 수 있습니다. 유교는 윗사람과 아랫사람, 그 상하 구조를 지나치게 강조한 나머지 권위주의에 빠지기가 쉬워서 윗사람에 대한 직접적인 비판이 용납되지 않고 윗사람의 실수나 잘못이 쉽게 묵인되는 경우가 많지요.

**에리** 윗사람을 공경하는 문화가 그렇게 변질될 수도 있군요.

**철수** 그리고 조상을 섬기는 유교에서는 제사를 남자들이 주도하기 때문에 남성우월주의와 남녀 차별적 문화가 만들어졌습니다. 우리 할아버지, 할머니 시절에 여자들은 공부도 제대로 안 시켰답니다.

**에리** 아, 저도 남아선호사상 때문에 예전에는 낙태가 빈번했다는 이야기를 들은 적이 있어요. 그런데 철수 씨, 철수 씨도 이 책 저자와 같은 생각이신가요?

**철수** 글쎄요. 대답하기가 좀 어려운데요. 현대 사회는 유교적인 사고방식과 사상을 가지고 풀어 나가기에는 너무 복잡하고 다양해졌습니다. 어느 시대나 그 시대를 움직이는 철학이 존재한다고 생각합니다. 그래서 저는 거세고 빠른 속도로 변화하는 현대 사회에는 거기에 맞는 새로운 가치관이 필요하다고 봅니다.

**에리** 그래요? 저는 생각이 좀 달라요. 인간이 지켜야 할 도덕과 윤리가 강조되는 유교사상이야말로 점점 각박해지는 이 세상에서 우리가 인간미를 잃지 않고 살아갈 수 있도록 해 주는 꼭 필요한 가치관이라고 생각해요. 저는 한국 사람들이 정이 많다고 생각하는데 그건 아직도 한국 사람들의 사고방식 밑바탕에 유교사상이 많이 깔려 있기 때문이 아닐까요?

**철수** 그렇게 생각한다면 에리 씨, 이런 제목으로 책 한 권 내 보세요. '공자를 살려야 나라가 산다', 어때요? 하하하.

| 정 희 | 선생님, '유비쿼터스(ubiquitous)'가 무슨 말이에요? 요즘 많이 이야기되던데요. |
|---|---|
| 선생님 | '유비쿼터스'란 굳이 컴퓨터를 통해서 네트워크에 접속할 필요없이, 모든 사물에 내장된 '전파인식칩'으로 언제 어디에서나 모든 것을 제어할 수 있는 환경을 말한단다. |
| 정 희 | '전파인식칩'이요? |
| 선생님 | 그건 일정한 주파수를 이용해 무선으로 각종 정보를 송수신할 수 있게 하는 장치야. |
| 정 희 | 우리 일상생활에서도 이용되는 기술이에요? |
| 선생님 | 물론이지. 우리는 특별히 의식하지 못하고 살고 있지만 교통카드, 휴대전화단말기, 자동차, 가전제품 등에도 이 같은 '유비쿼터스' 기술이 활용되고 있지. |
| 정 희 | 와, 우리가 누리는 편리함이 모두 '유비쿼터스' 덕분이었군요. |
| 선생님 | 그렇지. 하지만 편리하다고 해서 다 좋은 것은 아닌 것 같다. 우리가 석유로 인해 수많은 편리함을 얻었지만 환경오염과 온난화라는 대가를 지불하고 있듯이 말이야. |
| 정 희 | 대가라니요? |
| 선생님 | 예를 들자면 '유비쿼터스' 기술 때문에 개인의 모든 것이 노출될 수 있는 그런 무서운 사회가 될 수도 있어. |
| 정 희 | 누군가의 사생활이 본인 의지와 관계없이 공개될 수도 있다는 말인가요? |
| 선생님 | 그래. 자, 모든 사물에 '전파인식칩'이 내장되어 있고 우리가 신용카드를 사용하는 것이 일상화되었다고 가정해 보자. 그런 '유비쿼터스' 세상에서는 마음만 먹으면 사생활 추적이 가능해. '전파인식칩'이 끊임없이 정보를 어딘가에 모으고 또 어딘가로 전송을 하니까 가능한 일이지. |
| 정 희 | 그런 세상이라면 우리 자신이 감시 당하는지 알지도 못한 채 누군가에 의해 감시를 당할 수도 있겠네요. |
| 선생님 | 그렇지. '유비쿼터스' 기술 때문에 나쁜 의도를 가진 사람에게 사생활 등 개인정보가 손쉽게 유출되어 피해를 볼 수도 있지. 정보통신기술이 대중화된 우리나라에서 '정보 인권'에 대한 관심은 상대적으로 적으니 정말 걱정스럽구나. |
| 정 희 | 선생님, 만약 범죄 집단이 '유비쿼터스' 기술을 이용한다면 어떻게 될까요? 생각만 해도 소름이 끼쳐요. |
| 선생님 | 충분히 가능한 얘기야. 그리고 정희야, '유비쿼터스' 기술은 개인정보 노출 이외에도 또 다른 문제점을 안고 있단다. 이 기술을 이용하려면 가공할 금액의 기반 시설이나 장치를 필요로 하기 때문에 가난한 나라나 개인은 그런 혜택을 충분하게 누리기가 힘들 것이고 그에 따라 개인과 개인, 나라와 나라 사이의 경제적인 격차는 너무나 커지게 되는 거지. |
| 정 희 | '유비쿼터스' 사회는 막대한 장점과 엄청난 단점이 공존하는 세상이 되겠군요. |
| 선생님 | 문제는 이들의 절충을 어떻게 하느냐 하는 건데……. 그래서 학계에서도 이것들에 대한 논의가 많단다. 과연 우리의 미래는 편리함으로 가득 찬 '천국'이 될까 아니면 개인의 자유가 말살되고 감시되는 '지옥'이 될까 하고 말이다. |

## 10과 3항 🔊 10

**기 자** 심각한 취업난 때문에 이 시대의 20대는 '방황하는 영혼들'이라고 합니다. '만년 인턴, 만년 알바 인생'도 수두룩할 뿐만 아니라, 바늘구멍 같은 취업 관문을 통과한 이들 중에도 낯선 환경에 적응하지 못해 마음 고생을 하는 경우가 많습니다. 이에 '세상과의 소통기술'을 해결책으로 들고 나온 '소통' 전문가 안나영 씨를 만나서 청년 구직자들에게 도움이 되는 말씀을 들어보려고 합니다. 안녕하십니까?.

**전문가** 네, 안녕하십니까? 만나서 반갑습니다.

**기 자** 최근『대한민국 20대, 말이 통하는 사람이 돼라』는 책을 펴내셨는데요, 그 동안의 경력과 책을 펴내게 된 동기를 말씀해 주시겠습니까?

**전문가** 저는 문화출판사와 문화고등학교에서 근무한 바 있고 10년 전부터 기업, 대학, 정부기관 등에서 의사소통과 리더십에 대한 강의를 하고 있으며 작년부터 의사소통연구소를 운영하고 있습니다.

**기 자** 취업 준비생의 '소통'이라면 이력서를 잘 쓰고 면접을 잘 보라는 말입니까?

**전문가** 20대의 세상 소통은 서툴기 그지없습니다. 최초의 소통은 취업 준비입니다. '취업준비 5종 세트'가 뭔지 아십니까? 흔히 학점과 자격증, 토익 점수, 해외연수, 인턴 경력을 꼽지요. 하지만 기업이 원하는 5종 세트는 점점 변하고 있습니다. 소통, 문서 작성, 프레젠테이션, 대인관계와 비즈니스 예절, 회사 업무 관련 지식이 바로 그것입니다. 구직자는 직장이 뭘 원하는지부터 제대로 알아야 합니다.

**기 자** 직장 새내기들의 소통에도 문제가 많다는데요. 어떻게 생각하십니까?

**전문가** 신입사원도 길게 보면 '인생 취업' 준비생입니다. 다들 부러워하는 굴지의 대기업에 들어가도 3년 안에 그만두는 경우가 20~30%에 이른다고 합니다. 요즘 젊은이들은 똑똑하고 갖출 만한 조건을 다 갖추고 자기 표현력도 있습니다. 하지만 직장사회는 상사·조직·고객과 잘 통하는 사람을 선호합니다. 한마디로 세상은 '누구와도 말이 잘 통하는 사람'을 원합니다. 젊은이들은 자신들이 PC 채팅과 인터넷 등 디지털 소통에 너무 길들여져 있지 않은지 되돌아봐야 합니다.

**기 자** 그럼 구직자들이 알아두어야 할 '소통하는 법'을 구체적으로 알려 주십시오.

**전문가** 어느 컴퓨터 관련회사 신입사원 면접에서 '여덟 살 난 조카에게 데이터베이스의 개념을 어떻게 설명할 건가'라는 질문을 했다고 합니다. 어린이와도 잘 소통할 수 있는 지를 떠본 것입니다. 세대를 넘나들면서 소통을 잘하는 사람이 그 회사가 바라는 인재였던 것이지요. 사람과 관계를 맺는 세상살이의 90%는 소통 활동입니다. 구직자들이 명심해야 할 제일 중요한 것은 직장을 선택하기 이전에 꿈을 먼저 잡아야 한다는 사실입니다. 그 다음에는 '대세'와 '안정'이라는 장애물을 치우고 자신감 있게 도전해야 합니다. 20대에 터득한 소통기술과 소통하려는 자세는 평생을 좌우합니다. 여러 기종과 호환 가능한 전자 칩은 값이 비싸지 않습니까? 사람도 마찬가지입니다.

**기 자** 알겠습니다. 지금까지 도움 말씀 감사드립니다.

## 제1과 성공적인 삶

### 1과 1항

1. 2) 지지해       3) 성원       4) 주저않고
   5) 막연히       6) 구체화되고   7) 한결같은
   8) 침해될       9) 수장이      10) 시련
   11) 막론하고    12) 좌우명     13) 귀감이
   14) 화두로      15) 소감을

2. 2) 실패    3) 성공    4) 도전    5) 고난

3. 2) 손발이 안 맞는 사람과 함께 일하느니 차라리 혼자 하겠다.
   3) 아무 일도 못하고 망설이기만 하느니 되든 안 되든 한번 시작해 보겠다.
   4) 상사한테 아부해서 승진을 하느니 영원히 과장으로 남겠다.
   5) 양심을 속이고 거짓을 말하느니 진실을 밝히고 달게 벌을 받는 게 낫다.
   6) 남의 논문을 표절해서 A를 받느니 한 학기를 더 다니겠다.

4. 2) 그런 사람과 결혼하느니
   3) 이 일로 부모님께 도움을 청하느니
   4) 진수와 방을 같이 쓰느니
   5) 옳지 못한 방법으로 성공하느니
   6) 후배들한테까지 무시당하면서 회사를 다니느니

5. 2) 할 말은 해야겠어요.
   3) 삶을 포기해서는 안 되지요.
   4) 대통령은 해외파병을 추진할 것으로 보인다.
   5) 정정당당하게 경기에 임하자.
   6) 그만두기 전까지는 최선을 다해야지요.

6. 2) 시청자에게 욕을 먹을지라도
   3) 주민들의 원성이 높을지라고
   4) 회사에서 쫓겨날지라도
   5) 아무리 어려운 일이 닥칠지라도
   6) 사원들의 반발이 심할지라도

### 1과 2항

1. 2) ❶  3) ❷  4) ❸  5) ❶  6) ❶  7) ❷  8) ❸

2. 2) 인생관, 수필에는 지은이의 생활 태도와 인생관이 반영되어 나타난다.
   3) 결혼관, 두 사람은 오랜 시간의 대화를 통해 상대의 결혼관에 대해 많은 것을 알 수 있었고 그 후 결혼까지 하게 되었다.
   4) 직업관, 이 선생님은 자기 직업에 대한 직업관이 뚜렷하다.
   5) 경제관, 이 책은 올바른 경제관을 가진 똑똑한 아이로 만들어주는 경제 교육서이다.
   6) 도덕관, 최근에는 물질적으로 살기는 좋아졌지만 돈이면 다 되고 돈이라면 물불 가리지 않는 이른바 도덕관 부재가 사회문제가 되고 있다.

3. 2) 서로를 잘 배려한다거나 그 사람 입장에 서서 생각한다거나
   3) 저축을 한다거나 퇴직연금보험에 가입한다거나
   4) 담장을 허문 후 주차장을 만든다거나 공용주차장을 만든다거나
   5) 기초생활보장제도를 개선한다거나 빈곤계층에게 최저 생계비를 지원한다거나
   6) 대중교통 이용을 장려한다거나 차량 10부제를 시행한다거나

4. 2) 가까운 교외에 간다거나 보고 싶었던 친구를 찾아가 만난다거나
   3) 식습관을 고친다거나 일주일에 3일 이상 운동을 한다거나
   4) 술 한 잔 하면서 상사의 마음을 풀어 준다거나 빈말이지만 칭찬을 늘어놓는다거나
   5) 경제적으로 힘들다거나 인간관계에서 실패한다거나
   6) 다른 식당과 차별화된 고급재료를 쓴다거나 독특한 맛과 서비스로 손님에게 감동을 준다거나

5. 2) 자외선 차단제는 햇빛으로부터 피부를 보호하는 데 좋아요.
   3) 마스크 착용은 바이러스 감염을 방지하는 데 효과가 있어요.
   4) 만화책은 시간을 때우는 데 아주 좋아요.
   5) 군대 체험은 나약한 사람을 강하게 만드는 데

효과적이에요.

6) 동호회 활동은 인간관계를 넓히는 데 좋은 것
 같아요.

6. 2) 아이의 키가 자라는

3) 소비자의 과소비를 부추기는

4) 원기를 회복하는

5) 아름다운 몸매와 건강을 유지하는

6) 대학 수업을 따라가는

## 1과 3항

1. 1) ❸

2) ❶ ×  ❷ ○

2. 1) ❷

2) ❶ ×  ❷ ○

## 1과 4항

### 어휘 연습

1. 1) 상실하다: 가지고 있던 기능, 가치를 잃어버리다.

2) 좌절하다: 뜻이나 기운 등이 꺾이다.

3) 극복하다: 어렵고 힘든 일을 이겨내다.

4) 주저앉다: 하던 일을 중도에 포기하고 그만두다./
 제자리에서 힘없이 그대로 앉다.

5) 비틀거리다: 바로 서서 걷지 못하고 쓰러질 듯하다.

2. 1) 재기발랄한/재기발랄한   2) 성숙한/성숙해졌다.

3) 필사적인/필사적인      4) 친숙해져서/친숙한

5) 이기적인/이기적인

3. 1) ❹, ❸, ❶

2) 원본, 중간본, 개정본, 최종본, 초간본

3)

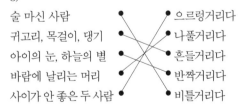

술 마신 사람
귀고리, 목걸이, 댕기
아이의 눈, 하늘의 별
바람에 날리는 머리
사이가 안 좋은 두 사람

으르렁거리다
나풀거리다
흔들거리다
반짝거리다
비틀거리다

### 내용 이해

1. ❸

2. 처음  ● 또 다른 시작의 의미
 다시 시작할 수 있다. 과거보다 나을 것
 이라는 희망이 있다.

중간  ● 스칼렛 오하라에게서 배운 '또 다른 시작'
 전쟁으로 가문이 몰락하고 사랑을 잃
 었지만 절대 포기하지 않았던 스칼렛.

● 나의 '또 다른 시작'
 힘들게 완성한 논문을 도둑 맞았지만 포
 기하지 않고 다시 시작해 새 논문을 완
 성함.

끝  ● 새해의 의미
 또 다른 시작의 의미를 가지고 있다.
 지난해의 좌절과 실망을 모두 잊고 새
 롭게 다시 시작하자.

3. 1) ○  2) ×  3) ○  4) ×  5) ○

### 더 읽어보기

1. 11살 때 파리 첼로 콩쿠르에서 → 12살 때 칸에서
 → 뉴욕, 워싱턴, 모스크바, 상트페테르부르크에서
 → 5년 전 뉴욕에서

2. 스승의 마음을 다시 한 번 느꼈고 선생님의 가르침
 과 사랑을 다른 사람들과 나누는 음악인이 되기 위
 해 나와의 싸움을 계속 하리라는 결심을 했다.

### 속담 연습 1

1. 송충이는 솔잎을 먹어야 산다

2. 서당 개 삼년에 풍월을 한다

3. 백지장도 맞들면 낫다

4. 달면 삼키고 쓰면 뱉는

5. 개천에서 용 났다고

6. 밑 빠진 독에 물 붓기

7. 비 온 뒤에 땅이 굳어진다

8. 공든 탑이 무너지겠어요?

9. 가지 많은 나무 바람 잘 날 없다

10. 소문난 잔치에 먹을 것 없다

# 모범 답안

## 제2과 더불어 사는 사회

### 2과 1항

1. 2) 확충할  3) 하필이면  4) 선정했다  5) 유치하기
   6) 취지  7) 소각하는  8) 악취가  9) 납골시설이
   10) 건립해  11) 유해물질이  12) 화장장

2. 2) 분쟁  3) 벌였다, 벌이다가
   4) 혐오 시설로/혐오시설이  5) 시위가/시위를
   6) 기피하는, 기피하면

3. 2) 박물관 측이 경찰의 청원경찰 증원 및 시설보완
      등의 요구를 받아들였던들 도난사건은 발생하
      지 않았을 텐데.
   3) 박물관에서 경찰이 요구한 방범시설을 제대로
      갖추었던들 도난사건은 일어나지 않았을 텐데.
   4) 감사용 CCTV 2개가 모두 작동했던들 범인은
      쉽게 잡을 수 있었을 텐데.
   5) CCTV에 용의자 2명이 선명하게 찍혔던들 경찰
      수사에 도움이 됐을 텐데.
   6) 보험에 가입을 했던들 보상을 받을 수 있었을 텐
      데.

4. 2) 노사가 서로 조금이라도 양보했던들
   3) 축대를 미리 보수했던들
   4) 건강에 신경을 썼던들
   5) 미리미리 대비를 잘 했던들
   6) 사전에 화재 예방에 힘썼던들

5. 2) 제 콘서트에 와 주십사 하고 초대권을 드리는 겁
      니다.
   3) 성실한 사람이 있으면 추천해 주십사 하고 찾아
      왔습니다.
   4) 이번에 제가 발표할 논문을 검토해 주십사 하고
      찾아 왔습니다.
   5) 이번 한 번만 보험을 들어 주십사 하고 방문했
      습니다.
   6) 이곳에 쓰레기 매립장 설립을 동의해 주십사 하
      고 설명회를 열었습니다.

6. 2) 저희 가게를 자주 들러
   3) 어제 올린 기획안을 검토해

4) 저희 단체를 후원해
5) 다시 한 번 생각해
6) 대학원 입학 추천서를 써

### 2과 2항

1. 2) 이윤  3) 급급해  4) 환원하고자  5) 펼치고
   6) 저소득층  7) 파견해  8) 바람직한  9) 공헌할

2. 2) 기여하다  3) 기탁하다  4) 기증하다
   5) 창출하다  6) 기부하다

3. 2) 획기적인 신약이 개발되면 몰라도 인간은 암을
      정복할 수 없을 것이다.
   3) 소음과 분진 문제가 해결되면 몰라도 주민들은
      도로확장공사에 동의하지 않을 것이다
   4) 회사 측이 노조 측의 요구를 들어 주면 몰라도
      노조는 파업을 그만두지 않을 것이다.
   5) 지위고하를 막론하고 적용할 수 있는 법을 제정
      하면 몰라도 부정부패를 완전히 뿌리 뽑을 수 없
      을 것이다.
   6) 소각장에서 나오는 유해물질을 완벽하게 차단
      시키면 몰라도 주민들은 쓰레기 소각장 건립을
      반대할 것이다.

4. 2) 50만 원 이상 사시면
   3) 청약 지원자가 적으면
   4) 굶어 죽을 정도로 형편이 어려워지면 몰라도
   5) 친구들과 같이 가면
   6) 획기적인 지원책이 마련되면

5. 2) 내가 아프다고 하면 누군가 집을 치우겠거니 하
      고 하루종일 손가락 하나 까딱하지 않고 누워 있
      었는데 일어나보니 집안은 엉망이었다.
   3) 신분증이 없어도 담배를 구입하겠거니하고 돈
      만 달랑 가지고 슈퍼에 갔는데 신분증을 요구하
      는 바람에 빈손으로 돌아왔다.
   4) 평일이어서 관람객이 적겠거니 하고 표를 예매
      하지 않았는데 좋은 좌석은 다 팔리고 없었다.
   5) 간단한 일이라서 하루 정도면 끝내겠거니 하고
      후배에게 일을 맡겼는데 일주일째 깜깜 무소식이
      다.

6) 워낙 유명 회사 제품이라 하자가 없겠거니 하고
   꼼꼼히 살펴보지 않고 샀는데 집에 와서 보니
   마무리가 잘 되어 있지 않았다.
6. 2) 나이가 어리면 아무것도 모르겠거니
   3) 모두들 알고 있겠거니
   4) 세금이 줄면 경기가 좋아지겠거니
   5) 시간만 지나면 화가 풀리겠거니
   6) 알아서 펀드 운용을 잘 하겠거니

### 2과 3항

1. 1) 지역 이기주의
   2) ❸
2. 1) ❷
   2) ❸

### 2과 4항

#### 어휘 연습

1. 1) 분간하다: 사물의 옳고 그름, 좋고 나쁨을 가리다.
   2) 절감하다: 마음 깊이 절실하게 느끼다.
   3) 예민하다: 자극에 대한 반응이 빠르다.
   4) 몰두하다: 한 가지 일에 집중하다.
   5) 막연하다: 분명하지 못하고 희미하다.
2. 1) 희미했다./희미하게 2) 길들이려면/길들여져서
   3) 소화하면/소화할    4) 발버둥쳤다/발버둥치면서
   5) 무딘/무뎌졌다.
3. 1) 말이 나오다, 문제가 풀리다, 바람이 들어오다
   2) 오만, 분노, 슬픔, 절망, 희망
   3) 흥겨운 노랫가락 소리에 어깨춤이 절로 나왔다.
   무거운 짐을 힘겹게 들고 가는 그의 뒷모습이 너
   무나 애처로워 보였다.

#### 내용 이해

1. ❶
2. 처음 • 점자를 접하게 된 배경
        다시 시작할 수 있다. 과거보다 나을 것
        이라는 희망이 있다.
   중간 • 점자책을 만들고 싶었던 이유

장애인들과 함께 살아가고 싶었고 그러
기 위해서는 그들의 언어를 알아야 했
기 때문에.

• 점자를 읽기 어려웠던 이유
  빛에 익숙해진 눈으로 어둠을 이해할
  수는 없었다.
  나는 눈으로 읽는 자였기 때문에.
• 화담 서경덕 선생의 일화
  눈 앞의 현실이 혼미해질수록 다시 눈
  을 감고 평상심을 되찾아라.
끝 • 점자와 멀어진 이유
  내 언어에만 익숙해져서 장애인들을
  서서히 잊게 되었다.
  취직, 전공, 직업 때문에 멀어졌다.
  손으로 점자책을 만들 필요가 없다.
• 나의 깨달음
  참된 눈을 얻는다는 것, 즉 득안이 멀게
  만 느껴진다.
  다시 스무 살의 순수했던 때로 돌아가
  생각해 봐야겠다.

3. 1) ○   2) ×   3 ) ×

#### 더 읽어보기

1. 상호간의 눈뜸이 있는 만남이다.
2. 창조적인 노력을 기울여 변화를 가져오도록 한다. 자
   신의 삶에 녹이 슬지 않도록 늘 깨어 있으면서 안으
   로 헤아리고 높이는 일에 근본적인 노력을 해야 한다.

#### 속담 연습 2

1. 옥에 티였어요
2. 종로에서 뺨 맞고 한강에서 화풀이 한다
3. 입이 열 개라도 할 말이 없습니다
4. 열 번 찍어 안 넘어가는 나무 없다
5. 새 술은 새 부대에 라는
6. 한 번 엎지른 물은 다시 주워 담지 못 한다
7. 중이 제 머리 못 깎는다

# 모범 답안

8. 잘 자랄 나무는 떡잎부터 알아본다
9. 첫 술에 배부르겠어요?
10. 안 되면 조상 탓 잘 되면 제 탓이라고

## 제3과 여성과 남성

### 3과 1항

1. 2) 마음을 졸이고만  3) 현모양처였다
   4) 각오를 하고  5)동분서주했다  6)병행하면서
2. 2) 가사분담  3)전업주부  4)맞벌이 부부
   5) 요조숙녀
3. 2) 입을 꼭 다문 채 수줍게 웃기만 했다.
   3) 팔에 붕대를 칭칭 감은 채 무대에 올라 열창을 했다.
   4) 가방을 멘 채 신나게 막춤을 추었다.
   5) 수업시간에 항상 고개를 숙인 채 조용히 수업을 들었다.
   6) 두 손을 모은 채 먼 산을 보며 시를 읊었다.
4. 2) 창문을 열어 놓은 채
   3) 각국의 개발 정도를 무시한 채
   4) 자신의 감정을 숨긴 채
   5) 추석 연휴도 잊은 채
   6) 준비운동과 장비를 충분히 갖추지 않은 채
5. 2) 감독을 믿고 최선을 다해 훈련에 임하리라는 자세로 훈련장에 나왔다.
   3) 노사 간의 지속적인 대화를 통해 모두가 바라는 회사로 만들리라는 각오를 밝혔다.
   4) 자신들의 주장을 끝까지 관철시키리라는 결의를 보였다.
   5) 국민을 섬기는 정부로 거듭나리라는 의지로 정부 조직을 개편했다.
   6) 이러한 정부의 적극적인 태도에 사태가 조속히 해결되리라는 기대를 하게 됐다.
6. 2) 아들이 조만간 돌아오리라는
   3) 메달을 따리라는
   4) 기필코 성공하고 말리라는

5) 지구를 살리리라는
6) 작은 힘이라도 보태리라는

### 3과 2항

1. 2) 납득이 가도록   3)고정관념이   4)여건
   5) 불문하고  6)심사숙고해서
2. 2) 남성적이다, 여성적이다: 작가 ○○○의 작품에는 여성적인 섬세성을 담고 있다.
   3) 남성성, 여성성, 양성성: 남성성과 여성성을 측정하는 검사를 성도검사라 한다.
   4) 성차별, 남녀차별: 우리 직장은 남녀차별이 없는 곳이다.
   5) 남녀평등, 양성평등: 여권 신장 또는 남녀평등을 주장하는 사람을 페미니스트라고 한다.
3. 2) 아무리 사랑에 빠졌기로서니 공공장소에서 과감한 애정 표현을 하면 안 되지요.
   3) 아이가 말을 듣지 않기로서니 때리면 어떻게 해요?
   4) 아무리 분유 살 돈이 없기로서니 강도 짓을 해서야 되겠어요?
   5) 아무리 사회에 불만이 있기로서니 죄없는 사람을 대상으로 화풀이를 해서야 되겠어요?
   6) 아무리 팀의 성적이 부진하기로서니 경기 중에 구단이 감독을 경질한 것은 좀 심하네요.
4. 2) 바쁘기로서니 연락도 못하니?
   3) 스트레스가 쌓이기로서니 한 달 생활비를 다 쓰면 어떻게 해?
   4) 같이 일하는 사람이 마음에 안 들기로서니 사표를 내서야 되겠어요?
   5) 예산이 부족하기로서니 빈곤층에게 지급되는 급식비까지 줄이다니 참 마음이 아프네요.
   6) 최고 권력자이기로서니 불륜까지 감싸주다니 이해가 안 되네요.
5. 2) 영업사원은 거래처 사장을 끈질기게 설득한 끝에 제품 매매 계약을 성사시켰다.
   3) 경찰이 목격자의 제보를 토대로 용의자 이 씨를 추궁한 끝에 범행 사실을 자백 받았다.

4) 영화 '자연인' 오디션에서 김미영은 혼신의 힘을 다해 연기한 끝에 여 주인공의 배역을 따낼 수 있었다.

5) 요리 연구가 한영선 씨는 10년 동안 연구실에 틀어박혀 요리 개발에 전념한 끝에 세계 최고의 요리사가 되었다.

6) 국제암센터 연구팀은 3년 넘게 암 연구와 신약 개발에 몰두한 끝에 새로운 항암치료제 개발에 성공했다.

6. 2) 오랜 시간 피나는 노력을 한

3) 지역 주민들을 한 사람 한 사람 찾아다니며 설득한

4) 몇 번의 투표를 거친

5) 한 번만 만나 달라고 사정을 한

6) 관계자가 모두 모여서 만장일치로 합의한

## 3과 3항

1. 1) ❸

2) ❶ ○   ❷ ×

2. 1) ❹

2) ❸

## 3과 4항

### 어휘 연습

1.

| 무역 | 금융 | 정보통신 |
|---|---|---|
| 교역량<br>다국적 기업<br>무역 자유화 | 외환 거래<br>은행 계좌<br>주식 거래<br>증권 시장 | 대중 매체<br>생방송<br>전화 통신<br>컴퓨터 네트워크 |

2. 1) 공교롭게도  2) 생생하게  3) 명실 공히

4) 한결같이   5) 끊임없이

3. 1)

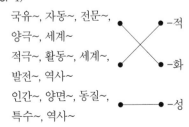

국유~, 자동~, 전문~,
양극~, 세계~
적극~, 활동~, 세계~,
발전~, 역사~
인간~, 양면~, 동질~,
특수~, 역사~

-적
-화
-성

2) 우선, 다음으로, 마지막으로, 그러나, 결론적으로

3) 물 흐르듯이, 생선 떼가 움직이듯이, 찬물로 끼얹은 듯이, 가뭄의 콩 나듯이, 비 오듯이

### 내용 이해

1. ❹

2. 처음  – 우리는 세계화 시대에 살고 있다. 그리고 이 글에서는 세계화에 대해 알아본다.

중간  ● 세계화의 정의

세계화란 국경을 넘어 지구 전체가 하나의 단위로 변하는 추세나 과정.

● 세계화의 기원

제1견해: 기원전 4세기에 시작.

제2견해: 산업혁명 시기에 시작.

현대적 의미의 세계화의 시작: 1970-80년대에 시작.

● 현대적 의미의 세계화의 예

| 커뮤니케이션의 발달 | 정보통신기술의 발달로 세계 다른 지역에서의 일을 생생히 볼 수 있고 다른 지역 사람들의 생각과 생활을 알 수 있다. |
|---|---|
| 무역과 금융의 세계화 | 외환 거래가 2조원에 이르는 등 엄청난 수준에 이르고 있으며, 단기 자금은 돈이 되는 곳이면 세계 어느 곳이든지 순식간에 이동해 간다. |
| 다국적, 초국적 기업들의 생산 활동의 세계화 | 기업이 한 나라에서만 생산하지 않는다. 자본, 노동력, 시장이 가장 좋은 곳을 찾아간다. |
| 문화, 예술, 스포츠의 세계화 | 정보통신 기술의 발달로 세계 어디서나 똑같은 드라마, 영화, 스포츠 경기를 볼 수 있고, 세계적인 스타가 나타난다. |

끝  ● 현재의 세계화 진단

– 지역이나 사회 계층에 따라 세계화의 정도는 다르다.

– 경제적 소득, 교육과 문화의 향유, 정보통신 수단의 소유와 이용 등 다양한 분야에서 양극화를 초래하였다.

– 지방적인 특수한 문화가 세계화의 진전에 따라 더 선명해지기도 한다.

3. 1) ×  2) ○  3) ×  4) ○  5) ×

# 모범 답안

## 더 읽어보기

1. 세계화는 새로운 지역화를 만들고 있다.
2. 햄버거나 감자튀김을 먹는 방식, 맥도날드 매장의 메뉴, 잉카콜라와 콜라독립 815, 한국의 전통 음료

## 관용어 연습 1

1. 트집을 잡아서
2. 날개 돋친 듯이 팔리고
3. 발등에 불이 떨어진
4. 발 벗고 나서서
5. 내 코가 석자야
6. 난다 긴다 하는
7. 뒤 끝이 없어서
8. 꼬리에 꼬리를 물고
9. 눈독을 들이지
10. 베일에 가려져서

## 제4과 바른 선택

### 4과 1항

1. 2) 소속  3)보수적인  4)전개되었으나  5)보급
   6)얽매이지  7)학벌  8)본질적인  )인력을
   10) 비정규직을  11) 선거 유세  12) 민생 문제
   13) 공공 주택
2. 2) ❹  3)❷  4)❶  5)❷
3. 2) 김영수 씨는 대학교를 졸업하지 않았다뿐이지 그의 손에만 들어가면 못 고치는 게 없다.
   3) 최민호 씨는 기능 올림픽에서 메달을 따지 못했다뿐이지 그가 만든 귀금속 공예품은 고객으로부터 최고라는 찬사를 받고 있다.
   4) 침팬지는 인간에 비해서 듣고 반응하는 속도가 느리다뿐이지 인간의 행동을 이해하고 모방하는 능력은 뛰어나다.
   5) 대통령이 바뀌고 새 정부가 출범했다뿐이지 서민들의 민생 문제를 해결하기 위한 정책에는 거의 변화가 없다.

6) 이번 총선에서는 지난 선거에 비해 젊은 층의 투표 참여율이 높아졌다뿐이지 전체 국민의 투표 참여율은 여전히 50%를 넘지 못했다.
4. 2) 조금 피곤하다뿐이지
   3) 지원자가 많다뿐이지
   4) 공약만 대단하다뿐이지
   5) 반대를 안 한다뿐이지
   6) 노벨상을 받지 못한다뿐이지
5. 2) 김 대리는 회의 때마다 늦으면 미안해할 법도 한데 매번 소란스럽게 들어와 자리에 앉더군요.
   3) 민수 씨는 기자들에게 예상치 못했던 질문을 받으면 당황할 법도 한데 그런 기색을 감추고 오히려 미소를 지었어요.
   4) 영화 '경포대'는 20대에게 인기 있는 배우가 출연했으면 흥행될 법도 한데 개봉한 지 한 달이 지나도 관객의 발길이 뜸하대요.
   5) 마이클 씨는 3년이나 외국생활을 했으면 익숙해질 법도 한데 아직도 문화 충격을 느낄 때가 있고 많은 게 생소하대요.
   6) 돈을 빌려달라는 부탁을 할 때마다 내가 거절했으면 포기할 법도 한데 친구는 오늘도 끈질기게 돈 얘기를 해요.
6. 2) 날씨가 더우면 지칠
   3) 오늘 하루 쉴
   4) 자신의 얘기를 들어 주는 사람이 없으면 연설을 포기할
   5) 직원들에게 특별 상여금이라도 지급할
   6) 그렇게 좋아할

### 4과 2항

1. 2) 숙명으로  3)포용  4)험난한  5)유도하기
   6) 선의로  7)확연히  8)원리원칙  9)철저히
   10) 점진적으로  11) 이질화
2. 2) 현재로서는 남북 간의 언어 이질화를 점진적으로 극복하는 데 중점을 두어야 합니다.
   3) 여당에서는 북한에 일방적인 퍼주기보다는 원리원칙을 지켜 통일비용을 서로 분담하는 쪽으

로 유도하고 있습니다.

4) 민간 주도의 교류가 정착되면 머지않아 한반도에 평화가 찾아올 것입니다.

5) 무역 개방은 정부 주도 하에 국민이 서로 협력해야만 이루어진다.

6) 분단 상황에서 강압적인 통일을 유도하면 부작용이 생기게 마련이다.

3. 2) 승진 대상자 명단이 발표되었다.

3) 중앙 선거관리위원회의 개표가 시작되었다.

4) 하반기 경제에 부담을 줄 만한 복병들이 여기저기에서 터져 나오고 있다.

5) 중앙은행은 정부를 대신해 민간 기업에 자금을 지원하기로 했다.

6) 논란은 계속 증폭되어가고 있다.

4. 2) 많은 갤러리들이 지켜보는

3) 비가 쏟아지는

4) 열띤 논의가 진행되는

5) 치고 박고 싸우는

6) 밤이 깊어가는

5. 2) 다들 자기의 입장이 있을 테지만 지금은 한 목소리를 내야 할 때입니다.

3) 학점을 받기 위해 하는 봉사활동이라서 내키지 않을 테지만 결국에는 보람을 찾을 수 있을 겁니다.

4) 그쪽도 손해가 많을 테지만 저희도 상당한 손실을 감수해야 해요.

5) 심적으로는 지영 씨 말에 수긍이 갈 테지만 드러내놓고 찬성하는 사람은 없을 거예요

6) 지금은 저를 이해 못할 테지만 언젠가는 제 진심을 알아주시겠지요.

6. 2) 두 번 다시 떠올리고 싶지 않으실

3) 처음 들으면 기분이 나쁠

4) 물론 효과가 없지는 않을

5) 아주 피곤할

6) 너는 지겨울

## 4과 3항

1. 1) ❷

2) ❶ × ❷ × ❸ ○ ❹ ○

2. 1) ❸

2) ❶ ○ ❷ × ❸ ○ ❹ ×

## 4과 4항

### 어휘 연습

1. 1) 등정하다: 험한 산이나 높은 곳에 오르다.

2) 일주하다: 한 바퀴 돌다.

3) 등반하다: 산의 꼭대기에 오르다.

4) 횡단하다: 좌우로 뻗은 공간을 지나가다, 건너가다.

5) 종주하다: 능선을 따라 많은 산봉우리를 넘어가다.

2. 1) 누비고/누비며    2) 과시했다/과시하기

3) 가늠해/가늠해    4) 벌어진/벌어졌다고

5) 단장한/단장하고

3. 1) 그는 나를 보고는 반가운 듯 씨익 웃었다.

예상과 달리 시골에도 포장도로가 여기저기 쭉쭉 뻗어 있었다.

조금 늦게 도착했더니 사람들이 음식을 하나도 남기지 않고 몽땅 먹어 버렸다.

나도 모르게 식욕이 당겨 침이 꼴깍 삼켜졌다.

2) ㄱ. 성수기, ㄴ. 춘궁기, ㄷ. 농번기, ㄹ. 환절기, ㅁ. 비수기

3) 얼어서 죽음 — 동사
물에 빠져 죽음 — 익사
뜻밖의 사고를 당해 죽음 — 횡사
눌려서 죽음 — 압사
늙고 쇠약해져 죽음 — 자연사

### 내용 이해

1. ❹

2. 1) 설악폭포 : 계곡의 물소리가 시원하다, 깨끗한 바람, 산의 정기가 느껴진다.

2) 중청대피소 : 방이 운동장같이 넓다, 운동장같이 넓은 방에 혼자 묵으니 동사할까봐 걱정이 된다.

3) 대청봉 : 쾌청하다, 바람 한 점 없다, 키 작은 눈

잣나무와 눈측백나무가 엎드려 있다.

4) 소청으로 가는 길 : 눈이 무릎까지 쌓여 있다, 공룡, 용아, 화채 능선이 한눈에 들어온다, 울산 바위와 동해 바다도 보인다.

5) 비선대로 가는 길 : 산벚꽃 향기가 진하다, 흰 꽃잎 때문에 온산이 하얗다, 신록과 초록의 색깔이 찬란하다.

3. 1) ×   2) ○   3) ×

### 더 읽어보기

1. 외도가 내도 여인의 아름다움에 반해 다가들다가 여인이 소리치자 바다에 그대로 멈춰 섰다는 설화를 믿고 있다.

2. 거제시에 대우조선해양과 삼성중공업이 있기 때문에 거제도에 가면 먹고 살 길이 있다는 말이 돌았기 때문이다.

### 관용어 연습 2

1. 얼굴에 먹칠을 하다니
2. 죽이 맞아야
3. 코가 납작해졌어
4. 재미를 보고
5. 불똥이 튈지
6. 사서 고생하니
7. 눈살을 찌푸렸어요
8. 눈 밖에 나지
9. 싼 게 비지떡이라고
10. 열을 올리고

## 제5과 스포츠

### 5과 1항

1. 2) 낱낱이   3)안간힘을 쓰고   4)빙산의 일각
   5) 티를 내지   6)밑바탕으로   7)방지한다
   8) 재현해   9)제패한   10) 선천적
   11) 가상으로   12) 최적

2. 2) 통기성이   3)폐활량을   4)기록 단축을
   5) 체력이   6)심리 훈련을

3. 2) 이번 한 번만 적선하는 셈치고
   3) 30분 운동하는 셈치고
   4) 잃어버린 셈치고
   5) 비싼 수업료 낸 셈치고
   6) 인생 공부한 셈치고

4. 2) 밥은 먹은
   3) 단역이라도 연습하는
   4) 어머니가 그토록 원하시니 효도하는
   5) 그동안 적은 시를 정리하는
   6) 적자가 날 수도 있겠지만 당분간은 공부하는

5. 2) 멀리까지 다 볼 수 있으련만
   3) 발 벗고 나서서 도와주련만
   4) 회의에 늦지 않았으련만
   5) 이번 시합에 나가련만
   6) 조그마한 사업이라도 시작하련만

6. 2) 시간이 있으면 전화라도 하련만
   3) 직장 선배들이 조금이라도 도와주면 쉽게 극복하련만
   4) 경기부양책이 나오면 도움이 되련만
   5) 제조사들이 소비자의 건강을 생각한다면 그런 주스를 만들지 않으련만
   6) 모아 둔 돈이라도 있으면 장사라도 하련만

### 5과 2항

1. 2) 편파적인   3)손꼽아 기다린다   4)승복할
   5) 성대한   6)찬물을 끼얹었다   7)기립박수와
   8) 판독을

2. 2) 개막식과   3) 정정당당하게   4) 화합을
   5) 순위를   6) 공명정대하지, 공명정대하게

3. 2) ○   3) ×   4) ○   5) ×   6) ○

4. 2) 일정이 빡빡한
   3) 서로들 자신의 입장만 내세우는
   4) 늘 말을 함부로 하는
   5) 맵고 짠 음식을 많이 먹는
   6) 부상을 당한 탓에

5. 2) 일이 일찍 끝나 제시간에 퇴근이라도 할라치면

3) 휴가 내서 여행이라도 갈라치면

4) 뜻밖의 수입이 생겨서 저축이라도 할라치면

5) 모처럼 책상에 앉아 공부라도 할라치면

6) 간만에 온갖 멋을 다 부리고 데이트라도 할라치면

6. 2) 창문이라도 열라치면

3) 옷이라도 한 번 빌려 입을라치면

4) 포즈 잡고 사진이라도 찍을라치면

5) 저축이라도 할라치면

6) 책이라도 좀 읽을라치면

## 5과 3항

1. 1) ❶

2) ❶ × ❷ ○ ❸ ○

2. 1) ❶

2) ❹

## 5과 4항

### 어휘 연습

1. 1) 훼손하다: 함부로 다루어 못 쓰게 하다.

2) 치명적이다: 돌이킬 수 없을 정도로 나쁘다.

3) 인공적이다: 사람의 힘으로 자연과 비슷하게 만들다.

4) 생존하다: 죽지 않고 살아남다.

5) 오염되다: 더러워지다.

2. 1) 독차지하다시피하였다./독차지하게

2) 걸러내고/걸러내    3) 번창하기를/번창하라고

4) 차단할/차단해야만    5) 조달하기/조달하려면

3. 1) 이번에 발사에 성공한 인공위성은 우리나라의 세 번째 위성이다.

이 냉장고는 인공지능 기능이 내재된 신제품이다.

우주인들의 자급자족을 위해 우주선 안에 인공농장을 만들었다.

김포공항 가는 길에 있는 인공폭포는 만들어진 지 20년이 넘었다.

2) ❹, ❸

3)

| 그날 새벽 그는 조용히 눈을 감았다. | | 불문에 부치다 |
| 회사 이사회에서는 그의 비리에 대해 눈을 감아 주기로 결정을 내릴 모양이었다. | | 인식하다 |
| 내가 사랑에 눈을 뜬 것은 중학교 때였다. | | 운명하다 |

### 내용 이해

1. ❷

2. 서론 ● **자연 흉내 내기의 어려움**

버들치를 잡아 자연과 비슷한 환경을 만들어 주어도 알을 낳지 못함.

본론 ● **인간의 자연 흉내 내기의 예 1**

우주인들의 재활용과 우주선 농장

오줌 → 걸러내 증류해서 식수로 사용

샤워나 세면한 물 → 여러 번 걸러내 식수로 사용

연료전지 → 가동시 부산물로 나오는 물을 식수원으로 사용

배설물 → 진공 건조시켜 지구로 가져옴.

● **인간의 자연 흉내 내기의 예 2**

생물권 2라 이름 붙인 인공지구의 실패 사례

| 만든 사람 | 에드워드 베스 |
| --- | --- |
| 만든 이유 | 작은 지구를 만들고 싶어서 |
| 교훈 | 비록 자연이 거의 무료로 인간에게 제공해 주는 서비스라 하더라도 인공적으로 만드는 데는 엄청난 비용이 든다는 것이다. |

결론 ● **자연의 소중함**

자연은 인류 모두가 숨쉴 수 있는 산소를 아낌없이 준다.

자연을 훼손하면 소중한 기능이 사라진다.

3. 1) ○   2) ×   3) ○

# 모범 답안

## 더 읽어보기

1. 신이 보낸 재앙이라고 생각했다.
2. 19세기 석탄시대, 20세기 석유시대가 빚어낸 것이다. 즉 인간의 활동이 날씨에 영향을 준 것이다.

### 복습문제(1과-5과)

1. 1) 화두는  2)누비며  3)벌였다  4)답변하고
   5) 험난한  6)납득이 가지  7)최적
   8) 막론하고  9)좌우명을  10) 동분서주하고
   11) 전개됐으나  12) 철저히  13) 낱낱이
   14) 확연히  15) 이질화를

2. 1) ❷  2)❸  3)❹  4)❶  5)❷

3. 1) ❹  2)❶  3)❸  4)❹  5)❶

4. 1) ❷  2)❹  3)❷  4)❸  5)❶

5. 1) 김영수는 사회에서 낙오자로 취급되었음에도 불구하고 끝없는 도전 정신으로 성공을 할 수 있었다.
   2) 혐오시설 건립을 기피하는 지역주민들은 해당 구청에 가서 날마다 시위를 벌인다.
   3) 집안일은 언제나 여자가 해야 한다는 고정관념에서 벗어나 이제는 남녀를 불문하고 누구나 여건이 되는 사람이 하는 것이 가장 바람직하다.
   4) 선거 때마다 후보자의 지연이나 학벌 등에 얽매여서 올바른 판단을 못하는 사람들이 많다.
   5) 심판의 판정이 비록 편파적이라도 한번 내린 결정에는 승복해야만 한다.

6. 1) ❷  2)❶  3)❸  4)❷  5)❸

7. 1) 생선 호키가 피시 버거나 초밥으로 지나치게 사용된 탓에 개체 수가 급격히 감소했다.
   2) 호키는 긴 꼬리에 튀어나온 눈을 가진 못생긴 생선으로 과거에는 맛이 없겠거니 하고
   3) 해양국장은 호키의 남획을 자제해 주십사 하고
   4) 오렌지 러피를 남획하지 않았던들 멸종위기의 어종이 되지는 않았을 텐데.
   5) 잠을 많이 자는 것이 건강에 좋으리라는 예상을 뒤엎는 연구결과가 발표되었다.
   6) 사람들은 9시간 이상 수면을 취할지라도 기억력

등 여러 인지력 테스트에서 적정 수면을 취하는 사람들보다 현저하게 낮은 점수를 기록한 것으로 나타났다.
   7) 잠을 너무 많이 잔다거나 적게 잔다거나 하는 것은 모두 건강에 좋지 않다.
   8) 애써 피곤함을 감춘 채 친절을 베풀 필요는 없단다.
   9) 넌 친구라고 생각할 테지만 그 사람이 바로 내 흉을 보고 다닌 사람이다.
   10) 영원히 늙지 않으면 좋으련만 사실 젊음은 젊음 그 자체 빼고는 별거 아니란다.

8. 1) 비정규직으로 일하느니 차라리 아르바이트를 하는 게 나아.
   2) 자격증 하나라도 있으면 취직이 쉽겠거니 하고 그렇게들 하나 봐요.
   3) 창문을 열어 자주 환기를 시킨다거나 집을 지을 때 친환경 소재를 사용한다거나 하면 새집증후군을 예방할 수 있어요.
   4) 지역 주민이 지켜보는 가운데 담담하게 당선 소감을 밝혔어요.
   5) 대학만 졸업하지 않았다뿐이지 그 분야에서는 단연코 세계 최고예요.
   6) 저희 지역에 많은 혜택이 돌아오면 몰라도 굳이 지역통합을 원하지는 않아요.
   7) 무인 경보 장치가 작동이 됐던들 그렇게 많은 인명 피해는 나지 않았을 거예요.
   8) 사회에 불만을 품었기로서니 자동차에 펑크까지 낼 필요가 있었을까요?
   9) 속는 셈치고 한 번 구입해서 사용해 보세요.
   10) 한 달 동안 시부모님을 끈질기게 설득한 끝에 다시 직장에 나가게 됐어요.

## 제6과 가까워지는 세계

### 6과 1항

1. 2) 불과하던  3) 관심어린  4) 내색을 하지

5) 힐끔거리면서　6) 표면적인　7) 필연적으로

8) 개정　9) 배타적이라는　10) 다문화 사회로

11) 심정을　12) 다민족

2. 2) 친구가 화해를 청했어요.

3) 선생님께 조언을 구했어요.

4) 친구에게 고충을 털어놓았어요.

5) 어머니의 충고를 따르고 있습니다.

6) 마찰을 겪고 있습니다.

7) 갈등을 해소했습니다.

3. 2) 선생님 말씀을 듣고 잘 알겠다는 듯이 고개를 두
　어 번 끄덕였습니다.

3) 아이는 큰일이 났다는 듯이 헐레벌떡 뛰어왔어요.

4) 유미는 정희의 주장이 매우 못마땅하다는 듯이
　이맛살을 찌푸리며 팔짱을 꼈어요.

5) 윤수는 사과를 하면서 부끄럽고 죄송스럽다는
　듯이 고개를 숙이고 머리를 긁적거렸습니다.

6) 철수는 수업이 지루하다는 듯이 계속 하품만 해
　댄다.

4. 2) 예상이라도 했다는 듯이

3) 처음 듣는다는 듯이

4) 아무 일도 없다는 듯이

5) 다급한 일이 있다는 듯이

6) 아무렇지도 않다는 듯이

5. 2) 매운 음식에 익숙해지려고 애썼건만 아직도 쉽
　지 않은 일이야.

3) 고향도 출신 고등학교도 같건만 어쩐지 잘 친해
　지지 않아.

4) 오해를 풀고 화해하고 싶건만 좀처럼 만날 기회
　가 없어.

5) 고민에 고민을 거듭했건만 아직도 결정을 내리
　지 못하고 있어.

6) 그가 내 마음을 알아주었으면 좋겠건만 전혀 모
　르는 눈치여서 정말 답답해.

6. 2) 수십 군데 회사에 지원서를 냈건만

3) 부모님께 도움을 청해 보았건만

4) 조심하라고 그렇게 주의를 줬건만

5) 법적으로는 많이 나아졌건만

6) 물가 안정 대책을 발표했건만

6과 2항

1. 2) 기금　3) 관세　4) 타격　5) 수혜자

6) 장벽　7) 격렬하다　8) 뚫리다　9) 강구하다

10) 체결되다　11) 활성화　12) 치명적이다

13) 다방면

2. 2) 관세 철폐를　3) 시장 개방　4) 세계 무역 기구는

5) 자유 무역 협정을　　　6) 국제 수지

7) 세계화 시대로　　　　8) 다국적 기업은

9) 적자를　　　10) 환율이　11) 외화로

12) 외환위기　13) 국가 경쟁력을

3. 2) 아들 녀석이 잠자리를 잡는답시고

3) 남편은 담배를 끊는답시고

4) 영수가 새로운 사업을 구상한답시고

5) 여자 친구에게 멋있는 모습을 보여준답시고

6) 아내가 철 지난 옷을 정리한답시고

4. 2) 사업을 한답시고 우리 집을 담보로 은행에서 대
　출을 받았다.

3) 엄마를 도와준답시고 요리를 하다가 불을 내고
　말았다.

4) 컴퓨터 내부 구조를 알아본답시고 컴퓨터를 다
　분해해버렸다.

5) 멋진 옷을 만든답시고 커튼을 가위로 다 잘라버
　렸다.

6) 일자리를 찾는답시고 하루 종일 집밖으로만 돈다.

5. 2) 통금시간을 어기는

3) 고속도로가 개통되는

4) 불이라도 나는

5) 그러다가 걸리는

6) 이번 협정에서 큰 성과를 내지 못하는

6. 2) 운전하다가 사고라도 내는

3) 이번 정기모임에도 불참하는

4) 다시 한 번 나를 멍청이라고 놀리는

5) 건강을 잃어버리는

6) 자유무역협정이 체결되는

# 모범 답안

## 6과 3항

1. 1) 외국인들의 경영환경과 생활환경을 개선하기 위하여

   2) ❹

   3) ❶ - 다),카)  ❷ - 사),차)  ❸ - 아),타)
      ❹ - 라),자)  ❺ - 나),바)  ❻ - 가),마)

2. 1) ❸

   2) ❶ ○  ❷ ×  ❸ ×  ❹ ×

## 6과 4항

### 어휘 연습

1. 1) 방랑, 배회, 방황

   2) 긴장, 경직, 삼엄

   3) 대로, 골목, 도로

   4) 단절, 소외, 고립

   5) 굴레, 구속, 억압

2. 1) 시끌벅적하다

   2) 황량한 빈민가, 삭막한 도시

   3) 부러워하는 눈빛

   4) 전혀 연연해하지 않는

   5) 공동의 마당, 거리낌 없이 표출하는

3. 1) 일이 서로 맞물려 어떤 일이 먼저 해결될지는 두고 봐야겠다.

   그는 날카로운 질문으로 맞받아쳤다.

   국민들은 며칠째 반정부 시위를 벌이며 맞서고 있다.

   2)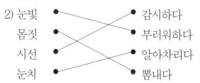

   3) 힐끗힐끗, 꾸벅꾸벅, 슬그머니, 꾸역꾸역, 헐레벌떡

### 내용 이해

1. ❹

2. 처음 ● 길거리와 우리의 삶

   골목길은 아이들이 스스로 사회를 만들고 배우는 터전이며,

---

도시의 대로는 어른이 되면서 다양한 인간 활동을 경험하는 곳이다.

중간 ● 한국 도시의 길거리

   1) 북적대고 시끌벅적하다.

   2) 행인들 사이에 시선의 상호작용이 이루어진다.

   3) 자생적인 문화 잠재력이 숨어 있다.

   4) 공동의 마당, 광장이 탄생한다.

끝 ● 글쓴이가 본 길거리란?

   공적 영역과 사적 영역 사이에 있는 제3의 공간이다.

   업무와 일상에서 풀려나는 완충지대이며 안식처이다.

   표현과 소통의 공간이다.

3. 1) ×  2) ○  3) ○

### 더 읽어보기

1. 옷깃을 여미는 분위기

2. 텃밭전통을 통해.

### 한자성어 연습 1

1. 오리무중  2. 비일비재  3. 약방감초  4. 동고동락
5. 구태의연  6. 감언이설  7. 마이동풍이었잖아요
8. 산전수전  9. 당연지사  10. 새옹지마라더니

---

## 제7과 소중한 문화유산

### 7과 1항

1. 2) 길목을  3) 명당  4) 트인다고  5) 배후는
   6) 물자유통이  7) 측면  8) 효심이  9) 유적지로
   10) 동원할  11) 성곽은

2. 2) 유물과  3) 유적이  4) 보물로  5) 국보로
   6) 지정  7) 문화유산  8) 자연유산  9) 심의
   10) 선정  11) 보존과

3. 2) ❶  3) ❷  4) ❶  5) ❶  6) ❷

4. 2) 절반이나 올라온
   3) 주방에서 요리를 시작한

4) 그 아이가 울고 있는 것을 본

5) 이미 결정이 내려진

6) 국가 대표로 선발된

5. 1) ❷ 자신이 부족한 부분에 대한 집중 학습이 가능하다는

❸ 학습을 통해 습득한 지식을 스스로 분석할 수 있다는

❹ 장소 이동이 없으므로 시간이 절약된다는

2) ❶ 남녀노소가 함께 즐길 수 있는 가족용이 많다는

❷ 실제 공연을 봄으로써 영화보다 더 큰 생동감을 느낄 수 있다는

❸ 노래와 춤으로 감정을 극대화 시켜 표현하기 때문에 관객이 몰입하기 더 쉽다는

6. 2) 그만큼 보상이 따른다는

3) 환자의 결정을 존중한다는

4) 연비가 낮다는

5) 일확천금을 꿈꿔볼 수 있다는

6) 좋은 일도 하고 제 자신의 삶도 뒤돌아 볼 수 있었다는

### 7과 2항

1. 2) 내친 김에  3) 어마어마한  4) 웅장한

5) 밀림이  6) 전적으로  7) 지반을  8) 씁쓸하기

9) 압도당하게  10) 장관을  11) 사원은

12) 소실된  13) 황폐화되고

2. 2) 자연재해  3) 산성비  4) 지반 약화  5) 전쟁

6) 관광 산업  7) 복구하려면  8) 도굴로

9) 훼손되고  10) 보수공사를 하고  11) 복원하는

3. 2) 우리 회사의 매출은 급성장하고 있는 반면 원자재 값의 상승으로 수익성은 더 낮아지고 있어요.

3) 형은 우등생인 반면 동생은 사고뭉치라고 하네요.

4) 우리 회사는 급여수준은 매력적인 반면 야근이 잦고 업무 부담이 큰 것이 단점이야.

5) 공공장소 금연 규정에 대해 대부분의 사람들이 환영하는 반면 일부에서는 지나친 규제라며 반발하고 있다.

6) 새로 문을 연 식당은 음식맛과 분위기는 좋은 반면 가격대가 너무 높아서 자주 가지는 못할 것 같아요.

4. 2) 시골은 일손조차 구하기 어려운

3) 아는 것은 많은

4) 디자인에 대한 반응은 좋은

5) 보수는 낮은

6) 인터넷 뱅킹은 편리한

5. 2) 정치 불안으로 말미암아 외국인 투자가 급격히 감소하고 있습니다.

3) 남부지방을 강타한 태풍 '매미'로 말미암아 가옥 수백 채가 피해를 입었습니다.

4) 사교육 열풍으로 말미암아 부모들의 허리가 휘고 있습니다.

5) 경기 침체로 말미암아 취업은 하늘의 별따기라고 합니다.

6) 짙은 안개로 말미암아 고속도로가 마비되어 차들이 꼼짝도 못하고 있습니다.

6. 2) 고교 평준화로

3) 근육 파열로

4) 폭력적인 성향으로

5) 국지성 호우로

6) 측근들의 비리로

### 7과 3항

1. 1) ❷

2) ❹

3) ❶

2. 1) ❸

2) ❶ ○  ❷ ✕  ❸ ✕  ❹ ○

### 7과 4항

#### 어휘 연습

1. 1) 갈등, 대립, 대치

2) 허구, 가상, 가공

3) 색채, 특징, 양상

4) 시각, 관점, 시점

5) 흥행, 인기, 대중의 환대

# 모범 답안

2. 1) 복원하기/복원하는   2) 왜곡했다는/왜곡하는
   3) 초래하기/초래한    4) 배제하지/배제한
   5) 상충하는/상충하면

3. 1) ❸, ❸, ❸

   2)
   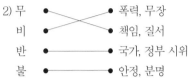
   무 ── 폭력, 무장
   비 ── 책임, 질서
   반 ── 국가, 정부 시위
   불 ── 안정, 분명

   3) 이상적, 이념적, 극적, 비극적, 주관적

## 내용 이해

1. ❸

2.
| 처음 | ● 이슈의 배경 |
|---|---|

   「동막골」이 기존 분단 영화와 다른
   점은 무엇이고 그 의미는 무엇인가?

| 중간 | ● 분단 영화의 진화 |
|---|---|

   1990년대 초반까지의 분단 영화: 역사
   에 대한 반성적 되돌아보기
   2000년대 분단 영화: 민족이나 개인끼
   리의 소통과 결합을 가로막는 이데올
   로기의 해악성 지적

   ● <동막골>과 기존 분단 영화의 차이

| <쉬리><JSA><br><태극기> | <동막골> |
|---|---|
| 무겁고 진지한 톤 | '판타지'와 '코메디'의 가벼운 코드 |
| 분단이라는 주제가 갈등의 중심 | 이야기가 진행될수록 분단이라는 갈등이 해소 |

   따라서, 동막골은 한국전쟁을 배경으
   로 깔고 있지만 현실 감각을 철저히 배
   제한 이야기이다.

   ● 흥행 코드에 담긴 대중적 무의식
   분단영화의 흥행 성공 이유
   동막골의 성공 이유

| 끝 | ● 휴머니즘은 이념의 골을 메우는가? |
|---|---|

   인간 사이에서 일어날 수 있는 문제를
   분단이라는 한국의 특수한 상황을 통
   해 보여 줌.

3. 1) ×   2) ○   3) ×

## 더 읽어보기

1. 개그우먼 이영자는 자신이 불리한 신체구조로, 엽기
   적인 그녀는 날씬한 몸매와 예쁜 얼굴로 인기를 누
   렸다.

2. 마음 속으로 바라는 대표적인 여성상이다.

### 한자성어 연습 2

1. 학수고대  2. 죽마고우여서  3. 전전긍긍
4. 자화자찬이  5.무궁무진  6. 왈가왈부
7. 자급자족이  8. 차일피일  9. 주객전도
10. 전무후무

## 제8과 한국인의 생활

### 8과 1항

1. 2) 소재로  3) 형태는  4) 탁해지고  5) 장치
   6) 경이롭습니다  7) 자연친화적인  8) 불을 때니
   9) 처마는

2. 2) 방수시설이   3) 난방시설을
   4) 방음시설이   5) 정수시설이
   6) 초가집/기와집이/마루와/온돌이/윗목/아궁이/
   아랫목/굴뚝으로

3. 2) 설악산은 아름답다 못해 눈이 부실 지경이었습니
   다.
   3) 헌신적이다 못해 섬뜩한 모정을 그린 영화 '엄
   마'가 관객 천 만을 넘어섰습니다.
   4) 인정사정 없는 매질을 참다 못해 남편을 칼로
   찔러 죽인 아내가 체포되었습니다.
   5) 정부와 노동계의 오랜 반목을 지켜보다 못해 시
   민단체들이 직접 중재에 나섰습니다.
   6) 낮이 뜨겁다 못해 손발이 오그라들기까지 하는
   막장 드라마가 요즘 인기를 끌고 있습니다.

4. 2) 출근길에 세 번이나 갈아타야 하는 불편함을 견
   디다 못해 큰마음 먹고 사버렸어요.
   3) 아파트 위층의 소음을 참다 못해 이사하기로 했
   어요.

4) 독재정치와 부정부패를 보다 못해 일부 군부세
   력과 시민들이 쿠데타를 일으켰대요.

5) 하도 연락이 없어서 기다리다 못해 이별을 통보
   했대요.

6) 부당한 대우를 견디다 못해 집단 소송을 제기했
   거든요.

5. 2) 신용카드가 있었기에 망정이지 하마터면 돈이
   모자라서 망신당할 뻔했어.

   3) 서행 운전을 했기에 망정이지 추돌사고로 크게
   다칠 뻔했대요.

   4) 영수증을 챙겨 놓았기에 망정이지 물건대금을
   두 번씩이나 낼 뻔했어요.

   5) 소화기가 비치되어 있었기에 망정이지 회사에
   큰불이 날 뻔했습니다.

   6) 비상식량을 준비해 놓았기에 망정이지 폭설로
   보름 동안 고립되어 굶어 죽을 뻔했어.

6. 2) 미리 식수를 가져갔기에

   3) 미리 안전지대로 대피했기에

   4) 초기에 방재작업을 했기에

   5) 네가 곁에서 도와주었기에

   6) 아는 사람을 통해 운 좋게 표를 구했기에


### 8과 2항

1. 2) 그야말로  3) 마다하지  4) 흔한  5) 한사코
   6) 덕목이다  7) 과찬이시라고  8) 안쓰러워
   9) 온갖  10) 수발하고  11) 신장은  12) 거동이

2. 2) ❺❿  3) ❸❽  4) ❻⓫  5) ❼⓬  6) ❶❾

3. 2) 식욕이 없어서 먹는 둥 마는 둥 했다.

   3) 정리를 하는 둥 마는 둥 해서 돼지우리 같다.

   4) 아내는 회사일이 많아지자 집안일을 하는 둥 마
   는 둥 거의 신경을 못 쓴다.

   5) 늦어서 아이들에게 인사도 하는 둥 마는 둥 하
   고 밖으로 뛰어 나갔다.

   6) 그 의사는 간호사와 이야기를 하느라고 내 말을
   듣는 둥 마는 둥 했다.

4. 2) 숙제를 하는

   3) 일도 하는

4) 잠을 자는

5) 훈련을 하는

6) 학교에 다니는

5. 2) 용돈이 부족하던

   3) 때마침 출출하던

   4) 고민하던

   5) 다른 곳으로 옮기려던

   6) 필요없게 되어 처분하려던

6. 2) 일자리를 알아보던

   3) 집을 사야겠다고 생각하던

   4) 갈증이 나던

   5) 좀 쉬려던

   6) 뭔가 보람 있는 일을 하고 싶던


### 8과 3항

1. 1) ❹

   2) ❶

   3) 경쟁이 심해지고 경쟁에서 낙오한 사람들은 무
   시된다. 날이 갈수록 개인주의가 만연하게 된다.

2. 1) ❹

   2) ❷

   3) ❷


### 8과 4항

<자화상>

1. 우물은 자기의 모습을 비춰 주는 자아 성찰의 매개
   이다.

2. 시인 자신의 모습, 자기 안에 스스로 인정할 수 없는
   부분, 부끄러운 면이 있음을 의미한다.

3. 연민(불쌍함) → 미움 → 연민

4. ❸


<이 시대의 죽음 또는 우화>

1. 현실에 대한 반성적 의식이 없이 살아가는 현대인의
   삶은 죽음과 다름이 없다는 뜻.

2. 한잔하다/ TV를 보다/ 신문을 읽다

3. ❶

# 모범 답안

4. 자신의 판단을 유보하고 신문에 난 내용을 무조건 사실로 믿어버리는 모습은, 주체적인 삶을 포기한 것과 같다. 시인은 현대인의 비주체적 모습에 대해서 비판하기 위해서 이렇게 표현한 것이다.

5. • 건강이 중요하다고 생각한다.

**<남해금산>**

1. 개인에 따라서 다양한 답을 선택할 수 있음.

2. 외로움 → 만남 → 이별 → 슬픔

3. ❶

4. 바닷가, 비, 울다 : 물은 순환, 정화와 재생의 이미지를 갖는다. 그러므로 비가 오고 여자가 울면서 떠난 것은 일차적으로 이별의 슬픔을 의미하지만, 푸른 바닷물의 이미지는 그 슬픔이 정화된 상태를 보여 준다. 또한 비가 내포한 하강의 이미지는 이 시에서 바닷물을 거쳐 하늘로 상승하고, 다시 비가 되어 내린다. 이렇게 비(물)은 순환하면서, 이별을 영원한 이별(죽음)로, 유한한 존재인 그녀를 영원성의 존재로 상승시킨다.

5. 생략

**<다람쥐를 위하여>**

1. ❷

2. ❸

3. 인간들의 손-나무를 장대로 내리친다
　　　　　　도토리를 깡그리 주워간다
　　　　　　싹쓸이한다
　다람쥐의 손- 도토리를 오물오물 먹는다
　　　　　　아름답다
　　　　　　욕심이 없다

4. 지구상의 주인이 인간이 아니라는 것, 공존의 의미를 이해할 것. 환경을 보호할 것. 동물의 권리를 인정할 것.

**<강물을 거슬러 오르는 저 힘찬 연어들처럼>**

1. ❷

2. 흐르는 강물을 거슬러 오르고 있다. 보편적이고 일

상적인 삶이나 가치관을 따르지 않고 자신의 추구하는 삶을 살아가는 것.

3. 다른 어휘들은 자신이 추구하는 곳에 이르기 위해서 겪어야 하는 시련을 상징한다.
　넓은 꽃밭-시련을 통과한 후에 도달할 수 있는 휴식처.

4. 「이 시대의 죽음 또는 우화」 -순응하다, 수동적이다, 무감각하다
　「강물을 거슬러-」 -비판적이다, 적극적이다, 의지가 강하다, 창조적이다, 능동적이다

## 접두사 연습

1. 헛소문이에요　　2. 덧나서　　　　3. 한복판

4. 되돌아가서　　　5. 맨손으로　　　6. 군살이

7. 풋사랑이　　　　8. 휘날리며　　　9. 외톨이로

10. 날고기를

## 제9과 미래 사회

### 9과 1항

1. 2) 미세한　　　3) 반응을　　　　4) 공존할
　5) 한정되다　 6) 집도하기로　 7) 위협이
　8) 용도를　　　9) 입체영상을　 10) 절개
　11) 원격　　　 12) 봉합　　　　13) 보조
　14) 친화적인　 15) 거치다

2. 2) 전자상거래　3) 전자결제　　4) 원격제어
　5) 자동감지　　6) 문서처리　　7) 능률향상
　8) 경비절감　　9) 품질향상

3. 2) ❷ 아무리 배가 고프다손 치더라도 수업시간에 김밥을 먹으면 안 돼요.
　3) ❶ 지금 좀 고생이 된다손 치더라도 미래를 위해서 열심히 일해야 해요.
　4) ❶ 아무리 건강하다손 치더라도 날마다 밤늦게까지 일하면 몸이 어디 견뎌내겠어요?
　5) ❷ 실수로 회사에 손해를 입혔다손 치더라도 그동안의 실적이 있으니 해고당하지는 않을 거예요.

6) ❶ 자신들의 주장이 옳다손 치더라도 도로를 점
    거해서 시위하는 것은 시민들의 지지를 얻기
    가 어렵겠지요.

4. 2) 손해를 좀 본다손
   3) 아무리 큰 잘못을 저질렀다손
   4) 아무리 자신이 있다손
   5) 아무리 돈이 필요했다손
   6) 금융위기가 심각하다손

5. 2) 사용자가 쓰기
   3) 부모가 가르치기
   4) 정찰제가 아니기 때문에 흥정하기
   5) 작품을 보는 사람이 판단하기
   6) 인류가 자원과 에너지를 잘 관리하기

6. 2) 노력하기
   3) 쓰기
   4) 해석하기
   5) 다 네가 하기
   6) 모든 것은 마음먹기

### 9과 2항

1. 2) 도태되지   3) 벅차      4) 요구했다
   5) 대비해     6) 충실했던   7) 묵묵히
   8) 안주하지   9) 회계사가

2. 2) 진취적이며 긍정적인 사고  3) 전문지식
   4) 폭넓은 교양  5) 외국어 구사능력  6) 국제 감각
   7) 유연성  8) 인간미  9) 창의력

3. 2) 재수, 삼수를 하는 한이 있더라도 연세대학교에
    꼭 들어가고 싶어요.
   3) 손해를 보는 한이 있더라도 지금으로서는 경쟁
    사와 손을 잡을 수밖에 없어요.
   4) 목숨을 잃는 한이 있더라도 자유를 찾아 국경을
    넘겠어요.
   5) 배신자라고 손가락질을 당하는 한이 있더라도
    제 주장을 굽히지 않겠습니다.
   6) 경기 도중에 쓰러지는 한이 있더라도 꼭 출전하
    겠어요.

4. 2) 밤을 꼬박 새우는

3) 빛을 내는
4) 다 먹고 배탈이 나는
5) 일자리를 잃는
6) 생활비를 줄이는

5. 2) 주름이 없어지는 것은
   3) 살이 빠지는 것은
   4) 시력이 좋아지는 것은
   5) 코가 높아지는 것은
   6) 여드름 제거는

6. 2) 사업을 확장하는 건 고사하고 현상 유지도 어려
    운 형편이에요.
   3) 내 집 마련은 고사하고 전세금 걱정만 안 해도
    좋겠어요.
   4) 나무는 고사하고 꽃 한 송이 심을 땅도 없어.
   5) 유산은 고사하고 빚만 잔뜩 물려주셨다는데요.
   6) 고맙다는 말은 고사하고 죽게 내버려 두지 왜
    그랬냐는 원망만 들었어요.

### 9과 3항

1. 1) ❹
   2) ❹

2. 1) ❸
   2) ❷, ❸

### 9과 4항

#### 어휘 연습

1. 1) 태연하다: 태도나 기색이 아무렇지도 않은 듯이
    예사롭다.
   2) 허탈하다: 몸에 기운이 빠지고 정신이 멍하다.
   3) 꾀죄죄하다: 옷차림이나 모양새가 매우 지저분하
    고 궁상스럽다.
   4) 측은하다: 가엾고 불쌍하다.
   5) 찜찜하다: 마음에 꺼림칙한 느낌이 있다.

2. 1) 말쑥하게/말쑥한     2) 갈등하고/갈등하는
   3) 시답잖은/시답잖은   4) 힐끔거리는/힐끔거리고
   5) 돌진해서/돌진하는

# 모범 답안

3. 1) 오한 ●　　　　　　● 부리다
　　울화통 ●　　　　　　● 벌이다
　　신경질 ●　　　　　　● 나다
　　실랑이 ●　　　　　　● 터지다
　　신경질, 울화통, 오한

2) 머리를 굴리다 ●━━━━━● 생각하다
　　쏘아 붙이다 ●━━━━━● 말을 내뱉다
　　회사에서 잘리다 ●━━━━━● 해고를 당하다

　　머리를 굴려 보았다. 회사에서 잘린, 쏘아 붙였다.
3) 화살, 썰물, 꿀

## 내용 이해

1. ● 타인의 일에 무관심한 현대인의 모습을 비판한다.
2. 아파트에서 ● 면도기가 부러졌다.
　　　　　　　● 엘리베이터에 낀 사람을 보았다.
　　회사에 가는 길 ● 공중전화가 고장이었다.
　　　　　　　● 두 번째 버스에서 치한으로 몰렸다
　　회사에서 ● 엘리베이터가 고장 나서 그 안에 갇혔다.
　　　　　　● 엘리베이터 신고를 했으나 아무도 믿어주지 않았다.
　　집에 오는 길 ● 엘리베이터에서 만난 이웃들이 그를 피했다.
　　　　　　● 엘리베이터에 낀 남자는 어떻게 되었을까 궁금하다.
3. 1) ×　　2) ×　　3) ○　　4) ×

## 접미사 연습

1. 학생답지　　2. 거짓말투성이야　　3. 울렁거려서
4. 자유롭게　　5. 자랑스러워요　　6. 구경꾼이
7. 말썽꾸러기　　8. 게으름뱅이가　　9. 별난
10. 고집쟁이

### 제10과 진로와 취업

#### 10과 1항

1. 2) 복리후생　　3) 조직　　4) 까닭은
　5) 만만치 않기　　6) 도전적인　　7) 벤처기업은
　8) 눈을 돌리는　　9) 중소기업이
2. 2) 구인난　　3) 구직자　　4) 전문직과
　5) 단순직　　6) 종사자는　　7) 취업정보사이트와
　8) 진로정보센터　　9) 직업적성검사
3. 2) 알려고
　3) 공부를 방해하려고
　4) 잡아먹으려고
　5) 억지로 열려고
　6) 자기주장만 관철시키려고
4. 2) 뭐든지 혼자 다 가지려고
　3) 엇나가려고
　4) 학교가 싫다고 집에만 있으려고
　5) 다른 문화를 존중하지 않고 배척하려고
　6) 극단적으로 자신들의 권리와 이익만을 요구하려고
5. 2) 한 작품 한 작품 최선을 다해 연기하노라면
　3) 바닷가에 가서 해 지는 장면을 가만히 보노라면
　4) 새벽시장에 가서 바쁘게 일하는 사람들을 보노라면
　5) 휴대전화에 저장된 부모님의 사진들을 보노라면
　6) 저와 관련된 인터넷 기사를 읽노라면
6. 2) 비록 또 떨어질 지라도 같은 실수를 되풀이 하지 않으려고 차분히 노력하노라면 반드시 합격할 겁니다.
　3) 처음에는 내용이 좀 어렵더라도 여러 번 읽고 또 읽노라면 어느 순간 내용을 이해할 수 있게 될 거예요.
　4) 힘들더라도 참고 계속 달리노라면 어느 순간 호흡도 편안해지고 리듬을 타게 됩니다.
　5) 주식 투자를 하노라면 이익을 볼 때도 있지만 때로는 적지 않은 손실을 볼 때도 있답니다. 느긋하게 여유를 가지고 기다리노라면 주가가 올라 이익을 볼 날이 올 거예요.
　6) 사노라면 생각하지도 못한 일들이 생겨서 당황할 때가 있습니다. 마음을 강하게 먹고 아내와

열심히 투병 생활을 하노라면 암도 이겨낼 수 있지 않을까요?

### 10과 2항

1. 2) 틀에 박힌　 3) 연수　 4) 완주했다
　 5) 수행하던　 6) 입상　 7) 패기와
　 8) 철인3종 경기는
2. 2) ❷　3) ❸　4) ❶　5) ❹　6) ❷　7) ❹
　 8) ❸　9) ❷　10) ❹　11) ❸　12) ❶
3. 2) 조세정책을 조사한 바에 의하면 재산세가 대폭 인상될 거라고 합니다.
　 3) 교내 절도사건에 대해서 아는 바가 전혀 없습니다.
　 4) 낙방의 슬픔을 경험한 바 있어서 불합격자들의 심정에 충분히 공감해요.
　 5) 민수는 내가 만나본 바로는 믿을 만한 사람인 것 같아요.
　 6) 지난번에 전화상으로 말씀드린 바와 같이 계약금은 은행으로 입금시켜 주세요.
4. 2) 보건복지가족부에서 조사한
　 3) 여기저기 다녀본
　 4) 영국에서 청소년 시절을 보낸
　 5) 기상학자들이 연구한
　 6) 미리 알려드린
5. 2) 결혼해서 구속당하면서 살 바에야 자유롭게 혼자 사는 게 더 나아요.
　 3) 대학을 나와서도 취직을 못 할 바에야 차라리 직업전문학교에 가겠어요.
　 4) 내다 팔아봤자 인건비도 건지지 못할 바에야 그냥 썩게 내버려두는 게 낫겠어요.
　 5) 외국영화를 수입하는 데 거금을 투자할 바에야 그 거액의 일부를 자체 제작에 돌리는 것이 현명한 방법이 아닐까요?
　 6) 외국회사에 싼 값으로 팔 바에야 차라리 국제적으로 평가받는 경영인들을 영입하여 그들에게 은행을 맡겨 보겠습니다.
6. 2) 원하는 일자리를 얻을 수 없을
　 3) 나 같으면 엄청난 전세값을 낼

4) 사교육비 부담이 너무 크기 때문에 사교육에 많은 돈을 들일
5) 하기 싫은 것을 하고 살면서 평생 후회할
6) 살면서 극심한 고통을 겪을

### 10과 3항

1. 1) ❷
　 2) ❹
2. 1) ❶
　 2) ❷
　 3) ❷

### 10과 4항

#### 어휘 연습

1. 1) 비웃다, 조소하다, 냉소하다
　 2) 예민하다, 날카롭다, 민감하다
　 3) 비열하다, 악랄하다, 야비하다
　 4) 참회하다, 뉘우치다, 반성하다
　 5) 호소하다, 애원하다, 간청하다
2. 1) 단호하게/단호하고　 2) 진부한/진부한
　 3) 어루만지는/어루만지면서
　 4) 거북한/거북해졌다　 5) 섬뜩한/섬뜩한
3. 1) 토, 조건, 주석
　 2) 목에 걸리다　　 ●———● 마음에 남아 편안하지 않다

　　 막을 내리다　　 ●———● 일이나 사건이 끝나다
　　 가슴이 철렁하다 ●———● 깜짝 놀라다
　　 목에 걸려서, 막을 내렸다, 가슴이 철렁했다
　 3) 눈치가 빨라서, 새침한, 시원시원한

#### 내용 이해

1. ❷
2. 호기심 → 동정 → 두려움 → 이해
3. 1) ×　2) ×　3) ○　4) ○　5) ×
4. 날카롭다, 지적이다, 차갑다, 쓸쓸하다, 냉정하다 → 모두 가능함

# 모범 답안

**복습문제(6과~10과)**

1. 1) 다방면 2) 반응을 3) 완주하는
   4) 억지로 5) 보조 6) 필연적인
   7) 묵묵히 8) 눈을 돌리고 9) 건립하기
   10) 구태의연한 11) 용도를 12) 기증
   13) 연수를 14) 흔한 15) 위협을
   16) 치명적인 17) 밀림이 18) 장관이어서

2. 1) ❸ 2) ❹ 3) ❷ 4) ❹ 5) ❹

3. 1) ❹ 2) ❹ 3) ❶ 4) ❹ 5) ❸ 6) ❸
   7) ❷ 8) ❸ 9) ❸ 10) ❹ 11) ❶

4. 1) 훼손된 유적은 복구하여 문화유산으로 선정하고 보존에 힘써야 한다.
   2) 손꼽아 기다리던 휴가가 사흘에 불과해서 마음이 씁쓸해요.
   3) 전통적인 난방시설인 온돌은 자연친화적인 특징 때문에 요즘 큰 주목을 받고 있다.
   4) 리더십이 있고 창의성이 풍부한 인재들이 중소기업이나 벤처기업을 기피하고 있어요.
   5) 직장에서 도태되지 않으려면 현실에 안주하지 말고 직장이 요구하는 인재가 되도록 노력해야 합니다.

5. 1) 운동한답시고 비싼 운동기구만 잔뜩 쌓아놓고 있어요.
   2) 다시 한 번 실수하는 날엔 사표 쓸 생각하세요.
   3) 영수가 먼저 사과하지 않는 이상 화해할 생각이 없어요.
   4) 이 것 저 것 서류를 준비해서 이의 신청을 했건만 받아들여지지 않았어요.
   5) 잘 한다는 듯이 자신있게 대답하면 되지 뭐.
   6) 불필요한 기능을 없앴다는 점에서 사용이 편리해졌습니다.
   7) 발목 부상으로 말미암아 참가하지 못했습니다.
   8) 입사시험 성적은 꼴찌인 반면 회사생활에 잘 적응해서 좋은 성과를 냈잖아.
   9) 집에서 일찍 출발했기에 망정이지 안 그랬으면 큰 일 날 뻔했어.
   10) 하도 시끄럽게 통화하길래 참다 못해 싫은 소리 한 마디 했더니 나랑 눈도 안 맞추려고 하네요.
   11) 떨어진다손 치더라도 한 번 시도는 해보려고 해.
   12) 용돈이 궁해서 마침 아르바이트를 구하려던 차였는데 잘 됐네요.
   13) 저축은 고사하고 학자금 대출 갚느라고 한 달 달 한 달 생활하기도 빠듯한데요.
   14) 날건달 같은 너한테 말할 바에야 벽에다 대고 말하는 게 낫겠다.
   15) 3급 때 연극대회 사회를 본 바가 있기 때문에 잘 할 수 있을 거예요.

6. 1) ❸ 2) ❷ 3) ❸ 4) ❶ 5) ❶

7. 1) 비싼 집세를 낼 바에야
   2) 미인의 기준에 대해 조사한 바를 보면
   3) 통통하다 못해 터질 것 같은
   4) 꾀부리지 말고 지금처럼 열심히 일하노라면
   5) 썩는 건 고사하고 많은 양의 오염물질을 발생시켜
   6) 오늘 밤을 새운다손 치더라도
   7) 집을 파는 한이 있더라도
   8) 방학 때 자원봉사를 몇 번 했기에 망정이지
   9) 여름은 덥고 습해서 싫다고 하는 반면
   10) 전기를 절약한답시고

Linking Korean
# 最權威的延世大學韓國語 6 練習本

2017年5月初版　　　　　　　　　　　　　　　　　定價：新臺幣350元
有著作權・翻印必究
Printed in Taiwan.

| | | | | |
|---|---|---|---|---|
| 著　者：延世大學韓國語學堂 | | 總　編　輯 | 胡　　金　　倫 | |
| Yonsei University Korean Language Institute | | 總　經　理 | 羅　　國　　俊 | |
| | | 發　行　人 | 林　　載　　爵 | |

| | | | |
|---|---|---|---|
| 出　　版　　者 | 聯 經 出 版 事 業 股 份 有 限 公 司 | 叢 書 主 編 | 李　　　　　芃 |
| 地　　　　　址 | 台 北 市 基 隆 路 一 段 1 8 0 號 4 樓 | 文 字 編 輯 | 謝　　宜　　蓁 |
| 編 輯 部 地 址 | 台 北 市 基 隆 路 一 段 1 8 0 號 4 樓 | 內 文 排 版 | 楊　　佩　　菱 |
| 叢 書 主 編 電 話 | ( 0 2 ) 8 7 8 7 6 2 4 2 轉 2 2 6 | 封 面 設 計 | 賴　　雅　　莉 |
| 台 北 聯 經 書 房 | 台 北 市 新 生 南 路 三 段 9 4 號 | 錄 音 後 製 | 純 粹 錄 音 後 製 公 司 |
| 電　　　　　話 | ( 0 2 ) 2 3 6 2 0 3 0 8 | | |
| 台 中 分 公 司 | 台 中 市 北 區 崇 德 路 一 段 1 9 8 號 | | |
| 暨 門 市 電 話 | ( 0 4 ) 2 2 3 1 2 0 2 3 | | |
| 台 中 電 子 信 箱 | e - m a i l : l i n k i n g 2 @ m s 4 2 . h i n e t . n e t | | |
| 郵 政 劃 撥 帳 戶 第 0 1 0 0 5 5 9 - 3 號 | | | |
| 郵 撥 電 話 | ( 0 2 ) 2 3 6 2 0 3 0 8 | | |
| 印　　刷　　者 | 文 聯 彩 色 製 版 有 限 公 司 | | |
| 總　　經　　銷 | 聯 合 發 行 股 份 有 限 公 司 | | |
| 發　　行　　所 | 新 北 市 新 店 區 寶 橋 路 2 3 5 巷 6 弄 6 號 2 樓 | | |
| 電　　　　　話 | ( 0 2 ) 2 9 1 7 8 0 2 2 | | |

行政院新聞局出版事業登記證局版臺業字第0130號

本書如有缺頁，破損，倒裝請寄回台北聯經書房更換。　　471條碼　4711132387872 (平裝)
聯經網址：www.linkingbooks.com.tw
電子信箱：linking@udngroup.com